SIBYLLE NARBERHAUS

Syltsterne

AUSGEKOCHT Das plötzliche Verschwinden des umjubelten Sternekochs Ralph Börner stellt die Sylter Kriminalbeamten Nick Scarren und Uwe
Wilmsen vor ein Rätsel. Im Zuge der Suche treffen sie auf einen undurchsich-
tigen Journalisten, der im selben Hotel wie der Sternekoch abgestiegen ist. Ein
Zufall? Gleichzeitig macht eine Gruppe junger Umweltaktivisten mit fragwürdigen Aktionen auf sich aufmerksam und hält die Sylter Polizei in Atem. Als
der Journalist kurz darauf tot in seinem Hotel aufgefunden wird, stellt sich die
Frage nach den Hintergründen. Welche Rolle spielt die Managerin des Sternekochs in dem Fall? Entgegen aller Versprechungen, sich nicht in die laufenden
Ermittlungen einzumischen, steckt Landschaftsarchitektin Anna Scarren ihre
Nase wieder einmal zu tief in anderer Leute Angelegenheiten. Dabei macht sie
eine überraschende Entdeckung – und sitzt prompt selber in der Falle.

© Nicole Mai

*Sibylle Narberhaus wurde in Frankfurt am Main geboren. Nach
einigen Jahren in Frankfurt und Stuttgart zog sie schließlich in
die Nähe von Hannover. Dort lebt sie seitdem mit ihrem Mann
und ihrem Hund. Hauptberuflich arbeitet sie bei einem interna-
tionalen Versicherungskonzern und widmet sich in ihrer Freizeit
dem Schreiben. Schon in ihrer frühen Jugend entwickelte sich
ihre Liebe zum Meer und insbesondere zu der Insel Sylt. So oft
es die Zeit zulässt, stattet sie diesem Fleckchen Erde einen Besuch
ab. Dabei entstehen immer wieder neue Ideen für Geschichten
rund um die Insel.*

SIBYLLE NARBERHAUS

Syltsterne

KRIMINALROMAN

Immer informiert

Spannung pur – mit unserem Newsletter informieren wir Sie
regelmäßig über Wissenswertes aus unserer Bücherwelt.

Gefällt mir!

Facebook: @Gmeiner.Verlag
Instagram: @gmeinerverlag
Twitter: @GmeinerVerlag

MIX
Papier aus verantwor-
tungsvollen Quellen
FSC® C083411

Besuchen Sie uns im Internet:
www.gmeiner-verlag.de

© 2022 – Gmeiner-Verlag GmbH
Im Ehnried 5, 88605 Meßkirch
Telefon 0 75 75 / 20 95 - 0
info@gmeiner-verlag.de
Alle Rechte vorbehalten
1. Auflage 2022

Lektorat: Claudia Senghaas, Kirchardt
Herstellung: Mirjam Hecht
Umschlaggestaltung: U.O.R.G. Lutz Eberle, Stuttgart
unter Verwendung eines Fotos von: © christian meurer/EyeEm / AdobeStock
Druck: CPI books GmbH, Leck
Printed in Germany
ISBN 978-3-8392-0305-7

KAPITEL 1

Ein zaghaftes Knabbern an seinem linken Ohrläppchen ließ ihn wohlig grunzen.

»Mach weiter«, brummte er mit geschlossenen Augen. Jetzt schien sie einen Gang höher zu schalten, denn er spürte ihre Fingernägel, die sich beinahe schmerzhaft in seine Brust bohrten. Dazu gab sie diese seltsamen Laute von sich, die er nicht einzuordnen vermochte. Sie verunsicherten ihn zusehends. Ein unangenehmer Geruch stieg ihm in die Nase. War alles ein Traum? Er riss die Augen auf. Nur wenige Zentimeter von seinem Gesicht entfernt, blickte er in ein rot umrändertes kleines Auge, das ihn aus einem schief liegenden Kopf neugierig beobachtete. Durch seinen Aufschrei aufgeschreckt, flatterte das braune Huhn aufgescheucht und laut gackernd zu Boden, wo es sich zu weiteren Artgenossen flüchtete. Als er sich von dem ersten Schrecken erholt hatte, wollte er sich aufsetzen und musste feststellen, dass er an Arm- und Beingelenken an ein eisernes Bettgestell mit einer dünnen Matratze darauf gefesselt war. Er wünschte, alles wäre bloß ein böser Traum und er würde jeden Moment aufwachen. Doch er befand sich in der nüchternen Realität. Wenn das ein Scherz sein sollte, konnte er nicht darüber lachen. Er verlor keine Zeit und versuchte, sich von den Fesseln zu befreien. Vergeblich. Je mehr er zog und daran herumriss, desto tiefer schnitten die Kabelbinder ihm schmerzvoll in die Haut. Panik ergriff von ihm Besitz. Eine Hitzewelle durchflutete seinen Körper und trieb ihm die Schweißperlen auf die Stirn. Was war geschehen? Er versuchte krampfhaft, den vergangenen

Abend Schritt für Schritt in seinem Kopf zu rekonstruieren, jedoch ohne Erfolg. So sehr er sich anstrengte, in seinem Gedächtnis klaffte ein riesiges Loch. Er wusste nur noch, dass es Streit gab. Mit wem und warum, daran konnte er sich beim besten Willen nicht erinnern. Die einzelnen Puzzleteile seiner Erinnerung waren wild durcheinandergemischt und ließen sich nicht zusammensetzen. Hatte er am Ende so viel getrunken, dass dies zu einem kompletten Filmriss geführt hat? Das war ihm seit einer Ewigkeit nicht mehr passiert. Infolge einer durchzechten Nacht dröhnte ihm zudem regelmäßig gehörig der Schädel, und er hatte sich übergeben müssen. Doch weder das Eine noch das Andere war der Fall gewesen. Nach einer Weile des Grübelns sah er sich nach möglichen Anhaltspunkten um, die Aufschluss auf seinen momentanen Aufenthaltsort geben könnten. Augenscheinlich befand er sich in einer Art Gartenschuppen oder altem Stallgebäude, denn in einer Ecke erkannte er neben einem Spaten und einer Harke weitere Utensilien, die bei der Gartenarbeit zum Einsatz kamen. In einem Regal an der Wand befanden sich unzählige ineinander gestapelte Blumentöpfe unterschiedlicher Größe sowie diverse Gefäße und Gläser. In unmittelbarer Nähe türmte sich ein Berg Gerümpel neben einem alten verrosteten Traktor auf. Wenn er den Kopf weit genug nach links oben drehte, konnte er eine kleine Tür erspähen. Sie führte in einen Anbau, vermutlich den Hühnerstall. Bei dem Versuch, eine bequemere Liegeposition einzunehmen, pikste etwas Spitzes in seinen Rücken. Eine Matratzenfeder hatte sich vermutlich erfolgreich den Weg an die Oberfläche gesucht. Der plötzliche Schmerz sowie die Erkenntnis über die Aussichtslosigkeit, sich aus eigener Kraft aus der misslichen Lage befreien zu können, überrollten ihn mit ungeheurer Wucht.

»Hilfe!«, rief er. »Hört mich jemand? Hilfe!«

Seine Rufe trug der Wind zusammen mit den Schreien der Möwen weit hinaus in das Watt, wo sie ungehört verhallten.

Nach einer Weile vernahm er Schritte, und Hoffnung keimte ihn ihm auf. Jetzt machte sich jemand an der Tür zu schaffen, und gleich darauf wurde das hölzerne Tor mit einem Quietschen geöffnet. Im Gegenlicht konnte er deutlich die Umrisse einer Person erkennen. Als sie dichter an ihn herantrat, durchströmte ihn Erleichterung.

»Du bist das! Deine Witze waren echt schon besser! Worauf wartest du? Mach' mich endlich los!«

KAPITEL 2

Berlin, eine Woche zuvor

»Das klingt ausgezeichnet. Kann ich mich 100-prozentig darauf verlassen?« Sie hatte den Telefonhörer zwischen Ohr und Schulter eingeklemmt, um sich gleichzeitig Notizen zu machen. Ihr linker Fuß wippte nervös auf und ab, sodass ihr Absatz auf dem glatten Parkettboden ein rhythmisches Klacken verursachte. Anschließend wanderte ihr Blick zur offenen Bürotür, in der ein kräftiger Mann mit grau meliertem Haar ungeduldig wartete. Mit einem »Moment«, das sie mit den Lippen formte, winkte sie ihn näher und bedeutete ihm, Platz zu nehmen. Ohne Zögern folgte er der Aufforderung und ließ sich auf dem Besucherstuhl vor dem Schreibtisch nieder. Während er auf das Ende des Telefonates wartete, ließ er seine Augen über den Schreibtisch wandern, der derart aufgeräumt war, als würde daran nicht gearbeitet werden. Neben dem Laptop und einer Teetasse aus feinem Porzellan befand sich darauf lediglich ein Notizblock, auf den neben handschriftlichen Notizen unzählige Linien und Kreise ohne erkennbare Struktur gekritzelt worden waren. Das Telefongespräch war zu Ende, und sie legte auf.

»Ich habe etwas äußerst Vielversprechendes für Sie«, kam sie, ohne Umschweife und ohne auch nur eine Sekunde an eine der obligatorischen Begrüßungsfloskeln zu verschwenden, auf den Punkt.

»Ihnen ebenfalls einen wunderschönen guten Morgen«, erwiderte er betont freundlich.

»Jaja, geschenkt. Ich habe einen heißen Insidertipp bekommen und dabei sofort an Sie gedacht. Sie sind genau der richtige Mann für diesen Job.«

»Was Sie nicht sagen.« Er gab sich bewusst unbeeindruckt, obwohl er innerlich brannte zu erfahren, worum es bei dem Auftrag im Detail ging. »Darf ich zunächst erfahren, warum ausgerechnet ich der Auserwählte bin?«

»Geben Sie sich keine Mühe, dafür kenne ich Sie zu gut und zu lange, mein Lieber. Sie können es kaum erwarten zu erfahren, worum es geht.« Sie lächelte herablassend.

Er zuckte daraufhin lapidar die Achseln.

»Ich weiß, dass das exakt eine Story nach Ihrem Geschmack ist. Das wird einschlagen wie eine Bombe, das verspreche ich Ihnen. Das wird die Auflage in astronomische Höhen schnellen lassen.« Ihre dunklen Augen funkelten bei dem Gedanken.

»Glauben Sie? Das muss ja enorme Sprengkraft besitzen.«

»Das glaube ich nicht nur, das weiß ich. Und Sie werden Ihren Teil dazu beitragen. Oder wühlen Sie nicht mehr mit Vorliebe im Dreck anderer Leute? Ich verlasse mich auf Sie.« Sie zielte mit dem Zeigefinger direkt auf ihn.

Nach wie vor ließ er sich seine Neugierde nicht anmerken. Ein Bein lässig über das andere geschlagen, sah er zu ihr. »Worum geht es im Detail?«

»Ich verrate nur so viel: Gastronomie!«

»Gastronomie? Ohne mich. Ich denke, Sie suchen sich besser jemand anderen für den Job.« Er war im Begriff aufzustehen, als sie etwas auf einen kleinen Zettel notierte und ihm über den Schreibtisch zuschob.

»Ich bin überzeugt, das wird Ihre Meinung ändern.« Gespannt verfolgte sie sein Mienenspiel.

Er musste sich ein Stück nach vorne lehnen, um das Geschriebene besser entziffern zu können. Spätestens jetzt sollte er sich über die Anschaffung einer neuen Brille Gedanken machen.

»Hm«, überlegte er und, seine anfängliche Gegenwehr löste sich schlagartig in Luft auf.

»Die Sache hat nur einen Haken.« Sie spitzte die Lippen und trommelte mit ihren knallrot lackierten Fingernägeln auf die Tischplatte, ohne ihren Gesprächspartner aus den Augen zu lassen.

»Wusste ich es doch«, brummte er und ließ sich zurück auf den Stuhl fallen. »Und zwar?«

»Sylt«, sagte sie und beobachtete ihn aufmerksam.

Meeno Lenschmanns Abneigung gegen diese Insel war ein offenes Geheimnis in der Redaktion. Zwar kannte niemand die genauen Hintergründe, eigentlich spielten sie auch keinerlei Rolle, aber umso mehr war sie auf seine Reaktion gespannt. Sie würde jede Wette eingehen, er würde den Auftrag trotz dieses Pferdefußes annehmen. Allein aufgrund der Tatsache, dass er sich regelmäßig in finanziellen Schwierigkeiten befand. Das war hinreichend bekannt.

»Das heißt im Klartext, ich muss zwingend nach Sylt?«, vergewisserte er sich nach angemessener Bedenkzeit.

Sie nickte zufrieden. »Erraten!«

»Keine Alternative? Heutzutage ist durch Technik beinahe alles möglich. Das wurde in Pandemiezeiten eindrucksvoll bewiesen. Ich könnte …«

»Nein«, unterbrach sie ihn unmissverständlich und ließ somit keinerlei Verhandlungsspielraum offen.

»Ich hege eine gewisse Abneigung in Bezug auf die Insel und alles, was damit einhergeht«, bekräftigte er und gab sich keine Mühe, mit seinem Unmut hinter dem Berg zu halten.

»Das ist mir bekannt. Ich kann gerne einen anderen Kollegen fragen, wenn Ihnen das Opfer zu groß sein sollte«, reagierte sie kühl. »Michael Ronski beispielsweise. Er würde, ohne mit der Wimper zu zucken, nur allzu gern nach dieser Gelegenheit greifen. Ich wollte Ihnen lediglich den Vortritt lassen, aber Sie können natürlich gerne weiterhin Ihre Zeit damit verschwenden, das Haar in den Suppen zweitklassiger Restaurants zu suchen. Die Entscheidung liegt bei Ihnen.« Sie sagte dies so beiläufig wie möglich. Raffiniert legte sie somit den Köder aus, von dem sie überzeugt war, er würde ihn schlucken. Allein bei der Nennung des Namens seines Intimfeindes würde er alle persönlichen Befindlichkeiten über Bord werfen. Er gönnte dem Kollegen nicht die Butter auf dem Brot. Diesen Umstand machte sie sich zunutze. Lenschmann war zweifelsohne die bessere Wahl für den Job, da er sowohl skrupel- als auch vollkommen kompromisslos agierte. Sie schätzte seinen wachen Instinkt, den scharfen Verstand und die Beharrlichkeit, die er bei seinen Recherchen an den Tag lehnte. Wenngleich diese hervorstechenden Fähigkeiten in der letzten Zeit zu verwässern schienen, da er sie mehr und mehr in Alkohol zu ertränken drohte. Sie hoffte, er würde die Chance ergreifen, das Ruder herumzureißen, um zu dem Journalisten zu werden, der er einst war.

Sie beobachtete ihn genau. Anhand seiner Miene war zu erkennen, wie Gefühl und Vernunft um die Vorherrschaft rangen.

»Okay, ich mache es«, willigte er zähneknirschend ein, wohl wissend, dass er in Anbetracht der gähnenden Leere auf seinem Konto ohnehin keine andere Wahl hatte, als den Auftrag anzunehmen. Das Geld konnte er mehr als gut gebrauchen, denn sein Vermieter hatte ihm erst unlängst deutlich zu verstehen gegeben, was passieren würde, sollte er mit der Miete abermals in Rückstand geraten. In Berlin eine einigermaßen bezahlbare Wohnung zu finden, glich einem Lotteriespiel.

»Ich bräuchte allerdings einen kleinen Vorschuss, Sylt ist schließlich ein teures Pflaster«, betonte er. Dabei wies er auf den Zettel mit der verlockenden Summe darauf, der nach wie vor auf dem Schreibtisch lag und ihn nahezu magnetisch anzog.

»Wollen Sie gar nicht wissen, worum es im Einzelnen geht?« Die Scheinheiligkeit in ihrer Frage blieb ihm nicht verborgen.

»Sie werden es mir gleich sagen.«

Sie öffnete die Schreibtischschublade, nahm einen braunen Umschlag heraus und schob ihn über die Schreibtischplatte. »Warten Sie! Sehen Sie sich später alles in Ruhe an«, bat sie, als er ihn öffnen wollte.

»Wie Sie meinen. Liege ich mit meiner Annahme richtig, dass Sie ein persönliches Interesse an der Sache haben?« Er sah sie prüfend an.

Ihr Gesichtsausdruck spiegelte Zufriedenheit wider. »Ich wusste von Anfang an, dass Sie der Richtige für die Story sind.« Die rot geschminkten Lippen verliehen ihren schneeweißen Zähnen zusätzliche Strahlkraft beim Lachen.

»Worauf Sie sich verlassen können.«

KAPITEL 3

Sylt, ein Tag zuvor

»Ich bin noch nie auf Sylt gewesen«, verkündete Lara mit Blick aus dem Zugfenster, während draußen die Wiesen und Ackerflächen an ihnen vorbeizogen. »Warst du schon mal auf Sylt, Lukas?«

»Als Kind war ich einmal in den Sommerferien dort. Das ist ewig lange her«, erinnerte sich Lukas, ohne von seinem Handy aufzusehen. Lara glaubte, eine Spur Melancholie in seinen Worten zu erkennen.

»Später nicht mehr?«, vergewisserte sie sich.

»Nein.« Seine Antwort fiel derart schroff aus, dass Lara von weiteren Nachfragen absah. Um sich ihre Enttäuschung über diese rüde Abfuhr nicht anmerken zu lassen, richtete sie den Blick erneut nach draußen.

Gewaltige Windräder streckten sich gen Himmel, und ihre riesigen Rotorblätter drehten sich im Wind. Zu ihren Füßen grasten unzählige Schafe auf den saftig grünen Wiesen und schienen sich von nichts und niemandem aus der Ruhe bringen zu lassen. Linkerhand passierte der Zug soeben eine umzäunte Fläche mit etlichen Solarfeldern, zwischen denen ebenfalls Schafe weideten oder sich unter den Fotovoltaik Paneelen im Schatten eine Pause gönnten.

»Langsam haben sie es kapiert. Normalerweise müsste es viel mehr von diesen Anlagen geben, aber immerhin ein Anfang«, bemerkte Lara und nahm einen Schluck aus ihrer Wasserflasche.

»Wenn du mich fragst, ist das bloß ein Tropfen auf den heißen Stein. Im Grunde ist das nichts weiter als ein Placebo, um das schlechte Gewissen zu beruhigen und zusätzlich fette EU-Fördermittel abzukassieren. Die Klimakatastrophe ist nicht mehr aufzuhalten, wenn weiterhin der Ernst der Lage mit leeren Worthülsen verharmlost wird. Die Zeche werden wir und Generationen nach uns zahlen«, prophezeite Moritz mit verächtlicher Miene.

»Hört, hört! Das sagt einer, dessen Vater mit einem dicken Geländewagen durch die Gegend fährt und regelmäßig im Privatjet in der Weltgeschichte unterwegs ist«, erwiderte Ann-Kathrin verschnupft.

»Was kann ich dafür, dass mein Alter und seinesgleichen das mit dem Klima nicht schnallen? Ich fahre jedenfalls keine Protzkarre«, konterte Moritz angriffslustig.

»Der Wagen deines Vaters haut unterm Strich weniger Schadstoffe in die Luft als dein klappriger, uralter VW-Bus. Schon mal drüber nachgedacht?«, schaltete sich Lukas ein, den Blick weiterhin stur auf sein Smartphone gerichtet.

»Das ist wieder typisch, dass du deinen Senf dazugeben musst. Von Autos verstehst du ohnehin nichts! Du hast nicht mal eines!« Moritz schnaubte verächtlich.

»Eben. Ich brauche auch kein eigenes.«

»Moritz, Lukas, hört endlich auf, euch permanent zu streiten! Wenn das so weitergeht, können wir unsere Mission gleich begraben. Ich dachte, wir verfolgen ein gemeinsames Ziel und ziehen alle an einem Strang? Ihr benehmt euch wie Kleinkinder!« Ann-Kathrin zog verärgert die Augenbrauen zusammen.

»Zu Befehl, Chefin!« Moritz richtete sich kerzengerade auf und salutierte mit militärischem Gruß, worauf Lara in albernes Lachen verfiel.

»Sehr witzig«, murmelte Ann-Kathrin und verdrehte genervt die Augen.

In den kommenden Minuten sprach niemand ein Wort. Die Landschaft zog vorbei, die Sonne strahlte von einem blauen Himmel, wie er auf einer Postkarte nicht hätte schöner sein können. Vereinzelt schwebten kleine weiße Schönwetterwolken vorüber, die sich auf dem ruhigen Wasser rechts und links des Hindenburgdammes spiegelten.

»Seht mal! Das sieht aus, als würden Himmel und Meer

eine Einheit bilden. Diese Weite und die Farben, einfach wunderschön! Alles ist so friedlich.«

»Von wegen friedlich. Da draußen herrscht Krieg!« Moritz deutete aus dem Fenster.

»Was meinst du mit Krieg?«, wollte Lara wissen und sah ihn verständnislos an.

»Du brauchst nur genau hinzusehen. Siehst du die Vögel dort?« Sie nickte. »Die werden gleich Unmengen von Krebsen, Muscheln und andere Kleinstlebewesen verspeisen, bevor sie selbst zu Gejagten werden.« Das Mädchen sah ihn aus großen Augen an. »Tja, fressen und gefressen werden. Im ersten Augenblick mag das grausam erscheinen, aber das ist das Leben. Hart und unerbittlich. Da ist kein Platz für romantische Schwärmereien«, philosophierte er weiter.

»Lass gut sein, Moritz«, schritt Ann-Kathrin ein, der Laras zunehmendes Unbehagen nicht verborgen blieb.

»Wieso? Ich versuche lediglich, unserer naiven Stadtpflanze klarzumachen, dass die scheinbare Idylle trügt.«

»Ich kenne mich vielleicht nicht besonders gut in der Natur aus, trotzdem bin ich nicht naiv«, setzte sich Lara zur Wehr. Dann wechselte sie schnell das Thema. »Wohin fährt das Schiff dort hinten? Ist das etwa ein Kreuzfahrtschiff? Ich habe gelesen, dass hin und wieder Kreuzfahrtschiffe vor Sylt anlegen.«

»Nun krieg' dich mal wieder ein. Das ist die *Syltfähre*«, erklärte Lukas.

»Wohin fährt sie? Nimmt sie auch Autos mit?«, fragte Lara neugierig nach.

»Ja, tut sie. Das Schiff verkehrt regelmäßig von und nach Dänemark. Eine willkommene Alternative zum *Sylt Shuttle*. Man merkt echt, dass du eine Stadtpflanze bist«, stellte Lukas amüsiert fest.

»Kreuzfahrtschiffe sind ...«, ereiferte sich Moritz, wurde jedoch durch Ann-Kathrins Einschreiten an tiefergehenden Ausführungen gehindert.

»Bitte erspare uns alles Weitere! Dass Kreuzfahrten zu den absoluten Klimakillern gehören, darüber sind wir uns wohl alle einig.« Dann öffnete sie den Reißverschluss ihres Rucksacks und zog einen dicken Umschlag hervor. »Hier sind eure Unterlagen für unsere Unterkunft mit ein paar allgemeinen Informationen, die ich ausgedruckt habe. Busfahrpläne und Ähnliches könnt ihr online einsehen.« Sie reichte die Unterlagen an ihre Mitreisenden weiter.

»Hättest du das nicht mailen können?«, meuterte Moritz und nahm die Ausdrucke mit einem missbilligenden Blick entgegen.

»Schön, dass du beim nächsten Mal die Organisation übernimmst«, konterte sie ebenso spitz wie vorwurfsvoll.

»Wieso Unterkunft?« Lukas wirkte überrascht und überflog hastig die erste Seite. »Ich dachte, wir wohnen im Haus von Moritz' Eltern? Oh nee, Leute, ich habe echt keinen Bock, in einer Jugendherberge zu pennen. Aus dem Alter bin ich raus.« Er ließ seiner Verärgerung freien Lauf und kickte mit der Fußspitze wütend gegen die Reisetasche vor sich auf dem Boden. »Das war anders abgemacht. Moritz?«

Alle Augenpaare richteten sich nunmehr auf den Angesprochenen, der sich verlegen den Nacken rieb. »Ja, also ...«, druckste er herum und lief rot an.

»Hattest nicht den Arsch in der Hose, deinen alten Herrn zu fragen, stimmt's? Sonst immer klugscheißen, aber wenn es drauf ankommt, den Schwanz einklemmen. Das ist typisch«, spottete Lukas und verzog den Mund.

»Das stimmt nicht, ich habe gefragt«, protestierte Moritz lautstark. »Momentan ist das Haus anderweitig belegt. Ein guter Geschäftsfreund meines Vaters macht gerade mit seiner Familie Urlaub auf Sylt. Dafür kann ich nichts. In spätestens zwei Tagen reist er ab, und dann können wir dorthin umziehen. Versprochen!« Er setzte eine versöhnliche Miene auf und hob die Hand wie zu einem Schwur.

»Du wirst dir keinen Zacken aus der Krone brechen, wenn du ein paar Nächte auf den gewohnten Luxus verzichten musst, Lukas. Das wird uns übrigens allen guttun und den Blick für den Grund dieser Reise schärfen. Außerdem sind Jugendherbergen längst nicht mehr so schlecht wie ihr Ruf«, beschwor Ann-Kathrin ihre Mitstreiter.

»Trotzdem blöd«, maulte Lukas vor sich hin.

»Wenn du …«, setzte Ann-Kathrin an, doch Lukas winkte ab, steckte sich die Kopfhörer in die Ohren und sah ostentativ aus dem Fenster. Für ihn war das Thema erledigt.

Unmittelbar darauf knisterte ein Lautsprecher, und eine freundliche Stimme kündigte die kurz bevorstehende Einfahrt in den Westerländer Bahnhof an.

KAPITEL 4

»Moin, Anna! Du willst doch nicht etwa für nachher absagen? Bitte lass mich nicht im Stich!« Die Stimme meiner Freundin klang ungewöhnlich gestresst.

»Hallo, Britta! Nein. Wie kommst du auf die Idee?«

»Entschuldige, ich bin momentan vollends durch den Wind«, räumte sie ein.

»Wegen heute Abend, habe ich recht? Das wäre ich an deiner Stelle auch.«

»Es gibt noch so viel zu tun. Ehrlich gesagt weiß ich gar nicht, wo ich zuerst anfangen soll.«

»Wenn ich dich in irgendeiner Weise unterstützen kann, lass es mich wissen«, bot ich ihr an.

»Danke, das weiß ich wirklich zu schätzen, aber glücklicherweise bin ich nicht allein. Es geht doch nichts über gutes Personal. Herr Börner ist übrigens gestern Abend überraschend angereist, einen Tag früher, als ursprünglich geplant. Gott sei Dank war sein Zimmer bezugsfertig, sonst hätte ich nicht gewusst, wo ich ihn hätte unterbringen können. Wir haben Hochsaison und sind bis auf das letzte Bett ausgebucht.«

»Wie ist er denn so?« Ich konnte meine Neugierde nicht im Zaum halten, obwohl ich zu der Gruppe Menschen gehörte, die sich normalerweise nicht sonderlich für Personen des öffentlichen Lebens interessierte.

»Seit wann interessierst du dich für Prominente?«, fragte Britta scheinheilig, und ich konnte mir ihr Grinsen bildlich vorstellen.

»Ich habe Ralph Börner neulich in einer Talkshow gesehen, da kam er sehr natürlich rüber, überhaupt nicht arrogant oder abgehoben«, erläuterte ich.

»Das kann ich bestätigen. Darüber hinaus sieht er in natura noch besser aus als im Fernsehen. Ich habe unser weibliches Personal selten so engagiert und zuvorkommend gesehen.« Sie kicherte, bevor sie ernster wurde. »Ich hoffe bloß, bei der Veranstaltung läuft alles einwandfrei. Das wäre ein Desaster erster Güte für unser Haus, schließlich ist das Fernsehen dabei. Wenn da was schiefgeht, gute Nacht. Dann wären wir erledigt.«

»Woran sollte es scheitern? Jan und du seid Profis auf eurem Gebiet. Außerdem eilt sowohl eurem Restaurant als auch dem Hotel ein ausgezeichneter Ruf voraus. Erst recht im Hinblick auf die Neugestaltung des Restaurants. Die Gäste werden begeistert sein. Die Fernsehsendung wird bestimmt aufgezeichnet, oder? Da kann man kleine Missgeschicke im Nachhinein problemlos herausschneiden. Wegen der Presse würde ich mir nicht zu große Sorgen machen, die interessiert sich in erster Linie für Börner«, war ich bemüht, ihre Bedenken aus dem Weg zu räumen.

»Wie so oft im Leben geht ausgerechnet dann etwas schief, wenn man es am wenigsten gebrauchen kann.« Britta stieß einen tiefen Seufzer aus. »Dieser Abend muss ein Erfolg werden, sonst war die harte Arbeit der letzten Wochen umsonst und unser neues Restaurant wird ein riesiger Flop, bevor es überhaupt richtig anlaufen kann.«

»Ach, es wird einschlagen wie eine Bombe! Du wirst sehen, ihr werdet euch vor Reservierungen nicht retten können. Wo bleibt dein unerschütterlicher Optimismus?«, neckte ich sie.

»Die Gäste verzeihen keine Fehler, und die Konkurrenz

ist groß. Du weißt selbst, was Neid und Missgunst mit sich bringen können. Negative Erfahrungen werden nun mal gern weitergegeben, und sei es nur aus Schadenfreude, um dem anderen eins auszuwischen. Sieh dir die teilweise vernichtenden Bewertungen im Internet an.«

In dieser Hinsicht musste ich meiner besten Freundin leider recht geben und verzichtete auf einen entsprechenden Widerspruch. »Der Abend wird wunderbar, und alle Gäste werden zufrieden sein, ganz bestimmt. Sollte es wider Erwarten doch an einer Stelle haken, bist du das beste Improvisationstalent, das ich kenne.«

»Nun ist aber gut mit der Lobhudelei, Anna. Ich werde schon ganz rot.« Ich konnte sie lachen hören. »Im Notfall musst du mir helfend unter die Arme greifen.«

»Stets zu Ihren Diensten, Madame!«, witzelte ich.

»Wir freuen uns jedenfalls, dass Nick und du heute Abend dabei seid. Dann fühlt es sich gleich ein bisschen familiärer an.«

»Das Event lassen wir uns unter keinen Umständen entgehen. Wann bietet sich schon die Gelegenheit, einem Sternekoch wie Ralph Börner live und in Farbe auf die Finger schauen zu dürfen. Und dazu im Restaurant der besten Freundin. Bei der Gelegenheit werde ich mir auf jeden Fall sein neues Kochbuch signieren lassen«, fügte ich hinzu.

»Du lieber Himmel! Das sind aber viele Leute«, staunte ich beim Anblick der Menschentraube, als wir den Restauranteingang erreichten. Auf der angrenzenden Rasenfläche hatte sich eine ansehnliche Gruppe vornehmlich weiblicher Personen versammelt. Einige von ihnen hielten Blumen oder kleine Geschenke in der Hand, aufgeregtes Stimmengewirr erfüllte den lauen Sommerabend.

»Man könnte meinen, jeden Augenblick erscheint ein Popstar auf der Bildfläche, aber so ein Hype um einen Koch?« Nick zog verwundert die rechte Augenbraue in die Höhe.

»Du siehst, die Zeiten ändern sich. Vielleicht solltest du die Branche wechseln?«

»Im Leben nicht! Vielen Dank, ich bin sehr zufrieden mit meinem Job.«

Ich musste über seine Äußerung lachen. »Das dachte ich mir.«

»Allerdings sieht die Gruppe dort drüben nicht aus, als wolle sie unserem kochenden Superstar einen herzlichen Empfang bereiten.«

Ich folgte Nicks skeptischem Blick zu einer Handvoll Personen, die etwas abseits der dicht gedrängten Fangemeinde selbst gestaltete Transparente und Schilder in die Luft hielt. Auf einem Pappschild war in dicken schwarzen Lettern »Biolügner« zu lesen, auf einem anderen »Luxus = Klimakiller«. Ihr Protest schien niemanden zu interessieren und ging im allgemeinen Trubel um Ralph Börner unter. Das Gros der Leute nahm ihre Anwesenheit nicht einmal wahr.

»Sind die wegen Börner gekommen?«

»Das weiß ich nicht, Anna. Jedenfalls gehören sie nicht zu seinen Fans, so viel steht fest.«

»Wirst du die Kollegen von der Streife informieren?«, fragte ich.

»Nein, solang sie sich ruhig verhalten, besteht keine Veranlassung. Im Moment tun sie niemandem etwas.«

»Komm, lass uns reingehen, bevor wir am Ende zwischen die Fronten geraten«, entschied ich und griff nach seiner Hand.

»Da seid ihr ja! Wie schön!« Britta eilte mit weit ausgebreiteten Armen auf uns zu, um uns zu begrüßen. Vor lauter Aufregung waren ihre Wangen rosig angehaucht.

»Gut siehst du aus!« Ich unterzog sie einer eingehenden Musterung.

»Danke.«

»Das Restaurant ist kaum wiederzuerkennen«, stellte ich begeistert fest, als ich die überall im Raum aufgestellten Kameras und Scheinwerfer erblickte. »Man könnte meinen, wir stehen inmitten eines professionellen Filmstudios.«

»Damit triffst du den Nagel auf den Kopf. So komme ich mir wirklich vor. Kommt mit, ich habe ein besonders schönes Plätzchen für euch reserviert. Von dort aus habt ihr alles im Blick.« Sie marschierte mit schnellen Schritten vor uns her, um vor einem geschmackvoll eingedeckten Tisch am Fenster stehenzubleiben. »Bitte, setzt euch! Wie wäre es vorab mit einem Aperitif? Vielleicht einem Prosecco oder etwas anderem? Timmy hat sich für heute Abend bereit erklärt, für die Getränke zu sorgen. Freiwillig«, betonte sie mit einem Augenzwinkern und sah sich suchend nach ihrem Sohn um. »Ich kann ihn im Augenblick zwar nirgends entdecken, aber ich schicke ihn zu euch, sobald er auftaucht.«

»Mach dir bitte wegen uns keinen Stress. Wir sind weder am Verhungern noch am Verdursten, oder, Nick?«

»Stimmt«, pflichtete er mir bei.

»Okay. Momentan weiß ich echt nicht, was ich zuerst machen soll. Ich wünschte, ich hätte ein paar Arme mehr wie ein Oktopus!« Britta lächelte gequält. Dann neigte sie ihren Kopf zu mir und flüsterte hinter vorgehaltener Hand: »Börners Managerin, diese Schulze-Ruthendorf, ist eine echte Hexe, sage ich dir.«

»Warum? Weil sie rote Haare hat?« Ich musste schmunzeln.

Britta schüttelte verneinend den Kopf. »Nein, aber sie scheucht mich ständig wegen irgendwelcher Sonderwünsche durch die Gegend. Jan gegenüber schlägt sie ganz andere Töne an. Mir scheint, sie hat ihn tatsächlich verhext. Er erfüllt ihr auf der Stelle jeden Wunsch, was es auch sein mag. Wenn er bei mir nur ansatzweise derart kooperativ wäre, wäre ich zufrieden. Aber ich kann mir regelmäßig den Mund fusselig reden, ohne dass etwas passiert!«

»Schatz!« Wie auf ein Kommando ertönte Jans Stimme im Hintergrund.

»Wenn man vom Teufel spricht. Wahrscheinlich benötigt Madame Mineralwasser in magenfreundlicher Temperatur! Oder was weiß ich!« Sie rollte genervt die Augen und machte sich auf den Weg zu ihrem Mann, der ihr bereits signalisierte, sie solle sich beeilen.

»Arme Britta! Sie tut mir fast ein bisschen leid.« Ich sah ihr mit teilnahmsvoller Miene nach.

»Das muss es nicht. Glaub mir, wenn das jemand verkraftet, dann Britta.« Nick zwinkerte mir belustigt zu.

Knapp zehn Minuten später erschien unter heftigen Beifallsbekundungen Ralph Börner im Restaurant. Nach einer allgemeinen Begrüßung begab sich der Sternekoch an die eigens für ihn vorbereitete Kochfläche. Er begann mit Pfannen und Töpfen zu hantieren und wurde nicht müde, jeden seiner Arbeitsschritte ausführlich zu kommentieren. Als er um Unterstützung aus dem Publikum bat, schnellten blitzartig unzählige Finger in die Höhe, vornehmlich lackierte. Während Börner das Menü zubereitete, ließ er nebenbei die eine oder andere Anekdote aus dem Fundus seines reichen Erfahrungsschatzes der letzten Jahre auf ebenso charmante wie amüsante Weise einfließen. Er war zweifelsohne ein geborener Entertainer und begnadeter Koch. Mit seiner Darbietung zog er mich und den überwiegenden Teil der Gäste in seinen Bann. Sogar Nick, der der Veranstaltung als Sohn eines Kochs zunächst skeptisch gegenübergestanden hatte, hörte den Ausführungen des Profikoches interessiert und aufmerksam zu. Nachdem alle Speisen fertig und den Gästen serviert worden waren, ließ Börner es sich nicht nehmen, sein neu erschienenes Kochbuch vorzustellen, das mit seinen speziellen Rezepten gezielt auf den nachhaltigen Umgang mit Lebensmitteln ausgerichtet war. Börner wurde nicht müde zu erwähnen, dass er die Massentierhaltung sowie die generelle Verschwendung in der Lebensmittelbranche aufs Schärfste verurteilte. Die Blicke und das zustimmende Kopfnicken seiner Anhängerschaft schienen ihn in seinem flammenden Plädoyer regelrecht zu befeuern. Immer wieder aufs Neue versuchte der schmächtig anmutende Moderator, Börners euphorische Ausschweifungen nicht ausufern zu lassen. An ihm lag es, den eng gesteckten Zeitplan einzuhalten, was ihm die Schweißperlen auf die Stirn trieb. Der Sternekoch ignorierte jegliche Hinweise geflissentlich und ließ sich nicht beirren. Seiner Managerin gelang es letztendlich, ihn in seiner Euphorie zu bremsen. Plötzlich tauchte Jan in meinem Blickfeld auf, der geradewegs auf unseren Tisch zukam. Er sah besorgt aus und flüsterte Nick etwas zu, der sich daraufhin von seinem Platz erhob.

»Ist etwas passiert?«, fragte ich.

»Vor dem Restaurant gibt es offenbar Ärger. Ich sehe mir das an, dauert nicht lange.« Er gab mir einen flüchtigen Kuss und folgte Jan nach draußen.

Ralph Börner stellte sich indes den Fragen aus dem Publikum, während seine Managerin Cordula Schulze-Ruthendorf penibel darauf achtete, dass das vorgegebene Zeitlimit für jede Frage eingehalten wurde.

»Meine Damen und Herren! Ich darf nun um die allerletzte Frage bitten. Ja, der Herr dort in der Ecke!« Der durchgeschwitzte Moderator deutete auf einen Mann mit Brille und Schnauzbart, dessen Erscheinungsbild entfernt an das eines Seelöwen erinnerte.

»Mich würde interessieren, wie Ihrer Meinung nach hochgepriesene Bioqualität mit billigen und minderwertigen Lebensmitteln einhergeht?«

Für einen Moment verstummten jegliche Gespräche im Raum, und es wurde mucksmäuschenstill. Alle Köpfe drehten sich abrupt in Börners Richtung, dessen Miene für den Bruchteil einer Sekunde buchstäblich gefror.

»Ich verstehe Ihre Frage nicht? Könnten Sie das bitte genauer formulieren?«, fragte er in gespielter Gelassenheit. Seine Gesichtsfarbe ließ erahnen, dass es hinter der Fassade vollkommen anders aussah.

»Ich denke, Sie verstehen sehr wohl. Aber ich drücke mich gerne klarer aus. Einerseits stimmen Sie ein Loblied auf hochwertige Lebensmittel und Biostandards an, was derzeit voll im Trend liegt, andererseits …«, er legte eine Kunstpause ein, »… schrecken Sie nicht davor zurück, Ihren Gästen minderwertige Qualität, ja sogar verdorbene und in meinen Augen absolut ungenießbare Lebensmittel unterzujubeln. Wie passt das Ihrer Meinung nach in Ihr Konzept?«

Umgehend ging ein Raunen durch den Raum und erste entrüstete Zwischenrufe waren zu hören.

»Ich habe nicht die leiseste Ahnung, wovon Sie sprechen. Wie war noch gleich Ihr Name? Dürfte ich erfahren, woher Sie Ihre Informationen beziehen? Ich kann Ihnen versichern, sie sind absolut falsch.« Börner lachte künstlich und fuhr sich zum wiederholten Male nervös mit der Zunge über die Lippen.

»Ein Gast soll sogar an den Folgen einer Lebensmittelvergiftung gestorben sein, die er sich in Ihrem Restaurant zugezogen hat«, fuhr der Mann ungerührt fort und lehnte lässig in seinem Stuhl. Er schien die Wirkung seiner Aussage regelrecht zu genießen.

Die Spannung in der Luft war deutlich zu spüren. Der Moderator signalisierte dem Kameramann mit hektischen Armbewegungen, die Aufnahme sofort abzubrechen. Mein Blick wanderte zu Britta, die mit hochrotem Kopf dermaßen angestrengt auf ihrer Unterlippe herumbiss, dass zu befürchten war, sie platze jeden Moment. Sie sah zu Börner, der vor Wut schnaubend gerade zum verbalen Gegenschlag ausholen wollte, als seine Managerin ihn beiseiteschob und sich an die Gäste wendete.

»Herrschaften, bitte beruhigen Sie sich! Hier liegt ein großes Missverständnis vor.« Ihr Lächeln wirkte äußerst professionell. »Ich versichere Ihnen, dass die vorgebrachten Anschuldigungen gegen Herrn Börner jeglicher Grundlage entbehren«, beschwor sie die Gäste, wobei sie den Mann mit einem vernichtenden Seitenblick bedachte.

Dieser erhob sich daraufhin von seinem Platz, schenkte Börner im Vorbeigehen ein spöttisches Grinsen und verließ wortlos das Restaurant. Allem Anschein nach hatte er seine Mission erfüllt und brachte sich nunmehr aus der Schusslinie.

»Ich schlage vor, wir lassen uns von dem kleinen Zwischenfall den Abend nicht verderben, und machen weiter. Sie haben jetzt die Gelegenheit, das neueste Kochbuch von Herrn Börner zu erwerben und von ihm signieren zu lassen«, fuhr die Managerin fort.

Langsam hatte sich der Geräuschpegel im Raum normalisiert. Ralph Börner saß, umringt von mehreren Menschen, an einem Tisch und signierte unermüdlich Bücher. Nicht jeder kaufte ein Kochbuch, einige der Anwesenden suchten einfach das Gespräch mit ihm. Man hätte annehmen können, die vorausgegangene Szene hätte nie stattgefunden. Da entdeckte ich plötzlich Britta durch das Getümmel auf uns zukommen.

»Habt ihr das eben mitbekommen?« Sie wirkte nach wie vor aufgewühlt, was die roten Flecken auf ihrem Hals und im Gesicht bezeugten.

»Weißt du, wer der Mann war?«, wollte ich wissen.

»Er wohnt bei uns im Hotel und hat gestern Nachmittag eingecheckt. Sein Name ist Dumpert, wenn ich mich recht erinnere.« Sie zuckte ratlos die Achseln.

»Er erweckte den Anschein, als würden sich die beiden kennen«, entgegnete ich und erntete sowohl von Nick, der mittlerweile zurückgekehrt war, als auch von Britta einen überraschten Blick.

»Wie kommst du darauf?«, hakte Nick nach.

»Intuition.«

»Soso. Ich glaube eher, deine Fantasie geht mal wieder mit dir durch.« Seine Mundwinkel zuckten amüsiert.

»Du brauchst dich nicht lustig über mich zu machen. Mein Gefühl hat mich in der Vergangenheit in den wenigsten Fällen im Stich gelassen«, rief ich in Erinnerung.

»Das mag stimmen, aber glücklicherweise liegt aktuell kein Fall vor«, entgegnete er, wobei er die letzten Worte besonders betonte.

»Mal bitte nicht den Teufel an die Wand! Das wäre eine Katastrophe!«

»Ach, Britta! Lass dich von dem kleinen Intermezzo nicht verunsichern. Die Veranstaltung läuft super. Das Essen war hervorragend, die Stimmung ist gut, und die Gäste umschwärmen den Meister wie die Motten das Licht. Was willst du mehr?« Ich deutete hinüber zu der Traube Personen, die den Star des Abends umringte.

»Anna hat recht. Morgen wird sich kaum jemand an den Zwischenfall erinnern.«

»Wenn ihr meint.« Vollkommen überzeugt klang Britta nicht.

»Was war da eben los?«, wollte ich von Nick wissen, als Britta gegangen war.

»Die Demonstranten haben sich vor dem Restaurant mit Gästen angelegt. Es ist zum Streit gekommen, aber wir konnten rechtzeitig eingreifen, bevor die Sache eskalierte.«

»Das ist ja noch einmal gut gegangen.«

Nachdem nahezu alle Gäste gegangen waren, verabschiedeten wir uns von Britta und Jan. Als wir unseren Wagen erreicht hatten, richtete sich meine Aufmerksamkeit auf zwei Personen am Ende des Parkplatzes, die, ihren Gesten nach zu urteilen, in ein heftiges Wortgefecht verwickelt waren. Lediglich einzelne Wortfetzen drangen zu uns herüber.

»Warte mal, Nick! Ich glaube, da drüben gibt es Ärger.« Nick folgte meinem Blick.

»Ist das nicht Börner?«, fragte er mit einem Stirnrunzeln.

»Ja, du hast recht. Das ist er. Den anderen kann ich nicht genau erkennen.«

Ich hatte den Satz soeben zu Ende gesprochen, als es zu einem Handgemenge zwischen den Männern kam, in dessen Verlauf einer der beiden derart heftig von einem Schlag getroffen wurde, dass er ins Trudeln geriet und zu Boden fiel.

»Du bleibst besser hier!« Mit diesen Worten lief Nick um den Wagen herum in Richtung der Streithähne.

»Pass auf, dass du nicht in die Schusslinie gerätst!«, rief ich ihm nach, was er aber offensichtlich nicht mehr hörte.

Entgegen Nicks Rat folgte ich ihm kurz darauf.

»Verdammter Mistkerl! Na warte!« Mit hochrotem Gesicht und wutschnaubend war Börner im Begriff, abermals auf seinen Widersacher loszugehen. Dieser hatte sich mittlerweile aufgerappelt und lehnte mit dem Rücken an einem der geparkten Autos. Den Kopf weit in den Nacken gelegt, hielt er sich eine Hand auf die Nase. Mit der anderen kramte er ein Taschentuch aus seiner Sakkotasche.

»Hey! Schluss damit!« Nick packte den angriffslustigen Koch, bevor der sich erneut auf seinen Widersacher stürzen konnte.

»Lassen Sie mich auf der Stelle los, Sie tun mir weh!« Börner versuchte vergeblich, sich aus Nicks geschultem Griff zu befreien.

»Nur wenn Sie versprechen, friedlich zu bleiben.«

»Jaja, schon gut«, willigte Börner ein.

Daraufhin ließ Nick den Mann los.

»Wer sind Sie überhaupt und warum mischen Sie sich ein?«, machte der Sternekoch seiner Verärgerung Luft, während er sich demonstrativ das Handgelenk rieb. »Sie haben mir um ein Haar die Schulter ausgekugelt. Das grenzt an Körperverletzung. Dafür werde ich Sie haftbar machen. Offenbar haben Sie keine Ahnung, mit wem Sie es zu tun haben«, echauffierte er sich und rückte den Kragen seines Hemdes zurecht.

»Wie bitte?«, konterte Nick, der nicht glauben konnte, was er gehört hatte. »Soll das eine Drohung sein?«

»Ach, rutschen Sie mir den Buckel runter!« Börner wandte sich mit einer abwertenden Handbewegung ab und unterzog das unweit von ihm abgestellte Fahrzeug einer eingehenden Betrachtung.

»Geht es Ihnen gut? Ihre Nase blutet. Ist sie gebrochen?« Ich reichte dem Mann mit Schnauzbart ein Papiertaschentuch, mit dem er sich vorsichtig das Blut von der Nase wischte. Ich erkannte ihn sofort. Es war Herr Dumpert, der Stunden zuvor mit seinen Äußerungen beinahe die Veranstaltung gesprengt hätte.

»Danke, alles halb so wild. Mein Rüssel kann einiges vertragen.« Er zerknüllte das blutige Taschentuch in seiner Hand und ließ es anschließend in der Hosentasche verschwinden.

»Kein Wunder, wenn man sich an Sachen anderer Leute vergreift«, schaltete sich Börner erneut ein.

»Wo liegt das Problem?«, wollte Nick wissen und sah abwechselnd von einem zum anderen.

»Er hat meinen Wagen beschädigt, da liegt das Problem!« Börner deutete auf Dumpert, der abwehrend die Hände hob.

»Das ist eine böswillige Unterstellung. Nebenbei bemerkt habe ich es nicht nötig, mich auf ein derartiges Niveau herabzulassen.«

»Das sind ja ganz neue Töne! Wer sollte das sonst gewesen sein?« Börner wandte sich Nick zu. »Sehen Sie sich die Sauerei an! Das kostet mich eine ordentliche Stange Geld.«

Die Fahrerseite seines nagelneuen Geländewagens wies über die komplette Länge tiefe Kratzspuren auf. Zudem hatte jemand mit roter Farbe in dicken Lettern »Mörder« quer über die Motorhaube geschrieben.

»Da war irgendjemand offenbar ziemlich sauer auf Sie. Haben Sie keine Vollkaskoversicherung, die für den Schaden aufkommt?«, warf ich ein.

In diesem Augenblick tauchte Börners Managerin unvermittelt auf dem Parkplatz auf. »Ralph, was ist hier los? Der Lärm ist bis in mein Hotelzimmer zu hören.« Sie sah im Gegensatz zu vorhin eine Spur derangiert aus, was daran lag, dass sie ungeschminkt war und lediglich eine dünne Strickjacke über ihrem Nachthemd trug. Ihre nackten Füße steckten in hoteleigenen Frotteeschlappen.

»Du lieber Himmel! Wer macht denn so etwas?« Sie entdeckte den beschädigten Wagen, und ihr Blick wanderte umgehend zu Dumpert. »Sie schrecken scheinbar vor nichts zurück.« Sie kräuselte die Lippen und in ihrem Ausdruck lag Empörung.

»Er streitet natürlich alles ab«, fügte der Sternekoch abfällig hinzu.

»Tatsächlich? Dann war das vermutlich der große Unbekannte«, gab sie schnippisch zurück.

»Wer könnte für die Tat sonst infrage kommen? Gab es in der Vergangenheit ähnliche Vorkommnisse?«, ergriff Nick das Wort, um Deeskalation bemüht.

»Nein.« Die Antwort der Managerin fiel schnell und knapp aus. Sie beäugte Nick skeptisch und fuhr mit einem Stirnrunzeln fort: »Was geht Sie das an? Wer sind Sie? Wenn Sie einer von diesen schmierigen Journalisten sind, die bloß auf eine Story aus sind, dann rate ich Ihnen …«

»Ich bin kein Journalist, sondern arbeite bei der Kriminalpolizei in Westerland. Meine Frau und ich haben an Ihrer Veranstaltung teilgenommen«, erklärte Nick.

»Bitte entschuldigen Sie, aber Sie können sich nicht vorstellen, mit welchen miesen Tricks in der Branche gearbeitet wird, nur um an eine reißerische Story zu gelangen. In vielen Fällen entspricht sie am Ende nicht ansatzweise der Wahrheit.« Sie schenkte Dumpert einen kurzen vernichtenden Seitenblick. »Mein Name ist Cordula Schulze-Ruthendorf, ich bin die Managerin von Herrn Börner.« Mit einem zuckersüßen Lächeln streckte sie Nick ihre Hand entgegen. Mich strafte sie mit Nichtachtung.

»Ich werde die Kollegen von der Streife informieren, damit sie den Vorfall aufnehmen«, setzte Nick an und war im Begriff, sein Handy zu zücken.

»Danke, das wird nicht notwendig sein«, beschwichtigte sie zu unserer Überraschung. »Wir regeln die Angelegenheit lieber ohne die Polizei. Je weniger Aufsehen, desto besser. Sie verstehen?« Sie schlang ihre Strickjacke enger um den Körper, obwohl die Temperatur selbst zu fortgeschrittener Stunde angenehm warm war.

»Was ist mit Ihnen? Sehen Sie die Sache ebenso?« Ich sah demonstrativ zu Dumpert, der sich im Hintergrund hielt. »Sie wurden angegriffen und verletzt. Das ist mindestens Körperverletzung.«

Die Managerin musterte mich geringschätzig und vermittelte den Eindruck, als würde sie mich erst jetzt richtig wahrgenommen haben. »Ich denke, auch das werden wir auf unbürokratische Weise klären. Nicht wahr, Herr Dumpert?« Cordula Schulze-Ruthendorf wischte meinen Einwand weg wie ein lästiges Insekt.

Dumpert verzog den Mund und trottete wortlos in die Dunkelheit, von der er alsbald verschluckt wurde.

»Kommst du, Ralph? Morgen wird wieder ein anstrengender Tag, du solltest ausgeruht sein.« Die rothaarige Managerin forderte ihren Schützling mit einer Geste auf, ihr in das Hotel zu folgen.

»Geh ruhig, Cordula! Ich kann sowieso noch nicht schlafen. Ein Spaziergang an der frischen Luft wird mir guttun.« Ohne ihre Reaktion abzuwarten, drehte er sich weg und verschwand kurz darauf aus unserem Blickfeld.

»Tja, so ist er halt. Ein bisschen speziell wie die meisten Künstler.« Cordula Schulze-Ruthendorf überspielte ihre Verärgerung über das Verhalten mit einem aufgesetzten Lächeln. Dann verabschiedete sie sich von uns und stolzierte, so gut es ihre Hotelschlappen zuließen, schnurstracks auf den Hoteleingang zu.

»Seltsames Verhalten, findest du nicht auch?«, fragte ich Nick, als wir im Auto saßen. »Ich meine, warum weigert sich Börner, Anzeige zu erstatten? Der Schaden an seinem Wagen ist beträchtlich, das würde ich nicht aus eigener Tasche zahlen wollen. Und Dumpert? Wenn mich jemand niederschlägt, würde ich …«

»Anna! Zerbrich dir nicht unnötig den Kopf.« Er schenkte mir ein Lächeln. »Man kann niemanden zwingen. Sie werden ihre Gründe haben.«

»Wäre doch möglich, dass es eine offene Rechnung gibt, und nun sind sie quitt«, überlegte ich, worauf Nick ein gequältes Stöhnen von sich gab.

»Bitte keine wilden Spekulationen!«

»Der Schaden am Wagen könnte natürlich auch auf das Konto dieser Demonstranten gehen«, stellte ich weitere Vermutungen an, ungeachtet Nicks neuerlichem Einwand.

»Kann sein, aber ehrlich gesagt, interessiert es mich momentan nicht. Ich bin hundemüde und will nur noch ins Bett!« Mit diesen Worten startete Nick den Wagen.

KAPITEL 5

Er schlich den mit dunkelgrauem Teppichboden ausgelegten Flur entlang zu seinem Zimmer in der Hoffnung, niemandem zu begegnen. Seine geschwollene Nase behinderte ihn zusehends beim Atmen. Obendrein ergriff langsam eine bleierne Müdigkeit Besitz von ihm. Höchste Zeit, sich aufs Ohr zu hauen, überlegte er und kramte in der Hosentasche nach dem Zimmerschlüssel. Plötzlich fiel sein Blick auf eine angelehnte Zimmertür. Ein schwacher Lichtstrahl drang aus dem Inneren auf den Gang und bildete auf dem dunklen Untergrund eine wenige Zentimeter breite helle Linie. Als er realisierte, vor wessen Tür er sich befand, war schlagartig jegliche Müdigkeit verflogen und seine Neugierde geweckt. Dieses Zimmer bewohnte Ralph Börner, er hatte ihn am Morgen herauskommen sehen. Da er ihn keine zehn Minuten zuvor auf dem Parkplatz getroffen hatte, musste sich folglich jemand anderer Zutritt verschafft haben. Eventuell ein Einbrecher? Seine Chance witternd, zögerte er nicht lange. Nachdem er sich vergewissert hatte, dass ihn niemand beobachtete, öffnete er die Tür ein Stück weiter und huschte über die Schwelle. Im Zimmer befand sich außer ihm scheinbar niemand. Das riesige Bett war unberührt, denn auf der Tagesdecke lagen diverse farblich aufeinander abgestimmte Kissen, kunstvoll arrangiert. In der Mitte eines runden Tisches lenkte ein üppiger Blumenstrauß den Blick des Besuchers auf sich. Durch den Duft der Blumen begann seine Nase heftig zu kribbeln. Er kämpfte gegen den drohenden Niesanfall an, um sich nicht zu verraten. Er selbst würde es in dieser vom Blumenduft geschwängerten Umgebung keinesfalls lange aushalten, geschweige denn schlafen können, überlegte er, während er den Raum mit den Augen nach etwas Interessantem abscannte. Wonach er genau suchte, wusste er nicht. Über der Stuhllehne hing ein helles Leinensakko mit den typischen Knitterfalten an den Ärmeln. Vor dem Stuhl stand ein Paar hellbraune auf Hochglanz polierte Herrenschuhe, in denen hölzerne Schuhspanner steckten. Letztendlich blieb sein Blick an einem Stapel Unterlagen auf der Fensterbank hängen. Er steuerte darauf zu und zog eine lederne Mappe unter diversen Magazinen und Zeitungsartikeln hervor. Als er sie öffnete, fiel ein zusammengefaltetes Stück Papier heraus und landete direkt vor seinen Füßen. Ohne zu zögern, bückte er sich danach und hob es auf. Während er den Inhalt des Briefes überflog, zeichnete sich auf seinem Gesicht ein breites Grinsen ab.

»Sieh einer an, das ist ja interessant«, murmelte er vor sich hin. Plötzlich ließ ihn ein Geräusch aufhorchen. Er verharrte in der Bewegung und lauschte. War er womöglich doch nicht allein in dem Zimmer? Seiner Wahrnehmung folgend, bewegte er sich leise auf die angelehnte Badezimmertür zu, während er das Schriftstück in der Tasche seines Sakkos verschwinden ließ. Mit leichtem Druck öffnete er die Tür, darauf gefasst, dass ihm jeden Augenblick jemand entgegenstürmen konnte. Nichts dergleichen geschah. Am Waschbecken stand eine Person mit dem Rücken zu ihm gekehrt.

»Was machen Sie hier?«, fragte er.

Erschrocken wirbelte sie herum. Auf Dumperts Gesicht erschien abermals ein breites Grinsen. Der Abend versprach, doch noch ein gutes Ende zu nehmen.

KAPITEL 6

»Wo warst du so lange? Wir dachten schon, die Cops hätten dich erwischt.« Moritz sah Lukas misstrauisch an, der seinen Rucksack neben das Bett auf den Boden warf, auf das er sich anschließend fallen ließ.

»Hatte etwas zu erledigen«, brummte er.

»Dürfen wir vielleicht auch erfahren, was?« Ann-Kathrin lehnte mit verschränkten Armen am Bettpfosten des Etagenbettes und wartete auf eine Erklärung.

»Ist das ein Verhör, oder was?«, erwiderte Lukas gereizt.

»Falls du dich erinnerst, wir sind ein Team. Alleingänge passen nicht ins Konzept«, setzte sie nach.

Lukas hob den Kopf. »Ach ja, du bist die Anführerin, hatte ich glatt vergessen.«

»Ich finde, Lukas ist niemandem Rechenschaft schuldig, wohin er geht oder was er macht.«

»Von dir habe ich nichts anderes erwartet, Lara! Du nimmst ihn sowieso in Schutz, egal, was er macht«, fauchte Ann-Kathrin.

»Das stimmt doch überhaupt nicht!«, verteidigte sich Lara vehement.

»Jetzt hört auf mit dem Gezicke!«, ging Moritz, um Schlichtung bemüht, dazwischen. Daraufhin herrschte kurzzeitig Schweigen.

»Danke, dann können wir uns endlich auf das Wesentliche konzentrieren«, fuhr er fort. »Gibt es von eurer Seite Fragen, oder ist alles klar soweit? Wie sieht es mit dir aus, Lukas? Hast du die Sachen besorgt?« Der Angesprochene gab ein zustimmendes Brummen von sich und streckte den rechten Daumen nach oben, während er seine Augen geschlossen hielt. »Gut, dann treffen wir uns später am verabredeten Ort.«

Moritz und Ann-Kathrin verließen gemeinsam das Zimmer. Lara stand eine Weile unschlüssig neben Lukas' Bett und betrachtete ihn mit verstohlenem Blick.

»Ist wirklich alles okay mit dir? Ich gebe dir recht, Ann-Kathrin spielt sich ziemlich auf.« Sie lachte verlegen.

Lukas öffnete die Augen und sah sie an. Lara wich seinem Blick aus und betrachtete stattdessen ihre Finger, die sie nervös knetete. »Ich geh dann mal in mein Zimmer.«

»Warum machst du bei der Sache mit?« Lukas' Blick verweilte auf ihr.

»Ich möchte etwas für unsere Zukunft tun, bevor andere sie vollkommen zugrunde richten. Dazu ist man quasi verpflichtet. Das muss aufhören, dass die Meere zugemüllt, Tiere gequält und kostbare Ressourcen sinnlos verschwendet werden. Wir müssen mit unseren Aktionen ein Zeichen setzen. Jeder Einzelne von uns ist nur Gast auf diesem Planeten.« In ihren Worten flackerte wahrer Kampfgeist auf.

»Hast du nicht Angst, erwischt zu werden?«

Sie antwortete nicht sofort. »Moritz sagt, solang wir uns im rechtssicheren Rahmen bewegen, kann nichts passieren.«

»Moritz! Der muss es ja wissen.« Lukas rollte mit den Augen und stieß einen abfälligen Laut aus.

»Glaubst du, wir sollten die Sache heute lieber abblasen?« Sie wirkte plötzlich verunsichert.

»Nein, nein. Das siehst du völlig richtig, gegen skrupellose Machenschaften muss man etwas unternehmen.« Er schenkte ihr ein Lächeln, worauf sie leicht errötete.

KAPITEL 7

Nachdem ich Christopher in den Kindergarten gebracht hatte, fuhr ich nach Kampen, wo ich mit dem Gartenbauer Piet Sanders auf einer Baustelle verabredet war.

»Moin, Piet! Läuft alles, wie es soll?«

»Moin, Anna! Ich kann nicht klagen.« Er nahm seine Schirmmütze vom Kopf und wischte sich mit dem Handrücken den Schweiß von der Stirn. »Glaube, das gibt heute ein ordentliches Gewitter. Es ist jetzt schon dermaßen schwül, dass man es kaum aushält.« Er kniff zum Schutz gegen die grelle Sonne die Augen zusammen und blickte zum Himmel.

»Ein bisschen Regen könnten wir nach der langen Trockenheit dringend gebrauchen, vor allem für die Neubepflanzungen.«

»Da sagst du was.« Nachdenklich betrachtete er das Blatt einer frisch gepflanzten Hortensie, welches er vorsichtig zwischen den Fingerspitzen rieb.

»Alles in allem sieht das bisher sehr gut aus.« Ich ließ meinen Blick durch den halb fertigen Garten schweifen. »Können wir den Zeitplan halten? Der Kunde möchte schnellstmöglich einziehen, hat er mir am Telefon mitgeteilt.«

»Ja, das wollen sie alle. Und am Ende verbringen sie nur wenige Wochen hier, den Rest des Jahres steht die Bude leer. Eine Schande ist das.« Piet verzog missmutig den Mund.

»Welche Laus ist dir denn über die Leber gelaufen? Du bist doch sonst nicht so negativ eingestellt.«

»Anna, ich …« Bevor er weitersprechen konnte, wurde er von einem jungen Mann in Arbeitskleidung unterbrochen, der mit großen Schritten auf uns zugeeilt kam. Seine Verärgerung war ihm bereits aus der Ferne deutlich anzusehen.

»Chef, so geht das nicht! Bei aller Liebe, aber die ist einfach zu … blöd!« Er stützte beide Hände in die Hüften.

»Was ist los, Hagen? Wo liegt das Problem?«

Piets Mitarbeiter zeigte auf eine schätzungsweise 30-jährige Frau, die mit gesenktem Blick an der Hauswand stand und nervös mit den Händen an dem Saum ihres T-Shirts zerrte, sodass man befürchten musste, der Stoff würde dem Angriff nicht mehr lange standhalten.

»Ich habe die Rasenkanten vorbereitet, wie besprochen, aber kaum passt man eine Sekunde nicht auf, schüttet sie Erde rein. Jetzt kann ich wieder von vorne anfangen. So doof kann man doch nicht sein!«, ließ der Mann seinem Frust freien Lauf.

»Okay, ich kann dich gut verstehen. Gib ihr einfach klare Anweisungen, dann funktioniert das auch. Sie ist eben ein wenig speziell. In Ordnung? Nimm ein bisschen Rücksicht.«

Das Verständnis und die Ruhe, die Piet seinen Mitarbeitern entgegenbrachte, faszinierte mich immer wieder aufs Neue. Allerdings hatte ich ihn in manch einer Situation ebenso aufbrausend erlebt. Vermutlich war genau dies das Geheimnis seines Erfolgs.

»Rücksicht? Ich bin kein Babysitter!«, maulte Hagen im Weggehen und kickte einen Stein beiseite, der ein Stück entfernt in einer Hecke landete.

»Probleme?«, fragte ich vorsichtig.

»Wohl eher Kommunikationsschwierigkeiten.« Er wirkte zerknirscht. »Hilke arbeitet seit circa drei Wochen in unserem Team. Sie ist geistig behindert, macht ihre Arbeit aber gut. Das Problem ist, sie braucht manchmal etwas länger und vor allem exakte Anweisungen, dann funktioniert das für gewöhnlich gut. Das sind meine Leute nicht gewohnt.«

»Das sind sicher nur Startschwierigkeiten. Irgendwann werden sie lernen, mit der Situation umzugehen.«

»Das denke ich auch.«

»Ich finde es toll, dass du Hilke eine Chance gibst und ihr so viel Verständnis entgegenbringst. Davon profitieren beide Seiten ungemein.«

»Ich gebe mir jedenfalls Mühe.«

»Piet? Was wolltest du vorhin sagen, bevor wir unterbrochen wurden?«

»Ach ja, das hätte ich beinahe vergessen. Ich würde gern eine Sache mit dir besprechen, aber nicht zwischen Tür und Angel.«

»Oh. Das klingt ernst.«

Er schüttelte lachend den Kopf. »Nein, Anna. Nichts, worüber du dir Sorgen machen müsstest.«

»Das beruhigt mich. Soll ich später zu dir in die Firma kommen? Das lässt sich einrichten«, schlug ich vor.

Jetzt wurde sein Gesichtsausdruck tatsächlich ernster. »Lass uns besser auf neutralem Boden reden und nicht in meinem Büro.«

»Meinetwegen. Wann und wo?« Seine Antwort irritierte mich.

Er zog das Handy aus einer der unzähligen Taschen seiner Arbeitshose und scrollte über den Bildschirm. »Hm, hier hätte ich eine Lücke. Wie wäre es um 14 Uhr im *Beachhouse* an der Strandpromenade in Westerland? Weißt du, wo es ist?«

In Gedanken überflog ich meine heutigen Termine »Ja, das kenne ich. 14 Uhr passt gut. Also bis später! Ich bin sehr gespannt, was du zu berichten hast.«

Ich schlenderte die Westerländer Promenade entlang. Wer sich nicht aufgrund des herrlichen Wetters direkt am Strand aufhielt, flanierte die beliebte Meile entlang. Auf den terrassenartig angebrachten Bänken vor der Musikmuschel saßen die Menschen, hielten ihre Gesichter der Sonne entgegen, aßen Eis oder Fischbrötchen oder beobachteten das bunte Treiben vor ihrer Nase. Bis zu meiner Verabredung mit Piet Sanders blieb mir genügend Zeit, daher nahm ich auf der Mauer zu Füßen des luxuriösen Hotels *Miramar* Platz, dessen Gäste bereits seit 1903 die exponierte Lage direkt am Meer mit Blick auf die unendliche Nordsee zu schätzen und zu genießen wussten. Für einen Moment schloss ich die Augen und atmete die nach Salz und Meer riechende Luft ein. Die weißen Strandkörbe leuchteten in der Sonne vor dem türkisfarbenen Wasser und boten somit die perfekte Urlaubskulisse. Während ich dem bunten Treiben am Strand zusah, bekam ich selbst Lust, mal wieder einen Tag am Strand zu verbringen. Die Tage, die ich mir diese Freiheit nahm, waren in letzter Zeit zusehends seltener geworden. Sowohl meine Familie als auch mein kleines Unternehmen bestimmten meinen meist streng getakteten Tagesablauf. Anfang des Jahres sorgten meine Eltern mit dem Entschluss, ihren Lebensmittelpunkt nach Sylt zu verlegen, für eine echte Überraschung. Meine anfängliche Skepsis hinsichtlich der Folgen, die ihr Umzug für uns mit sich zog, hatte sich zwar nicht vollständig gelegt, dennoch war es schön, sie in der Nähe zu wissen. Ich sah auf die Uhr und erschrak, wie spät es war. Vollkommen in Gedanken versunken, hatte ich die Zeit beinahe vergessen. Da ich Piet unter keinen Umständen warten lassen wollte, machte ich mich auf den Weg zu unserem Treffpunkt, der nur wenige Gehminuten entfernt lag. Als ich das Restaurant auf der Düne erreicht hatte, sah ich mich nach ihm um, konnte ihn jedoch nirgends entdecken. Das Restaurant war zur Mittagszeit gut besucht, so waren nahezu alle Plätze belegt. Als ich aus dem Augenwinkel wahrnahm, dass einer der begehrten Tische mit Meerblick frei wurde, zögerte ich nicht lange und steuerte direkt darauf zu.

»Moin!«, wurde ich von einer Bedienung begrüßt, als ich gerade Platz genommen hatte. Sie trug ihr Haar zu Rasterzöpfen geflochten, und ihr ärmelloses T-Shirt gab ein buntes Potpourri unterschiedlichster Tattoos frei. Während sie auf meine Antwort wartete, wischte sie schwungvoll mit einem feuchten Lappen quer über den Tisch. Dabei stieß sie derart heftig gegen die Flasche mit dem Olivenöl, dass sie um Haaresbreite umgefallen wäre und ich sie im letzten Moment daran hindern konnte.

»Ausgezeichnete Reaktion!«, bestätigte die junge Frau. »Was kann ich dir bringen?«

»Ich warte auf jemanden und würde gern mit der Bestellung warten.«

»Das ist kein Problem. Wir haben heute übrigens frische Waffeln wahlweise mit frischen Erdbeeren oder Sahne oder mit beidem im Angebot«, ließ sie mich wissen.

»Klingt verführerisch! Ich denke darüber nach.«

»Mach das!« Fröhlich vor sich hin summend, wechselte sie zu einem der Nachbartische.

Während ich auf Piet wartete und mich meinem Handy widmete, wurde ich nebenbei ungewollt Zeugin einer nicht zu überhörenden Meinungsverschiedenheit am Tisch vor mir. Die Lautstärke der Unterhaltung schwoll kontinuierlich an und gewann durchaus an Schärfe.

»Das kommt überhaupt nicht infrage! Sie spinnen wohl!«, schleuderte die Frau ihrem Begleiter entgegen. Dann sprang sie auf und zerrte an ihrer Tasche, deren Schulterriemen sich an der Stuhllehne verfangen hatte, und verließ anschließend geradezu fluchtartig die Restaurantterrasse.

Den Mann schien dieser theatralische Abgang wenig zu beeindrucken, denn er blieb ruhig sitzen. Erst nachdem er sein Glas geleert hatte, bat er die vorbeieilende Bedienung um die Rechnung. Die Frau dagegen war längst im Getümmel der Promenade untergetaucht. Ich überflog derweil meine eingegangenen E-Mails auf meinem Handy und schenkte meiner Umwelt keine weitere Beachtung.

»Sorry für die Verspätung!«

Erst in diesem Moment bemerkte ich Piet, der plötzlich neben mir auftauchte und sich gegenüber auf den Stuhl niederließ. Sein Handy mit dem seit Wochen zersplitterten Display, das einem Spinnennetz glich, sowie den Autoschlüssel mit dem abgewetzten Lederanhänger legte er vor sich auf die Tischplatte.

»Ach, ich hatte derweil ein spannendes Unterhaltungsprogramm«, erwiderte ich mit einem Augenzwinkern und deutete mit einem Kopfnicken zum Tisch hinter ihm. Piet setzte eine erwartungsvolle Miene auf. »So spannend nun auch wieder nicht«, räumte ich schnell ein. »Viel interessanter ist, was du mir mitzuteilen hast. Nun spann mich bitte nicht länger auf die Folter, ich platze fast vor Neugier!«

Er lachte, bevor sein Gesichtsausdruck nachdenklicher wurde. »Björn steigt aus.«

»Das überrascht mich ein bisschen. Wann und wieso?«

»Er würde am liebsten sofort aufhören«, erwiderte Piet niedergeschlagen.

»Habt ihr euch gestritten, oder warum hat er es plötzlich derart eilig? Er hat irgendwann mal in einem Nebensatz fallen lassen, dass er sich frühestens in zwei Jahren aus dem Geschäft zurückziehen will. Ist er krank?«

»Er nicht, aber seiner Frau geht es gesundheitlich nicht gut. Er will sich mehr Zeit für sie nehmen.«

»Ist es so schlimm?«, fragte ich ehrlich betroffen, obwohl ich Björns Frau nicht persönlich kannte.

»Sie wird wieder gesund, aber das braucht eben Zeit. Björn nervt außerdem schon seit geraumer Zeit die ewige Pendelei zwischen dem Festland und der Insel.« Er legte eine nachdenkliche Pause ein. »Tja, wir werden eben alle nicht jünger. Wer weiß, wie viel Zeit einem selbst bleibt.« Er ließ seinen Blick über das Meer schweifen. Diese melancholische Seite an ihm war mir bislang fremd, obwohl wir seit zwei Jahren eng zusammenarbeiteten.

»Glücklicherweise weiß das niemand von uns«, versuchte ich, einigermaßen diplomatisch zu reagieren. »Wie geht es mit der Firma weiter?«

»Ich will nicht lange um den heißen Brei herumreden, Anna. Ich möchte dir eine Partnerschaft anbieten. Was hältst du davon?« Seine blauen Augen stachen erwartungsvoll aus seinem wettergegerbten und von der Sonne gebräunten Gesicht hervor.

»Mir?« Für einen kurzen Moment fehlten mir die Worte.

»Habt ihr euch entschieden?« Die Bedienung stand neben uns.

»Eine Maracujaschorle, bitte«, ließ ich sie wissen.

»Für mich eine Cola. Ohne Eis.«

»Wollt ihr auch etwas essen?«

Piet schüttelte den Kopf. »Danke, für mich auch nicht«, erwiderte ich.

»Okay, Getränke kommen sofort!« Sie tippte die Bestellung in ihren Minicomputer und eilte davon.

»Wir arbeiten seit einer ganzen Weile sehr erfolgreich zusammen, wie ich finde«, fuhr Piet fort. »Da läge es nahe, unser Wissen und die Erfahrung zu bündeln und gemeinsam Nutzen daraus zu ziehen. Die Konkurrenz auf der Insel ist groß, das muss ich nicht extra betonen. Außerdem sind wir, menschlich gesehen, doch ein super Team!« Er zwinkerte mir zu.

»Das steht außer Frage!«, erwiderte ich mit einem Lachen. »Ich trage mich seit Längerem mit dem Gedanken, mir Unterstützung zu holen. Mein Auftragsbuch ist knallvoll, was natürlich super ist. Wenn ich es auch nicht gerne zugebe, ich stoße langsam aber sicher an meine Grenzen. Allein der Bürokrams verschlingt Unmengen an Zeit und Energie.«

»Wem sagst du das!«, pflichtete er mir bei. »Außerdem gibt es noch die Familie, die dich braucht. Du musst dich nicht sofort entscheiden, Anna. Solch eine Entscheidung will gut überlegt werden und braucht Zeit«, ergänzte Piet verständnisvoll.

»Ich werde eine Nacht drüber schlafen und natürlich auch mit Nick sprechen.«

»Auch gerne zwei Nächte oder mehr. Wie gesagt, überlege ganz in Ruhe und … Anna?« Mitten im Satz brach er ab und folgte meinem Blick zu dem Strandaufgang unmittelbar am Fuße des Restaurants, wo sich zwei Männer eine handgreifliche Auseinandersetzung lieferten.

»Entschuldige, ich war einen Moment abgelenkt.«

»Kennst du die beiden?«

»Nein, aber einer der beiden saß kurz zuvor hinter dir an dem Tisch.«

Wir sahen erneut zu den beiden Streithähnen, und für einen kurzen Augenblick schienen sie ihren Disput ad acta gelegt zu haben. Ich wollte mich eben Piet zuwenden, als ich sah, wie der jüngere der beiden Männer seinen Kontrahenten mit einem gezielten Fausthieb im Gesicht traf. Der Getroffene taumelte rückwärts, bevor er endgültig das Gleichgewicht verlor und zu Boden fiel.

»Uh, das hat gesessen«, kommentierte Piet und verzog das Gesicht, als hätte er selbst den Schlag kassiert. Ich sprang von meinem Stuhl auf, doch Piet hielt mich zurück.

»Lass, Anna! Da sind Leute, die ihm helfen. Schau!«

Piet hatte recht. In Windeseile hatte sich eine beachtliche Menschenmenge um den Gepeinigten geschart. Von dem Angreifer war weit und breit nichts mehr zu sehen. Er hatte die Gelegenheit genutzt, um im allgemeinen Gewühl unterzutauchen.

»Komisch, der Mann scheint nicht besonders beliebt zu sein«, bemerkte ich.

»Warum?« Piet zog fragend die Augenbrauen zusammen.

»Er hatte doch vorhin Streit mit einer jungen Frau.«

»Tja, wir sind eben nicht nur von sympathischen Zeitgenossen umgeben.«

»Sieht so aus. Da kommen unsere Getränke!«

KAPITEL 8

Ich hatte es mir auf der Terrasse bequem gemacht und genoss die letzten Sonnenstrahlen des Tages, bevor sie endgültig am Horizont verschwanden und den Himmel in warme Rot- und Orangetöne tauchten. Pepper und Chili lagen neben mir und schliefen, als ein Geräusch sie aufhorchen ließ. Augenblicklich sprangen sie auf und flitzten – Chili als Erste vorweg – um das Haus herum zum Eingang. Kurz darauf kam Nick, eskortiert von unseren beiden Fellnasen, um die Ecke.

»Das Empfangskomitee ist wie immer pünktlich zur Stelle!« Er lachte und streichelte Pepper über den Rücken, der sich fest an sein Bein schmiegte.

»Hallo, Sweety!« Nick gab mir einen Kuss und stellte seine Sporttasche ab.

»Sie haben dein Auto gehört, ab da gab es kein Halten mehr. Setz dich zu mir!«, forderte ich ihn auf und deutete auf den Platz neben mir. »Magst du einen Schluck Wein? Ich habe einen Rosé aufgemacht. Genau das Richtige für einen lauen Sommerabend.«

»Wenn er nicht zu süß ist, gern. Schläft Christopher?«

»Tief und fest. Er war den ganzen Nachmittag mit meinen Eltern am Strand. Danach war er total erledigt. Ich glaube, mein Vater aber auch.« Ich musste herzlich lachen.

»Kann ich mir lebhaft vorstellen.«

»Wie war dein Tag? Viel zu tun?« Ich schenkte Nick Wein ein und reichte ihm das Glas.

»Danke. Der ganz normale Wahnsinn. Wir konnten endlich den Dealer festnehmen, der uns in den vergangenen Wochen zweimal entwischt ist. Er wollte sich mit der Fähre in Richtung Dänemark absetzen. Christof Paulsen hat gerade seine Freundin verabschiedet, als ihm der Mann aufgefallen ist.«

»Das ist super. Wieder einer weniger von diesen Mistkerlen, die Drogen unters Volk bringen.«

»Mir wäre lieber gewesen, wir hätten die Hintermänner dingfest machen können. Aber vielleicht kommen wir über ihn an den harten Kern. Es ist immerhin kein kleiner Fisch, der uns ins Netz gegangen ist.«

»Darauf sollten wir anstoßen.« Ich erhob mein Glas. Nick griff ebenfalls zu seinem und prostete mir zu. »Cheers!«

»Auf euren Erfolg und den wachsamen Christof!«, sagte ich und trank einen Schluck. Der Wein rann mir sanft die Kehle hinunter.

»Wirklich ausgesprochen lecker«, befand Nick und studierte das Etikett auf der Flasche. »Woher hast du ihn?«

»Das ist eine Empfehlung von Britta. Sie bezieht ihre Weine seit Kurzem von einem neuen Lieferanten und ist mit der Qualität hochzufrieden. Der Wein für das Kochevent stammte ebenfalls von ihm.«

»Die Bezugsquelle sollten wir uns merken.« Nick stellte sein Glas ab und lehnte sich entspannt zurück, während er Peppers Kopf kraulte. »Wie war dein Tag? Du wirkst irgendwie nachdenklich. Verrätst du mir, was dir auf dem Herzen liegt?«

Ich schenkte ihm ein Lächeln. »Gern, es ist nichts Schlimmes. Eher das Gegenteil. Piet Sanders hat mich um ein Gespräch auf neutralem Boden gebeten«, begann ich zu berichten. »Um es kurz zu machen: Er hat mir eine

Teilhaberschaft an seiner Firma angeboten«, brachte ich es auf den Punkt und war auf seine Reaktion gespannt.

»Das kommt allerdings überraschend.«

»Das fand ich auch. Björn, sein jetziger Teilhaber, will sich so schnell wie möglich aus dem Geschäft zurückziehen. Seine Frau ist schwer erkrankt, und er will für sie da sein.«

»Das tut mir leid. Wie bist du mit Piet verblieben? Willst du sein Angebot annehmen?«

»Ich habe um Bedenkzeit gebeten, weil ich erst mit dir sprechen wollte. Was denkst du?«

»Wichtiger ist, was du denkst, Anna. Könntest du dir vorstellen, noch enger mit Piet zusammenzuarbeiten? Du wärst dann nicht mehr ausschließlich dein eigener Chef und müsstest quasi alles mit ihm abstimmen. Andererseits würdest du einige Dinge abgeben und dich auf das Wesentliche konzentrieren können. Ich weiß, wie du den lästigen Papierkram hasst.«

»Daran habe ich gleich als Erstes gedacht.« Ich lachte. »Ich habe mir bereits eine Liste gemacht und die Vor- und Nachteile gegenübergestellt.«

»Was ist dabei herausgekommen?«, fragte Nick und trank einen weiteren Schluck aus seinem Weinglas.

»Sechs zu vier für die Vorteile.«

»Dann ist die Sache klar.«

»Auf dem Papier mag das eindeutig erscheinen, trotzdem ist es keine leichte Entscheidung.«

Nick musste schmunzeln. »Das hat auch niemand behauptet.« Dann nahm er meine Hände und sah mir fest in die Augen. »Hör auf dein Gefühl. Eines solltest du wissen, egal wie du dich entscheidest: Ich stehe voll hinter dir.«

»Das weiß ich, danke, Nick!« Ich schlang meine Arme um seinen Hals und küsste ihn.

KAPITEL 9

Im Frühstücksraum waren nur vereinzelt Tische besetzt. Die meisten Gäste ließen den Tag eher gemächlich und in Ruhe angehen. Britta unterzog das Büfett einem letzten kritischen Blick.

»Kira, kannst du bitte eine zweite Flasche Orangensaft holen? Der ist erfahrungsgemäß am schnellsten leer«, bat sie die junge Servicekraft. »Außerdem müsste die Dose mit dem *Earl Grey* Tee nachgefüllt werden. Kira? Hörst du mir überhaupt zu?« Die junge Frau machte diesen Morgen einen unkonzentrierten Eindruck auf Britta. »Alles in Ordnung mit dir?«

»Ja, klar. Tee nachfüllen. Mache ich sofort, Frau Hansen.«

»Und den Orangensaft nicht vergessen«, erinnerte Britta vorsichtshalber.

»Sicher, hole ich gleich.« Kira setzte ein zuversichtliches Lächeln auf und öffnete eine der Schubladen, in der sich mehrere Packungen Tee in den unterschiedlichsten Geschmacksrichtungen befanden. »Den meinen Sie?« Sie hielt Britta die Packung hin.

»Genau der, danke.«

Britta wollte sich gerade in ihr Büro zurückziehen, als sie ein lautes Scheppern gefolgt von einem spitzen Aufschrei zusammenfahren ließ. Blitzartig drehte sie sich um und erblickte eine Frau, die mit entsetztem Ausdruck zu einem der Tische am Fenster starrte. Sie hielt sich eine Hand vor den Mund. Vor ihr auf dem Boden lagen eine zerbrochene Tasse und eine Stoffserviette.

»Kira, ruf sofort den Rettungswagen!«, rief Britta und rannte zu dem Tisch.

Als sie direkt davorstand, bot sich ihr ein schrecklicher Anblick. Einer ihrer Gäste, Holger Dumpert, lag leblos mit dem Oberkörper auf der Tischplatte inmitten des Geschirrs in einer Pfütze aus Speiseresten und Erbrochenem, die weit aufgerissenen Augen starrten ins Leere. Britta kämpfte gegen den aufsteigenden Würgereiz an, als plötzlich die besorgte Stimme ihres Mannes Jan hinter ihr ertönte.

»Was war denn das für ein Lärm? Was ist …« Er beendete den Satz nicht, sondern sah geschockt auf das Bild, die sich ihm bot. Kommentarlos griff er zum Telefon.

Der Notarzt verstaute die letzten Sachen in seiner Tasche und zog anschließend den Reißverschluss zu.

»Tut mir leid, für ihn kam jede Hilfe zu spät«, erklärte er mit tonloser Stimme und nickte entschuldigend.

»Können Sie uns vielleicht schon etwas zu der Todesursache sagen?«, erkundigte sich Uwe, der zusammen mit Nick kurz nach dem Rettungswagen im Hotel eingetroffen war, nachdem Jan sie informiert hatte.

»Schwer zu sagen. Möglich wäre eine Lebensmittelunverträglichkeit ebenso wie eine Vergiftung. Ich möchte mich jedoch nicht festlegen. Die Untersuchung der genauen Todesumstände fällt nicht in meinen Zuständigkeitsbereich. Darum soll sich besser die Rechtsmedizin kümmern. Die kennen sich aus und haben ganz andere Möglichkeiten. Angenehmen Tag noch, tschüss.« Mit diesen Worten schnappte er sich seine Tasche und verließ den Speiseraum.

»Eine Vergiftung? In unserem Hotel?«, wiederholte Jan ungläubig. »Womit sollte er sich vergiftet haben? Unsere Lebensmittel sind einwandfrei, dafür lege ich meine Hand ins Feuer. Wir verwenden ausschließlich erstklassige Ware aus zuverlässigen und vertrauenswürdigen Quellen.« Er stockte kurz. »Oder glaubt ihr, jemand hat …« Jan ließ den Gedanken im Raum hängen.

»Möglich ist alles.« Uwe rieb sich nachdenklich über den Vollbart.

»Das ist schrecklich, der arme Herr Dumpert.« Britta sah mit einer Mischung aus Abscheu und Mitgefühl zu dem Toten, der gerade zum Abtransport vorbereitet wurde. »Als er heute Morgen zum Frühstück kam, wirkte er beschwingt, geradezu euphorisch. Er hat mir einen wundervollen Tag gewünscht.« Ein kurzes Lächeln huschte bei der Erinnerung über Brittas Gesicht.

»Ist dir sonst in Bezug auf Herrn Dumpert irgendetwas aufgefallen, außer, dass er gut gelaunt war? Hat er beim Einchecken eine Lebensmittelunverträglichkeit erwähnt?«, wollte Nick wissen und holte sein Notizbuch hervor.

Sie überlegte. »Nicht, dass ich wüsste. Das hätten wir auf jeden Fall vermerkt. Nein, bis auf die ausgesprochen gute Laune war alles wie immer. Er war ein Frühaufsteher und meistens als Erster beim Frühstück.«

»Dürfte ich mal vorbei?« Die energische Stimme eines Mitarbeiters der Spurensicherung erklang hinter ihnen. »Natürlich.« Nick machte einen Schritt zur Seite. »Können wir uns irgendwo anders unterhalten? Dann stehen wir nicht im Weg und die Kollegen von der Spurensicherung können ungestört ihre Arbeit machen. Wir müssten außerdem mit euren Angestellten sprechen.« Nick winkte zwei Streifenbeamte zu sich und gab ihnen entsprechende Instruktionen.

»Selbstverständlich, ich sage ihnen Bescheid. Ich stelle deinen Kollegen den Pausenraum für die Befragungen zur Verfügung«, entschied Jan. »Wir können in mein Büro gehen, dort können wir uns ungestört unterhalten, ohne die Arbeit eurer Kollegen zu behindern.« Er bedeutete Nick und Uwe, ihm zu folgen, während Britta sich in Begleitung der Streifenbeamten auf den Weg machte, das anwesende Personal zusammenzutrommeln.

»Ich informiere eben schnell Staatsanwalt Achtermann und komme gleich nach.« Uwe zog sich auf die angrenzende Restaurantterrasse zurück, um ungestört telefonieren zu können.

»Ich würde mir gern das Zimmer des Toten ansehen«, bat Nick, an Jan gewandt.

»Das ist kein Problem. Warte einen Moment, ich bin gleich zurück.« Jan verließ das Büro und kam unmittelbar darauf mit der Keycard für das Zimmer 24 zurück. »Soll ich mitkommen?«

»Danke, das ist nicht nötig. Oliver wird mich begleiten. Du hältst am besten hier die Stellung. Bitte habe ein Auge darauf, dass sich niemand vom Personal Zutritt zum Tatort verschafft.«

»Selbstverständlich, ich kümmere mich darum«, versicherte Jan, dem der Schreck nach wie vor in den Knochen steckte.

»Ups! Sieht aus, als wäre eine Bombe eingeschlagen. Der Typ gehörte eindeutig nicht zu der Gruppe der Ordnungsfanatiker«, bemerkte der Kollege Oliver Mirske beim Betreten des Zimmers.

»Hm«, brummte Nick und ließ den Blick aufmerksam durch den Raum wandern. Auf einem Sessel lagen wahllos mehrere Kleidungsstücke. Das Bett war zerwühlt, und auf dem Boden unter dem Fenster stand ein geöffneter Koffer, aus dem ebenfalls einige Kleidungsstücke herausquollen. Nicks Augen blieben auf vier Stapeln Zeitschriften und Zeitungen hängen, die vor dem Kleiderschrank auf dem Boden lagen.

»Was ist das?«, erkundigte sich Oliver, der Nick über die Schulter sah, wie er die Papiersammlung einer näheren Betrachtung unterzog.

»Auf den ersten Blick sicht es so aus, als hätte der Tote Artikel über Restaurants gesammelt. Einige Seiten sind farblich markiert.« Nick hielt eine Zeitschrift in der Hand, an dessen oberen Rand mehrere gelbe Post-its herauslugten.

»Wozu soll das gut sein?« Oliver verzog den Mund.

»Das kann ich dir momentan nicht sagen, vielleicht hat er beruflich damit zu tun gehabt oder interessierte sich generell für gutes Essen. Auf jeden Fall nehmen wir das ganze Zeug mit.«

»Okay. Soll ich mich im Bad umsehen?«, fragte Oliver.

»Mach das, aber pass auf, dass du keine Spuren vernichtest, sonst gibt es später Ärger mit den Kollegen der Spurensicherung. Du weißt ja …« Er zwinkerte dem Kollegen zu, der daraufhin genervt die Augen verdrehte.

»Jaja, ich passe auf.«

Während Oliver sich das Badezimmer vornahm, durchsuchte Nick den dunklen Rucksack, der neben dem Sekretär auf dem Boden stand und machte dabei eine überaus interessante Entdeckung.

»Er sammelt Unterlagen über Börner?«, wiederholte Uwe erstaunt. »Bist du dir sicher?«

»Alles deutet darauf hin. Wir haben mehrere Zeitungsausschnitte in seinem Zimmer sichergestellt«, versicherte Nick, als sie sich wieder in Jans Büro versammelt hatten.

»Vielleicht ist er ein Fan von Börner«, mutmaßte Britta.

»Oder das Gegenteil, wenn ich dich an die Veranstaltung erinnern darf«, erwiderte ihr Mann Jan postwendend.

»Hast du sonst etwas gefunden?« Uwe griff nach einem der Kekse, die Britta auf einem Teller zum Kaffee angeboten hatte.

»Sein Zimmer wird gerade von den Kollegen kriminaltechnisch untersucht. Zunächst haben wir die Unterlagen sichergestellt. Laptop oder Ähnliches war auf den ersten Blick nicht auszumachen, was kein Wunder ist, so, wie es in dem Zimmer aussieht. Man könnte meinen, eine Bombe wäre eingeschlagen«, erklärte Nick mit einem Kopfschütteln.

»Könnte es sein, dass dort eingebrochen wurde?«, fragte Uwe, bevor ein zweiter Keks in seinen Mund wanderte.

»Glaube ich nicht. Einbruchspuren sind uns keine aufgefallen. Die Schubladen waren nicht durchwühlt. Sollte sich jemand widerrechtlich Zutritt zu dem Zimmer verschafft haben, müsste der oder diejenige einen Schlüssel besessen haben. Die Unordnung deutet mehr darauf hin, dass Dumpert nicht sehr ordnungsliebend war.«

»Da sagst du was, Nick. Eines der Zimmermädchen hat sich bei mir darüber beklagt, dass sie nicht vernünftig sauber machen kann, da Herr Dumpert äußerst unordentlich ist. Ich meine, war«, korrigierte Britta sichtlich betroffen.

»Ich bin gespannt, was uns Doktor Luhrmaier und sein Team zur Todesursache sagen können. Wie ich ihn kenne, wird er sich so schnell wie möglich an die Arbeit machen.« Uwe schielte erneut zu dem Keksteller auf dem Tisch, widerstand jedoch seinem Verlangen, ein weiteres Mal zuzugreifen.

»Den letzten Keks kannst du auch noch nehmen, Uwe«, forderte Britta ihn mit einem amüsierten Grinsen auf, doch er lehnte dankend ab.

»Danke, ich muss auf mein Gewicht achten«, sagte er stattdessen mit todernster Miene.

KAPITEL 10

»Ein toter Hotelgast?« Ich konnte die Worte meiner Freundin kaum glauben, als sie vollkommen aufgelöst in unserer Tür stand.

»Oh, Anna, es war schrecklich! Diesen Anblick werde ich mein ganzes Leben nicht vergessen können«, jammerte Britta und ließ sich von mir tröstend in den Arm nehmen.

»Gibt es erste Hinweise zur Todesursache? Was sagt die Polizei?« Ich reichte Britta einen Becher Kaffee, den sie dankend entgegennahm.

»Könnte ich eventuell auch einen Schnaps bekommen, falls ihr einen habt?«, fragte sie.

»Bestimmt. Ich schaue mal nach, was unsere Hausbar hergibt.« Während sie weitersprach, überflog ich die Flaschenetiketten.

»Nein, bislang gibt es lediglich Vermutungen. Der Notarzt hat eine Andeutung gemacht, dass es sich möglicherweise um eine Vergiftung handeln könnte. Oh Gott! Nicht auszudenken, wenn sich herumspricht, dass einer der Gäste vergiftet wurde, dann können wir den Laden gleich dichtmachen.«

»Magst du das?« Ich hielt ihr eine schlanke Flasche entgegen.

»Passt.« Sie griff nach der hochprozentigen Flüssigkeit, goss sich ein und leerte das Glas in einem Zug. »Das habe ich jetzt gebraucht.«

»Jetzt warte erst mal ab, was die polizeilichen Ermittlungen ergeben, bevor du dich verrückt machst. Vielleicht hat er allergisch auf irgendein Lebensmittel reagiert, ohne es zu wissen. Oder er hat sich einfach verschluckt«, zog ich in Erwägung.

»Das macht die Sache nicht besser. Tot ist tot.« Gedankenverloren rührte sie in ihrer Kaffeetasse.

»Was haben Uwe und Nick gesagt?«, wollte ich wissen.

»Nicht viel. Sie haben mit den Mitarbeitern gesprochen und das Hotelzimmer, in dem der Tote gewohnt hat, nach Hinweisen durchsucht. Mehr konnten sie nicht tun. Jetzt muss erst die Obduktion abgewartet werden. Was, wenn er womöglich ermordet wurde?« Mit einem Anflug von Verzweiflung sah sie mich aus ihren großen blauen Augen an.

»Du darfst nicht gleich mit dem Schlimmsten rechnen. Bestimmt handelt es sich nur um einen bedauerlichen Unfall«, war ich bemüht, meine Freundin etwas aufzumuntern, und merkte sogleich, wie lahm und wenig hilfreich mein Satz klang.

»Ich kann es ohnehin nicht beeinflussen«, seufzte Britta. »Dank dir, Anna, jetzt muss ich dringend zurück ins Hotel. Ich wollte einfach mal kurz mit jemandem reden. Jan vermisst mich sicher schon.« Sie schielte zur Uhr über der Küchentür.

»Wenn ich dich irgendwie unterstützten kann, lass es mich wissen«, bot ich an.

»Das ist lieb, aber du hast selbst genug um die Ohren. Ich melde mich, wenn es Neuigkeiten gibt. Der Schnaps war übrigens saulecker! Lass mir bis zu meinem nächsten Besuch gern etwas übrig von dem Zeug.« Sie zwinkerte mir in dem Wissen zu, dass man mich mit Spirituosen dieser Art jagen konnte.

»Nur zu gern!«

Nachdem ich Britta verabschiedet hatte, begab ich mich in mein Büro, um an einem Entwurf für die Außenanlage eines Hotels weiterzuarbeiten. Diesem Auftrag widmete ich beinahe meine gesamte Aufmerksamkeit der vergangenen Wochen. Plötzlich wurde ich abermals durch das Klingeln an der Haustür aus meinen Überlegungen gerissen. Barfuß lief ich die Holztreppe nach unten ins Erdgeschoss, wo Pepper und Chili bereits schwanzwedelnd darauf warteten, den Besucher zu begrüßen.

»Jill!«

»Da bin ich wieder!« Voller Wiedersehensfreude nahm mich die Schwester meines Mannes in die Arme.

»Das ist ja eine Überraschung! Wir hatten angenommen, du kämst erst nächste Woche?«, erwiderte ich erfreut.

»Ich bin gestern Abend mit der letzten Maschine gelandet. Wir hatten technische Probleme und mussten die Expedition ein paar Tage früher beenden, als ursprünglich geplant«, ließ sie mich wissen. »Wo ist mein kleiner Christopher? Ich habe ihm etwas mitgebracht.« Suchend blickte sie sich nach unserem Sohn um.

»Er ist noch im Kindergarten. Ich hole ihn nachher ab. Jetzt komm, lass uns bei dem schönen Wetter nach draußen gehen. Da kannst du mir alles erzählen. Ich bin so gespannt, was du alles erlebt hast.« Ich marschierte auf die Terrasse, gefolgt von Jill und den beiden Hunden, die unsere Besucherin neugierig beschnüffelten.

»Sieht ganz danach aus, als hätte Chili ihr endgültiges Zuhause gefunden.« Jill grinste vielsagend, während sie der Border Collie-Hündin über den Rücken streichelte.

»Ein neues Zuhause für sie zu finden, war nicht einfach. Es hat eine Weile gedauert, bis sie Vertrauen gefasst hat. Ich glaube, sie musste erst den Tod ihrer Bezugsperson verarbeiten. Manchmal reagiert sie auf Männer äußerst misstrauisch. Das ist kein Wunder nach dem, was sie erlebt hat. Bei uns fühlt sie sich wohl. Es gibt keine Probleme mit Pepper. Nick und Christopher gegenüber verhält sie sich ebenfalls vorbildlich.«

»Ach, Anna! Gib einfach zu, dass sie einen Platz in deinem Herzen gefunden hat und du sie nicht mehr hergeben

willst. Was ich absolut nachvollziehen kann, sie ist echt süß!«
Jill wuschelte dem Hund durch das schwarz-weiße Fell.

»Das kommt hinzu, ich mochte mich partout nicht mehr
von ihr trennen. Pepper akzeptiert sie glücklicherweise, das
war Bedingung. Schließlich war er zuerst hier«, setzte ich
mit Blick auf unseren Labradormischling, der sich neben
mich gelegt hatte, nach. Als er seinen Namen hörte, hob
er interessiert den Kopf.

»Das war mir von Anfang an klar, als Nick mir die
Geschichte erzählt hat. Tragisch, was das arme Tier erlebt
hat.« Mitfühlend betrachtete sie den Hund.

»Erzähl von dir und deiner Reise. Ich bin total gespannt.
Was hat Frank eigentlich gesagt, dass du eher nach Hause
gekommen bist?«

»Er weiß nicht, dass ich zurück bin.« Jill senkte für einen
Moment den Blick.

»Wie bitte? Das überrascht mich. Warum hast du ihm
nicht gesagt, dass du früher kommst?« Verständnislos sah
ich meine Schwägerin an.

»Die Sache ist etwas kompliziert«, begann sie und drehte
nervös ihr Wasserglas auf dem Tisch.

»Schon gut, du musst mir nichts erklären, Jill. Das ist
allein eure Sache. Ich fürchte bloß, er wird verletzt sein,
wenn er erfährt, dass du auf der Insel bist und dich nicht
bei ihm meldest«, gab ich zu bedenken.

»Wahrscheinlich hast du recht. Ich wollte ihn sowieso
heute Abend anrufen.« Jills Unbehagen war ihr deutlich
anzumerken.

»Mach das, das ist in jedem Fall besser. Da du schon
hier bist, kannst du nächste Woche bei Nicks Geburtstagsparty dabei sein«, wechselte ich zu einem unverfäng-
licheren Thema.

»Mein Bruder gibt eine Geburtstagsparty? Ist das dein Ernst? Ich dachte immer, er steht nicht gern im Mittelpunkt. Woher kommt plötzlich dieser Sinneswandel?«

»Er weiß nichts von der Feier, es soll eine Überraschung werden«, weihte ich sie ein.

»Oh, wenn das mal gut geht«, meldete sie Bedenken an.

»Du wirst sehen, am Ende freut er sich. Ich habe keine riesige Feier geplant, nur ein nettes Zusammensein mit Freunden. Du bist auf jeden Fall herzlich eingeladen. Frank hat übrigens bereits zugesagt. Die anderen kennst du mehr oder weniger auch alle.«

»Ich komme natürlich gerne, allein schon, um Nicks Gesicht zu sehen.« Sie kicherte.

»Prima. Aber nichts verraten!«

KAPITEL 11

Uwe telefonierte, als Nick am nächsten Morgen das Büro betrat. Daher nutzte er die Gelegenheit, um das Fenster weit zu öffnen und sich anschließend einen Kaffee zu nehmen.

»Bist du verrückt, das Fenster aufzureißen?«, beschwerte sich Uwe, nachdem er aufgelegt hatte. Augenblicklich sprang er auf, um es zu schließen.

»Ich verstehe nicht, warum du dich immer aufregst, wenn ich lüfte. Das riecht wie in einem Pumakäfig, wenn man die Tür aufmacht. Das hält doch keiner aus!« Nick zog demonstrativ die Nase kraus.

»Mach bitte kein Drama draus! Ich hatte übers Wochenende vergessen, meine Sportsachen mitzunehmen. Da ist noch das feuchte Handtuch drin und ...«, gestand Uwe widerwillig.

»Erspare mir bitte nähere Details!«, wehrte Nick ab und setzte sich mit dem Kaffeebecher an seinen Schreibtisch. »Gibt es Neuigkeiten im Fall Dumpert? Hat sich die Rechtsmedizin inzwischen gemeldet?«

Nick hatte den Satz gerade beendet, als das Telefon auf Uwes Schreibtisch einen Anruf vermeldete.

»Wenn man vom Teufel spricht, unser Leichenschnippler höchstpersönlich.« Uwe verzog das Gesicht und nahm ab. »Moin, Herr Doktor Luhrmaier! So ein Zufall, Kollege Scarren und ich haben im Moment von Ihnen gesprochen«, eröffnete er das Gespräch.

»Dann kommt mein Anruf offenbar nicht ungelegen. Guten Morgen, die Herren. Die Obduktion ist bis auf wenige ausstehende Laboruntersuchungen so gut wie abgeschlossen, aber ich sah es in Anbetracht der Dringlichkeit als angemessen, Sie im Vorfeld über die vorliegenden Ergebnisse unserer Untersuchungen in Kenntnis zu setzen«, holte der Mediziner gewohnt weit aus. Als er am anderen Ende der Leitung nichts hörte, fuhr er fort: »Die Leiche weist keine äußeren Verletzungen auf, die ursächlich für den Tod infrage kommen.«

»Das bedeutet?«, hakte Uwe ungeduldig nach.

»Wenn Sie mich bitte ausreden lassen würden, Herr Wilmsen. Das bedeutet, im Bereich der Nase und unter dem linken Auge des Toten konnten wir zwei Hämatome nachweisen, die auf Fausthiebe deuten lassen, jedoch nicht ursächlich für den Tod sind. Die Verletzung ist meines Erachtens etwas älter. Sie liegt etwa ein bis zwei Tage zurück. Ganz genau kann ich es nicht sagen.«

»Diese Verletzung hat er sich im Streit zugezogen. Ich wurde zufällig Zeuge des Vorfalles, bei dem Herr Dumpert geschlagen wurde«, fügte Nick erklärend hinzu.

»Hm. Da sich, wie gesagt, äußerlich keine Spuren auf einen gewaltsamen Tod finden lassen, habe ich ein Tox Screen veranlasst.« Luhrmaier legte eine Pause ein, als wolle er den Beamten Zeit zum Nachdenken geben. »Sie wissen, was ein Tox Screen ist, Herr Wilmsen?«

»Wissen wir, fahren Sie bitte fort«, kam Nick seinem Kollegen Uwe zuvor, der gerade zum Gegenschlag ausholen wollte.

»Aconitin.«

»Aconitin?«, wiederholte Uwe, um sicher zu gehen, den Rechtsmediziner richtig verstanden zu haben.

»Korrekt.«

»Und was ist das genau?« Uwe schenkte Nick einen genervten Seitenblick.

»Besitzen Sie einen Garten?«, fragte Doktor Luhrmaier daraufhin.

»Ja. Was hat das damit zu tun?«

»Als Aconitin bezeichnet man das Gift des Eisenhutes, genauer gesagt des Blauen Eisenhutes. Diese Pflanze gehört zur Familie der Hahnenfußgewächse und ist eine der, wenn nicht sogar die giftigste Pflanze Europas. Sie wird auch gern als ›Bechergift‹ bezeichnet, da sie mit Vorliebe in Getränke gemischt wird. Bereits zwei Gramm in Pulverform führen zum Tod«, führte der Mediziner aus.

»Ich hoffe nicht, dass ich so ein Zeug im Garten habe«, bemerkte Uwe.

»Hm«, überlegte Nick. »Das würde bedeuten, jemand hat ihm das Gift unbemerkt in ein Getränk oder eine Speise gemischt, was nach dem Verzehr zum Tod geführt hat.«

»Das ist durchaus möglich, Herr Scarren. Das Gift verursacht Herzrhythmusstörungen und lähmt den Herzmuskel. Im vorliegenden Fall hat sich das Opfer übergeben und ist zusätzlich an seinem Erbrochenem erstickt. Eine Art Beschleuniger.«

Uwe klappte augenblicklich seine Brotdose zu und verzog angewidert das Gesicht.

»Dann haben wir es eindeutig mit Mord zu tun. Danke für Ihre Ausführungen, Herr Doktor Luhrmaier.«

»Sehr gerne, Herr Scarren. Der umfängliche Bericht geht Ihnen in Kürze wie gehabt zu. Angenehmen Tag, die Herren.« Das Klacken in der Leitung signalisierte, dass Luhrmaier das Gespräch beendet hatte.

»Klookschieter!« Uwe lehnte sich mit einem Stöhnen in seinem Bürostuhl zurück und verschränkte beide Arme hinter dem Kopf.

»Ihr seid echt wie Hund und Katz«, bemerkte Nick, als er zu seinem Kollegen hinüberschaute.

»Luhrmaiers überhebliche Art bringt mich regelmäßig auf die Palme. Ich komme mir jedes Mal vor wie ein Vollidiot.«

»Du kennst ihn doch mittlerweile. Er meint das nicht persönlich, wenn er tief in die Materie eintaucht. Er kennt sich in seinem Bereich bestens aus, wir auf unserem Gebiet.«

»Trotzdem ärgere ich mich immer wieder aufs Neue. Doch nun zu unserem Fall. Wir sollten uns dringend im Hotel umhören. Meines Erachtens ist der Täter dort zu finden. Komm, Nick, lass uns gleich rüberfahren.«

»Sehe ich ähnlich. Ich befürchte, Familie Hansen wird das nicht gefallen.«

»Verständlich, ändert aber nichts an der Tatsache, dass der Mann bei ihnen im Hotel vergiftet wurde.«

»Ich frage mich die ganze Zeit, wer ein Interesse gehabt haben könnte, Dumpert aus dem Weg zu räumen«, überlegte Nick, während er den Schreibtisch nach dem Autoschlüssel absuchte.

»Dafür müssen wir uns ein genaueres Bild von dem Opfer machen. Haben sich die Kollegen der Spurensicherung eigentlich gemeldet?«

»Nein, das wird wohl eine Weile dauern, bis alle Spuren ausgewertet sind.«

»Wenn die weiter herumtrödeln, geht uns der Täter am Ende durch die Lappen. Das sollten wir uns mal erlauben«, schimpfte Uwe vor sich hin.

KAPITEL 12

»Die arme Britta, sie tut mir wirklich leid. Wenn sich herumspricht, dass ein Gast vergiftet wurde, schadet das immens dem Ruf des Hotels und Restaurants«, stellte ich fest, während wir nach Wenningstedt zu meinen Eltern fuhren. »Habt ihr einen ersten Verdacht, wer als Täter infrage kommen könnte?«

»Wir stehen erst am Anfang der Ermittlungen. Bislang wissen wir nur, dass der Mann an einer Vergiftung mit Aconitin gestorben ist. Das konnte Doktor Luhrmaier zweifelsfrei sagen.«

»Bechergift, kenne ich«, erklärte ich prompt.

»Woher weißt du das?« Nicks Verblüffung stand ihm ins Gesicht geschrieben.

»Ich lese Krimis. Bei dem Täter handelt es sich vermutlich um eine weibliche Person, denn Frauen morden bekanntlich gerne mit Gift. Das wusste schon Miss Marple«, gab ich mit einem verschmitzten Grinsen zurück.

»Du machst mir Angst.«

»Keine Sorge, solang du immer gut zu mir bist, hast du in dieser Hinsicht nichts zu befürchten. In unserem Garten wächst außerdem kein Blauer Eisenhut.«

Nick musste lachen. Dann wurde er ernst. »Tu mir bitte den Gefallen und behalte die Sache vorläufig für dich. Wenn deine Mutter von dem Mord erfährt …«

»… läuft sie zur Höchstform auf, ich weiß«, beendete ich den Satz. »Ich werde nichts erzählen, versprochen, sonst löchert sie dich den gesamten Abend über mit Fragen. Sie wird früh genug aus der Zeitung erfahren, was passiert ist.«

»Danke, Sweety. So, da wären wir.«

»Oma! Opa!«, krähte Christopher von der Rückbank, als wir vor dem Haus meiner Eltern hielten.

»Hallo, Papa!«, rief ich meinem Vater über die Grundstücksumrandung zu. Anschließend betraten wir den Garten durch die dunkelgrün gestrichene Pforte und gingen am Haus entlang zur Terrasse. Meine Eltern hatten uns für den frühen Abend zum Grillen eingeladen.

»Hallo, Opa! Ich habe ein neues Auto«, rief Christopher und rannte auf seinen Großvater zu, der sich bückte, um ihn mit offenen Armen in Empfang zu nehmen.

»Da ist ja mein kleiner Racker! Was für ein schicker Wagen!« Christopher quietschte vor Vergnügen, als mein Vater ihn hoch in die Luft hielt. »Schön, dass ihr da seid.«

»Du warst richtig fleißig, Papa«, bemerkte ich und deutete zu dem Gartentor.

»Das war eine ordentliche Plagerei, bis die alte Farbe runter war und die neue drauf. Aber du weißt, wie sehr deine Mutter die Farbe Grün liebt. Meinetwegen hätten wir sie lassen können, wie sie war.« Er zuckte mit den Schultern.

Wir folgten meinem Vater auf die Terrasse, wo ein imposanter Grill stand, der augenblicklich Nicks Interesse auf sich zog.

»Schicker Grill! Hast du den neu?«

»Ja, der kommt heute erst zum zweiten Mal zum Einsatz. So ein Gasgrill ist wirklich eine saubere Sache.« Mit einem Funkeln in den Augen deutete mein Vater auf das Monstrum aus glänzendem Metall. Er hob den Deckel an, um auch das Innenleben des Ungetüms mit all seinen Raffinessen voller Stolz zu präsentierten.

»Wow!«, stieß Nick beeindruckt hervor, und augenblicklich fachsimpelten die beiden Männer über die technischen Details und Vorzüge der neuesten Errungenschaft meines Vaters.

»Ich will auch gucken!«, protestierte Christopher und stellte sich auf die Zehenspitzen. Nick hob ihn hoch.

»Wo ist eigentlich Mama? Ist sie gar nicht da?«, fragte ich und spähte durch die offene Terrassentür ins Haus. Normalerweise nahm meine Mutter uns als Erste in Empfang.

»Sie hat beim Einkaufen etwas vergessen und ist noch mal los. Sie müsste jeden Augenblick zurück sein. Nick? Wie wäre es mit einem Bier? Eine kühle Erfrischung kann man bei dem Wetter gut vertragen.«

»Da sage ich nicht nein. Für Sylt ist das tatsächlich ein ungewöhnlich heißer Tag heute.« Er ließ den Blick über den klaren Himmel schweifen, an dem lediglich einige weiße Wolkentupfen standen, als hätte sie jemand zu Dekorationszwecken dort platziert.

»Und ihr? Was kann ich euch bringen? Für Christopher hätte ich eine Apfelschorle im Angebot«, erkundigte sich mein Vater, während er Nick das Bier reichte.

»Wir begnügen uns erst mal mit Mineralwasser. Das kann ich selbst aus der Küche holen. Danke, Papa.«

Als ich in der Küche war, konnte ich durch das Fenster meine Mutter um die Ecke in den Garten verschwinden sehen. Unmittelbar darauf konnte man ihre Stimme auf der Terrasse hören. Sie klang aufgeregt.

»Ihr könnt euch nicht vorstellen, was ich eben erlebt habe!«

»Hallo, Mama! Wie siehst du denn aus? Bist du neuerdings unter die Maler gegangen?«, konnte ich mir einen Kommentar nicht verkneifen, als ich ihr von oben bis unten mit Farbe beschmiertes T-Shirt erblickte.

»Das ist nicht lustig, Anna, sondern eine riesige Sauerei! Das Shirt ist nagelneu, und nun ist es ein für alle
Mal ruiniert! Die Flecken bekomme ich nie wieder raus«,
machte sie ihrer Verärgerung Luft und besah die bunten
Farbkleckse.

»Was ist überhaupt passiert?«, wollte mein Vater wissen.

»Ich wollte nur schnell die Ingwer-Zitronen-Mayon-
naise im Feinkostladen besorgen, die habe ich das letzte
Mal vergessen. Ihr wisst schon, die ihr so gerne esst. Ich
hatte Glück und konnte noch zwei Gläser ergattern. Meistens ist sie in kürzester Zeit ausverkauft, eben weil sie
sehr lecker schmeckt.« Für den Bruchteil einer Sekunde
huschte ein Strahlen über ihr Gesicht, und sie fand zu
ihrer gewohnten Form zurück.

»Maria, was passiert ist, will ich wissen. Warum bist
du voll Farbe?«, drängelte mein Vater ungeduldig, worauf meine Mutter ihm einen vorwurfsvollen Blick zuwarf.

»Also, als ich aus dem Geschäft gekommen bin, wurde
ich aus heiterem Himmel von einem Farbbeutel getroffen. Zack!« Sie zeigte auf einen blauen Fleck auf Höhe
des Bauchnabels. »Zunächst wusste ich nicht recht, was
los ist. Dann habe ich diese Spinner gesehen, die mit den
Dingern auf Kunden geworfen haben, die aus dem Laden
kamen. Eine Unverschämtheit! Und zack, der nächste!
Einige geparkte Autos haben ebenfalls etwas abgekommen«, berichtete sie aufgeregt.

»Oma ist mutzig!« Christopher zeigte mit ausgestreck-
tem Zeigefinger auf meine Mutter und lachte vergnügt.

»Ja, mein Liebling! Jetzt sieht die Oma beinahe aus wie
du, wenn du mit deiner Fingermalfarbe am Werkeln bist.«
Sie strich ihm liebevoll über den Kopf.

»Wer kann das gewesen sein? Und warum bewirft man die Kundschaft eines Feinkostladens mit Farbe?«, grübelte mein Vater und wirkte, als spräche er mehr zu sich selbst.

»Keine Ahnung! Das ging alles viel zu schnell, um jemanden zu erkennen. Wer rechnet schon damit, als lebende Zielscheibe zu dienen? Ich habe zwei Personen in Kapuzenpullis weglaufen sehen. Ein Mann, der gerade am Kofferraum seines Wagens beschäftigt war, hat versucht, eine von ihnen festzuhalten, aber sie konnte sich losreißen und ebenfalls unerkannt flüchten. So etwas ist mir überhaupt noch nie passiert!« Meiner Mutter fiel es sichtlich schwer, sich zu beruhigen.

»Merkwürdige Aktion. Die Hauptsache ist, dass niemand verletzt wurde«, bemerkte ich.

»Nicht ganz. Ein älterer Herr wurde direkt am Kopf getroffen und ist daraufhin zusammengebrochen. Glücklicherweise war ein Arzt vor Ort, der sich um ihn gekümmert hat. Deine Kollegen waren übrigens schnell zur Stelle, konnten aber nichts mehr ausrichten.« Meine Mutter sah zu Nick. »Bitte entschuldigt mich, ich werde mich von der Farbe befreien und umziehen. Volker? Du kannst ruhig schon mit dem Grillen beginnen, sonst verhungern uns die drei am Ende.« Mit energischen Schritten und vor sich hin lamentierend, verschwand sie im Haus, während mein Vater sich weiter der Essenszubereitung widmete.

»Weißt du, woran ich bei der Geschichte denken muss?« Nick fuhr nachdenklich mit dem Daumen über das Etikett der Bierflasche in seiner Hand.

»Dass es sich bei den Leuten um dieselben handeln könnte, die vor Brittas Restaurant für Unruhe gesorgt haben?«

»Genau. Möglich wäre es immerhin.«

»Was bezwecken sie mit diesen Aktionen?«

»Wenn ich mich recht erinnere, stand auf den Plakaten etwas von Lebensmittelverschwendung oder so ähnlich. Da würde der Anschlag auf die Kunden eines Feinkostgeschäfts passen.«

»Damit könntest du recht haben«, stimmte ich zu, während mein Blick zu dem Teller mit dem Grillgut wanderte, an den sich Pepper und Chili zwischenzeitlich unbemerkt herangepirscht hatten.

»Ich warne euch!« Mit erhobenem Zeigefinger und einem Schmunzeln deutete ich in ihre Richtung. »Denkt nicht einmal dran!«

KAPITEL 13

»Das war total knapp!« Moritz' Wangen glühten feuerrot. Es erweckte den Anschein, als befände er sich in einer Art Rauschzustand. »Habt ihr gesehen, wie es den Opa umgehauen hat? Bäng, gefällt wie eine deutsche Eiche!« Er verdeutlichte seine Aussage mit einer entsprechenden Handbewegung und lachte dabei schrill.

»Hoffentlich hat er sich nicht ernsthaft verletzt«, äußerte Lara ihre Bedenken.

»Nun bleib mal geschmeidig, Lara. Der kommt schon wieder auf die Beine.« Moritz winkte lässig ab.

»Er hat recht, von einem harmlosen Farbbeutel ist bislang niemand gestorben«, erwiderte Ann-Kathrin mit undeutlicher Stimme. Sie war dabei, sich ihren Zopf neu zu flechten und hielt das Haargummi währenddessen fest zwischen die Lippen gepresst. »Die Aktion ist super gelaufen. Wir sind auf dem richtigen Weg.« Lachend hob sie die rechte Hand, und Moritz schlug ein.

»Alles okay mit dir, Lara?«, wandte sich Lukas an seine Mitstreiterin. »Was ist mit deinem Arm passiert?« Er deutete auf ihren Unterarm, den sie angewinkelt dicht an den Körper gepresst hielt.

»Nichts weiter.« Sie wich seinem Blick aus.

»Los, zeig her!«, forderte er sie auf und machte einen Schritt auf sie zu. Nach anfänglichem Zögern schob sie den Ärmel ihres Pullovers vorsichtig ein Stück nach oben. Eine tiefe Kratzspur kam zum Vorschein. Eine Kruste aus getrocknetem Blut hatte sich darauf gebildet. »Uh, das sieht nicht besonders gut aus. Du solltest die Stelle unbedingt desinfizieren, bevor sie sich entzünden kann.«

»Wie ist das passiert? Bist du gestürzt?«, erkundigte sich Ann-Kathrin und begutachtete kritisch die Wunde.

Bevor Lara zu einer Erklärung ansetzen konnte, kam ihr Lukas zuvor. »Ich habe gesehen, wie ein Typ versucht hat, sie festzuhalten. Lara konnte sich in letzter Minute losreißen und entkommen.«

»Habe ich gar nicht mitbekommen«, erwiderte Ann-Kathrin. Sie schien sich über diese Tatsache mehr zu ärgern, als dass es ihr leidtat.

»Typisch! Wo bleibt an dieser Stelle dein gern zitierter Teamgeist?«, blaffte Lukas sie an.

»Das sagt genau der Richtige! Ausgerechnet du musst von Teamgeist reden. Meinst du, ich habe nicht mitgekommen, dass du dich ständig aus dem Staub machst? Mit wem telefonierst du andauernd oder triffst dich?«

»Das ist meine Privatangelegenheit und geht keinen von euch etwas an!«, konterte Lukas gereizt.

»Ich habe wirklich Besseres zu tun, als meine Energie mit sinnlosen Diskussionen zu verplempern. Aber eines sage ich dir.« Ann-Kathrins Augen funkelten angriffslustig, als sie einen Schritt auf Lara zumachte, die wie ein Häufchen Elend neben Lukas stand. »Kommt das ein zweites Mal vor, bist du raus! Ich habe nämlich keine Lust, wegen deiner Leichtsinnigkeit erwischt zu werden. Kapiert?«

Lara nickte verschüchtert.

»Könnt ihr mit dieser blöden Streiterei aufhören? Das bringt doch nichts! Viel wichtiger ist, wie es jetzt weitergeht«, schaltete sich Moritz ein.

»Sicher. Morgen«, erklärte Ann-Kathrin, »steht ein richtig dicker Fisch auf der Speisekarte! Außerdem bekommen wir Verstärkung. Wir treffen uns mit ein paar Leuten, die sich uns anschließen wollen. Ich habe euch von ihnen erzählt. Je mehr wir werden, desto mehr verschaffen wir uns Gehör. Seid ihr dabei?«

»Logisch!«, jauchzte Moritz regelrecht, als sei sein Kampfgeist aufs Neue geweckt worden.

»Na, da hat wohl jemand Blut geleckt? Was ist mit euch beiden? Kommt ihr mit oder wollt ihr lieber aussteigen?« Ann-Kathrin sah abwechselnd zwischen Lara und Lukas hin und her.

Lara nickte, während sie unsicher zu Lukas schielte, der ein gelangweiltes »Jaja« hervorbrachte.

»Okay. Wer es sich anders überlegen sollte, packt am besten sofort seine Sachen und geht.« Bevor die kleine Gruppe im Begriff war, sich zu zerstreuen, wandte sich Ann-Kathrin an Lukas. »Lukas? Ich muss dich kurz sprechen. Allein.«

»Was gibt's nun schon wieder?« Genervt drehte er sich zu ihr um.

»Wo warst du heute Morgen?«

»Ich habe keine Ahnung, wovon du sprichst.«

»Du weißt genau, wovon ich spreche. Ich habe gehört, wie du dich heute früh weggeschlichen hast. Also, wo bist du gewesen?« Sie sah ihn eindringlich an.

»Hey, stalkst du mich oder was?«

»Das habe ich nicht nötig«, gab Ann-Kathrin patzig zurück.

»Dann halt dich gefälligst aus meinen Angelegenheiten raus! Verstanden? Die anderen mögen sich vielleicht von dir herumkommandieren lassen, ich aber nicht.« Er schleuderte ihr einen wütenden Blick zu. »Im Übrigen solltest du lieber ganz kleine Brötchen backen und vor der eigenen Tür kehren.«

»Was meinst du?« Sie war bemüht, gelassen zu bleiben.

»Das weißt du besser als ich. Wie die anderen wohl reagieren werden, wenn sie das herausbekommen?« Ein satanisches Grinsen erschien auf seinem Gesicht.

Ann-Kathrin lief rot an. »Woher …? Das wagst du nicht!«, zischte sie, worauf er lediglich mit den Achseln zuckte und sie stehen ließ.

KAPITEL 14

»Anna, meine Liebe! Du wirst mit jedem Mal schöner!«, wurde ich beim Betreten des Friseursalons von dem Inhaber überschwänglich begrüßt.

»Du übertreibst maßlos, Manolo.«

»No, no, no, es la verdad«, erwiderte er auf Spanisch. »Was machen wir heute?« Er fuhr mit beiden Händen durch mein Haar und wuschelte es ordentlich durch, nachdem er mir einen Umhang umgelegt hatte, der nur meinen Kopf herausschauen ließ.

»Nur Spitzen schneiden.«

»Ah, langweilig! Wie wäre es mit ein paar Highlights hier und da?« Er zupfte ein paar Strähnen aus meiner Mähne heraus. »Das bringt neuen Pepp, du wirst sehen! Ich habe auch schon eine Idee!« Er klatschte begeistert in die Hände, machte auf dem Absatz kehrt und war verschwunden, ehe ich protestieren konnte.

»Haben Sie gehört, was passiert ist?«, fragte die Dame neben mir, deren Kopf von unzähligen Streifen Alufolie bedeckt war, was ihr ein außerirdisches Aussehen verlieh.

»Nein, was denn?«, erkundigte sich ihre Stuhlnachbarin rechter Hand, deren Haar auf pinkfarbene Lockenwickler gedreht war.

»In einem Hotel in Westerland ist ein Mann gestorben. Plötzlich tot zusammengebrochen. Beim Frühstück. Er soll vergiftet worden sein. Das stand zumindest in der Zeitung.«

»Was Sie nicht sagen! Das ist ja grauenvoll! Heutzutage ist man ja nirgendswo mehr sicher. Nicht einmal auf solch einer herrlichen Insel! Mein Mann Berthold und ich sind immer äußerst vorsichtig mit dem, was wir essen und trinken.« Sie machte ein pikiertes Gesicht.

»Uns geht es ähnlich. Zu diesem Hotel gehört auch ein Restaurant, in dem wir neulich gegessen haben. Eigentlich waren wir sehr zufrieden, aber ein zweites Mal werden wir ganz sicher nicht dorthin gehen«, bekräftigte sie. »Man weiß ja nie!«

Damit waren exakt Brittas Befürchtungen eingetroffen. Ich überlegte für einen Moment, ob ich etwas erwidern sollte, als Manolo herangerauscht kam. Er trug dünne Gummihandschuhe und eine schwarze Schürze, auf der eine goldfarbene Krone prangte.

»So, belleza, jetzt geht's los!« Er zwinkerte meinem Spiegelbild zu und reckte beide Daumen hoch.

»Ich weiß nicht so recht, Manolo. Vielleicht sollten wir besser alles lassen, wie es ist?«, begann ich, meinen stetig wachsenden Zweifeln Ausdruck zu verleihen.

»Què va! Keine Sorge, es wird dir gefallen. Am Ende wirst du dich fragen, warum wir das nicht viel früher gemacht haben.« Mit diesen Worten räumte der Friseur meine Bedenken beiseite und begann, einzelne Strähnen abzuteilen und mit Farbe zu bepinseln. Im Anschluss verpackte er sie fein säuberlich in Alufolie. Während die Farbe einwirkte, blätterte ich durch diverse Zeitschriften, die mir Manolos Auszubildende gebracht hatte. Die beiden Frauen neben mir schnatterten derweil weiterhin um die Wette, allerdings hatten sie längst zum nächsten Thema gewechselt. Nach den rücksichtslosen Radfahrern und den zu lauten Nachbarn auf dem Campingplatz waren nunmehr die Hundebesitzer an der Reihe, die, ihrer Meinung nach, die Hinterlassenschaften ihrer vierbeinigen Freunde nicht ordnungsgemäß entsorgten. Ich war bemüht wegzuhören, um keine schlechte Laune zu bekommen. Manche Menschen hatten an allem etwas auszusetzen. Beim Durchblättern einer Zeitschrift über Restaurants blieb ich an einem Artikel hängen. Darin nahm der Autor einen landwirtschaftlichen Betrieb unter die Lupe, der komplett auf biologische Standards umgestellt hatte. Ein kleines Restaurant, in dem hofeigene Produkte verarbeitet wurden, gehörte dazu und war erst Anfang des Jahres eröffnet worden. Das abschließende Urteil des Verfassers fiel geradezu desaströs aus. Schlimmer hätte es für den Betrieb nicht kommen können. Augenblicklich musste ich an Britta und Jan denken. Als ich unten rechts auf der Seite das Bild des Autors erblickte, stutzte ich.

»Manolo?«

»Si, Anna! Stimmt etwas nicht? Un café más?« Der Friseur war mit wenigen Schritten bei mir.

»Nein, alles in Ordnung. Ich wollte dich fragen, ob ich mir diese Zeitschrift ausleihen darf? Du bekommst sie auf jeden Fall zurück«, versicherte ich und hielt ihm das Cover entgegen.

»Si, claro. Ich schenke sie dir sogar. Klatschzeitungen laufen ohnehin besser.« Er zwinkerte mir zu und tänzelte von dannen.

»Danke, das ist lieb von dir«, rief ich ihm nach.

KAPITEL 15

»Moin, Nick! Schon fleißig?« Uwe schloss die Bürotür hinter sich und warf im Vorbeigehen einen neugierigen Blick auf den Schreibtisch des Kollegen.

»Luhrmaier hat den endgültigen Obduktionsbericht geschickt. Ich bin dabei, ihn mir anzusehen.«

»Aha. Und? Steht darin etwas, was wir noch nicht wissen?«

»Nein. Die Todesursache ist eindeutig auf eine Vergiftung mit dem Pflanzengift zurückzuführen. Ansonsten das Übliche. Der Mann scheint ziemlichen Raubbau an seiner Gesundheit betrieben zu haben, wenn man den Zustand insbesondere der Leber betrachtet. Er hatte zum Todeszeitpunkt eine geringe Menge Alkohol im Blut. Wahrscheinlich Restalkohol vom Abend zuvor. Die übrigen Werte scheinen auch nicht berauschend zu sein, sofern ich das beurteilen kann. Ich bin aber kein Arzt«, bekräftigte Nick. »Das wird dich bestimmt interessieren: Die Kollegen der Spurensicherung haben DNA-Spuren in Dumperts Zimmer gefunden, die nicht ihm zugeordnet werden können.«

»Sind Sie registriert?«, wollte Uwe wissen, während er seinen Rechner einschaltete und einen Blick in seinen Kaffeebecher warf, der dringend einer gründlichen Reinigung bedurfte.

»Leider nicht. Sie könnten natürlich vom Personal stammen.«

»Wäre auch zu schön gewesen. Haben sie sonst brauchbare Spuren gefunden?«, hakte er nach, worauf Nick mit einem Kopfschütteln verneinte.

»Wir sollten uns dringend mit diesem Börner und seiner Managerin unterhalten«, schlug Nick vor.

»Wie kommst du ausgerechnet auf die beiden?«

»An dem Abend, als Anna und ich bei Britta und Jan im Restaurant waren, ist es im Anschluss zu einem handfesten Streit zwischen dem Sternekoch und unserem Toten gekommen. Ralph Börner hat Holger Dumpert beschuldigt, seinen Wagen beschädigt zu haben, worauf es zu Handgreiflichkeiten kam. Börner hat Dumpert dabei einen ordentlichen Schlag ins Gesicht verpasst. Daher stammt das Hämatom, das Luhrmaier in seinem Bericht erwähnt. Die beiden waren während der Kochshow bereits aneinander geraten, allerdings handelte es sich dabei nur um einen verbalen Schlagabtausch.«

»Das ist fürs Image nicht besonders förderlich, wenn man in der Öffentlichkeit steht. Das würde seinen Fans sicher nicht gefallen, wenn ihr Vorbild als Schläger dasteht. Aber deshalb bringt man nicht gleich jemanden um, oder glaubst du, Börner wollte die Sache vertuschen und ist sogar vor einem Mord nicht zurückgeschreckt? Das erscheint mir äußerst unwahrscheinlich.« Uwe runzelte die Stirn, während er sich mit einer Hand über den Bart strich.

»Kann ich mir, ehrlich gesagt, auch nicht vorstellen. Aber wer weiß schon, wie einige Menschen ticken. Dennoch kann es nicht schaden, sowohl den Koch als auch seine Managerin zu befragen. Anna kam auf die Idee, die Männer könnten eine Rechnung miteinander offen haben«, erinnerte sich Nick, wobei er bei dem Wort »Rechnung« imaginäre Anführungszeichen in die Luft setzte.

»Das soll sie lieber nicht in Achtermanns Gegenwart erwähnen, sonst glaubt er am Ende doch noch, Anna hätte übersinnliche Fähigkeiten.« Die beiden Beamten mussten lachen.

»Wenn ich mich recht erinnere, hat Luhrmaier von mindestens zwei Hämatomen gesprochen. Woher stammt das zweite?«, überlegte Uwe.

»Vielleicht ist er anschließend irgendwo gegengestoßen?«

»Gut möglich. Worauf warten wir? Lass uns zum Hotel fahren. Dieser Börner sitzt vermutlich gemütlich beim Frühstück. Apropos, ich könnte auch etwas vertragen.« Mühselig schälte Uwe sich aus seinem Bürostuhl, als es an der Tür klopfte. »Herein!«, rief er laut. Doch nichts rührte sich.

»Entweder, man hat dich nicht gehört, oder jemand ist schüchtern«, bemerkte Nick und ging nachsehen.

Vor der Tür stand er einer Frau gegenüber, dessen Gesicht zur Hälfte von einer überdimensionalen dunklen Sonnenbrille verdeckt wurde.

»Guten Morgen, wollen Sie zu uns?«

»Das hoffe ich sehr, dass Sie mir weiterhelfen können. Man sagte mir, ich solle mich an Sie wenden, Herr Wilmsen.« Sie lächelte verunsichert. Ihr pinkfarbener Lippenstift stand in starkem Kontrast zu ihrem feuerroten Haar.

»Mein Name ist Scarren. Bitte kommen Sie!«, forderte Nick die Frau auf und schloss die Tür hinter ihr. »Nehmen Sie Platz.« Er deutete auf den Besucherstuhl.

Uwe spähte neugierig hinter seinem Bildschirm hervor. »Moin!« Er nickte ihr freundlich zu, doch sie schenkte ihm kaum Beachtung.

»Also, um es kurz zu machen, ich suche einen Mann«, begann sie, worauf Uwe und Nick skeptische Blicke tauschten. Bevor einer von ihnen reagieren konnte, nahm sie die Sonnenbrille ab. In diesem Augenblick erkannte

Nick die Frau. »Das war missverständlich formuliert, entschuldigen Sie bitte. Ich suche natürlich nicht irgendeinen Mann.« Verlegen steckte sie sich eine widerspenstige Haarsträhne hinters Ohr.

»Frau …«, begann Uwe und bekam bei ihrem Anblick einen beseelten Gesichtsausdruck. Sie schien ihm offensichtlich zu gefallen.

»Schulze-Ruthendorf. Cordula Schulze-Ruthendorf«, präzisierte sie und schenkte ihm ein unwiderstehliches Lächeln.

»Sie sind Ralph Börners Managerin, wir sind uns kürzlich begegnet.«

»Kennen wir uns?«, fragte sie irritiert und unterzog Nick einer eingehenden Musterung.

»Der Zwischenfall auf dem Parkplatz des Hotels, Sie erinnern sich?«, half er ihrem Gedächtnis auf die Sprünge.

»Ach, jetzt erinnere ich mich. Unschöne Sache.« Sie wedelte mit der Hand, als wolle sie die Erinnerung an den Vorfall am liebsten abschütteln. »Sie müssen entschuldigen, dass ich Sie nicht sofort wiedererkannt habe, aber ich begegne ständig vielen Menschen, sodass ich mir unmöglich jedes Gesicht merken kann«, erklärte sie mit einem süßlichen Lächeln.

»Das trifft sich gut, dass Sie gekommen sind. Wir waren ohnehin auf dem Weg zu Ihnen, aber nun verraten Sie uns bitte, nach wem Sie suchen«, meldete sich nunmehr Uwe zu Wort.

»Sie wollten zu mir?« Erstaunt sah sie ihn an.

»Es geht um Holger Dumpert«, konkretisierte Nick.

»Tut mir leid, aber ich kenne überhaupt niemanden mit diesem Namen.« Ihre Antwort kam schnell und fiel barsch aus.

»Es geht um diesen Mann.« Nick zeigte ihr ein Foto. Sie warf einen Blick darauf, und Nick war sich sicher, ein leichtes Zucken ihrer Mundwinkel erkannt zu haben.

»Er kommt mir irgendwie bekannt vor. Ja, stimmt. Jetzt erinnere ich mich. Ist das nicht der Mann, mit dem Ralph aneinandergeraten ist? Dumpert war sein Name, oder?« Als Nick die Frage bejahte, fuhr sie fort: »Das war kein Wunder, schließlich wurde er von diesem Kerl zuvor in aller Öffentlichkeit diskreditiert. Übrigens vollkommen zu Unrecht. Die Vorwürfe entbehren jeglicher Grundlage und sind aus der Luft gegriffen«, bemerkte sie gleichermaßen empört wie vorwurfsvoll, während sie das mehrgliedrige Armband an ihrem Handgelenk in die richtige Position rückte.

»In welcher Beziehung stehen Sie oder Herr Börner zu Herrn Dumpert?« Nick blickte in ihr verständnisloses Gesicht.

»In gar keiner. Was soll die Fragerei? Hat er sich nun doch entschlossen, Anzeige zu erstatten? Ich hatte angenommen, wir können uns gütlich einigen. Ralph wird nicht begeistert sein. Vorausgesetzt, er taucht demnächst wieder auf.«

Jetzt waren es die beiden Beamten, die verdutzt dreinblickten.

»Wer taucht wieder auf? Von wem sprechen Sie?« Uwe wartete auf eine Erklärung.

»Ralph, ich meine, Herr Börner, er ist verschwunden. Deshalb bin ich hier.« Sie schlug graziös die Beine übereinander und verhakte die Hände über dem Knie. Nick blieb Uwes leicht entrückter Blick, mit dem er die Frau die gesamte Zeit über verfolgte, nicht verborgen.

»Verschwunden? Warum haben Sie das nicht gleich gesagt? Wann haben Sie ihn das letzte Mal gesehen?«, wollte Nick wissen.

»Sie haben mich sofort nach diesem Mann gefragt, ohne mich zu Wort kommen zu lassen.« Ihr Vorwurf hätte nicht deutlicher ausfallen können. »Samstagabend. Auf dem Parkplatz vor dem Hotel habe ich ihn zuletzt gesehen. In Ihrer Gegenwart«, erklärte sie beinahe trotzig und sah direkt Nick an.

»Danach haben Sie ihn nicht mehr gesehen?«

»Nein, das war das letzte Mal, dass ich ihn gesehen und gesprochen habe.«

»Er hat sich zwischenzeitlich auch telefonisch nicht bei Ihnen gemeldet?«, forschte Uwe nach.

Sie schüttelte den Kopf. »Hören Sie, wie oft soll ich es noch sagen: nein. Selbstverständlich habe ich mehrfach versucht, ihn zu erreichen, aber er ist nie an sein Telefon gegangen. Zu Beginn ist immer noch die Mailbox angesprungen, aber später war es ausgeschaltet. Ich fürchte, ihm ist etwas zugestoßen. Bitte, Sie müssen ihn finden«, flehte sie. Plötzlich blitzte hinter der harten Fassade eine zerbrechliche Seite hervor.

»Gibt es berechtigte Gründe für Ihre Vermutung?« erkundigte sich Nick.

»Im Grunde nicht.«

»Was bedeutet: im Grunde nicht? Könnten Sie das bitte näher erläutern?«, insistierte er, auch auf die Gefahr hin, dass er Cordula Schulze-Ruthendorfs Geduld damit auf eine harte Probe stellte.

Sie atmete demonstrativ tief aus, als müsse sie sich zwingen, Ruhe zu bewahren. Dann setzte sie zu einer Antwort an. »Sie müssen wissen, die Welt, in der Herr Börner und ich uns bewegen, ist geprägt von Neid und Missgunst. Die Konkurrenz gönnt einem nicht das Schwarze unter den Nägeln. Ich sage das nur sehr ungern, aber hinter den

Kulissen wird mit harten Bandagen gekämpft.« In ihrer Stimme schwang Bitterkeit mit, und wie zur Untermalung ihrer Aussage warf sie einen Blick auf ihre perfekt manikürten Fingernägel. »Besonders zu spüren bekommt man das, wenn man so erfolgreich ist wie Ralph.« Sie legte eine Pause ein. »Er hat sich seinen Erfolg von Beginn an hart erarbeiten müssen, ihm ist nichts in den Schoß gefallen. Natürlich gab es in der Vergangenheit Situationen, in denen er dem einen oder anderen Kollegen oder Restaurantbetreiber mit seiner Art vielleicht ein wenig auf die Füße getreten ist. Ralph ist ein äußerst impulsiver Mensch und verliert schon mal die Nerven, wenn er gereizt wird. Das kann man ihm nicht verübeln. Trotz allem kann ich mir nicht vorstellen, dass ihn deshalb gleich jemand umbringt.«

»Moment. Sie sollten nicht gleich vom Schlimmsten ausgehen, oder gab es konkrete Drohungen in diese Richtung?« Nick wunderte sich über die voreiligen Schlüsse der Managerin.

»Um Himmels willen! Das meinte ich natürlich nicht wörtlich.« Sie hob abwehrend die Hände und lachte gekünstelt.

»Könnte sein Verschwinden mit dem Streit auf dem Parkplatz in Verbindung stehen?«, überlegte Nick, während Uwes Augen weiterhin fest auf ihre Besucherin gerichtet waren.

»Ach, das ist völliger Unsinn! Solchen Angelegenheiten messe ich keine besondere Bedeutung bei. Wie bereits erwähnt, das kann schon mal vorkommen. Belanglos!«, fegte Börners Managerin Nicks Einwand weg wie eine Windbö trockenes Laub.

»Es ist zu Handgreiflichkeiten gekommen, diesem Umstand würde ich sehr wohl eine gewisse Bedeutung beimessen. Das war Körperverletzung. Herr Börner kann sich glücklich schätzen, dass der Mann keine Anzeige erstattet hat«, widersprach Nick.

»Von welchem Streit ist eigentlich die Rede? Könnte ich bitte erfahren, worum es geht?«, meldete sich Uwe zu Wort und sah zwischen seinem Kollegen und der Managerin hin und her.

»Herr Börner wurde von einem Wichtigtuer belästigt. Ein harmloser Streit unter Männern. Ich sagte bereits, Ralph reagiert mitunter sehr impulsiv.« Sie brachte abermals einen künstlichen Lacher hervor.

»Dieser Wichtigtuer, wie Sie ihn nennen, ist tot«, erklärte Nick, worauf die Managerin augenblicklich verstummte und ihn mit großen Augen ansah.

»Was? Tot? Das habe ich nicht gewusst«, erwiderte sie und wirkte ehrlich betroffen, obgleich man ihr deutlich ansehen konnte, wie es hinter ihrer Stirn arbeitete. »Jetzt verstehe ich langsam, weshalb Sie uns aufsuchen wollten. Glauben Sie allen Ernstes, Herr Börner oder ich hätten etwas mit dem Tod dieses Mannes zu tun?« Sie hatte sich kerzengerade aufgerichtet.

»Sie kennen Herrn Dumpert also nicht näher«, stellte Nick in ruhigem Ton fest.

»Von kennen kann überhaupt keine Rede sein. Anstatt mir irgendetwas unterstellen zu wollen, sollten Sie lieber nach Ralph Börner suchen.« Sie war von ihrem Platz aufgesprungen und funkelte ihr Gegenüber wütend an.

»Bitte, Frau Schulze-Ruthendorf, beruhigen Sie sich. Niemand will Ihnen etwas unterstellen. Wir bitten Sie lediglich um Mithilfe bei der Aufklärung einer Straftat«, versuchte Uwe, ihr aufgebrachtes Gemüt zu beschwichtigen, was ansatzweise zu gelingen schien, denn sie nahm wieder Platz. »Noch mal zu Herrn Börner«, sprach Uwe mit verständnisvoller Miene weiter. »Wäre es denkbar, dass er einfach für ein paar Tage seine Ruhe haben wollte und sich von allem zurückgezogen hat?«

Die Managerin sah ihn an, als verstünde sie nicht. »Ohne ein Sterbenswort zu sagen? Na, Sie sind lustig. Nein, niemals! Das ist nicht seine Art. Wenn er eine Auszeit benötigt hätte, hätte er im Vorfeld mit mir darüber gesprochen. Schließlich haben wir vertragliche Verpflichtungen zu erfüllen. Die Termine stehen seit geraumer Zeit fest, das kann man nicht einfach absagen, nur weil einem der Sinn nach Ausruhen steht.« Beinahe fassungslos schüttelte sie den Kopf. »Im Übrigen sind wir zum Arbeiten und nicht zum Vergnügen auf Sylt«, stellte sie klar und blickte demonstrativ auf ihre Armbanduhr. »Um 15 Uhr haben wir zum Beispiel einen Interviewtermin bei einem lokalen Radiosender und anschließend eine Signierstunde in einer Buchhandlung in der Friedrichstraße. Ralph würde das nicht grundlos platzen lassen, dazu ist er viel zu ehrgeizig und gewissenhaft, wenn es um die Einhaltung seiner Termine geht. Zudem war sein Bett heute Morgen unbenutzt«, fügte sie wie beiläufig hinzu.

»Sie haben ein Schlüssel für sein Zimmer?«

Nicks Frage schien sie im ersten Moment zu irritieren. »Wie kommen Sie denn darauf? Natürlich nicht. Ich habe das Zimmermädchen gebeten zu öffnen, nachdem Ralph auf mein mehrfaches Klopfen nicht reagiert hat. Ich habe mir Sorgen gemacht.«

»Das Zimmermädchen hat Sie also ohne Weiteres in das Zimmer Ihres Chefs gelassen«, stellte Nick nüchtern fest.

»Genau.« Cordula Schulze-Ruthendorf zuckte mit den Schultern.

»Vielleicht hat Ihr Chef die Nacht woanders verbracht?«, wagte Uwe einen neuerlichen Vorstoß, für den er sich postwendend einen feindseligen Blick der Managerin einhandelte.

»Ralph ist nicht so, wie sie vielleicht annehmen. Er würde seine Bekanntheit niemals ausnutzen«, verteidigte sie ihren Arbeitgeber.

»Befindet sich Herr Börner derzeit in einer festen Beziehung?« Nick nahm einen Schluck aus seinem Kaffeebecher und beäugte die Managerin über den Rand der Tasse hinweg.

»Das ist mir nicht bekannt. Verheiratet ist er jedenfalls nicht, falls das wichtig für Sie ist. Zu einer aktuellen Beziehung kann ich Ihnen leider nichts sagen, sofern er eine hat.« Sie schürzte die Lippen und reckte das Kinn, als sei ihr dieses Thema unangenehm.

»Nicht? Das wundert mich. Ich bin davon ausgegangen, Sie als seine Managerin wären über jeden seiner Schritte im Bilde, seinen Beziehungsstatus eingeschlossen.«

»Da irren Sie sich. Seine Privatangelegenheiten gehen mich weder etwas an noch interessieren sie mich in irgendeiner Weise. Unser Verhältnis ist rein geschäftlich«, betonte sie und beförderte, während sie sprach, einen Terminplaner mit Ledereinband aus ihrer Tasche. »Hier ist meine Karte. Unter der angegebenen Telefonnummer können Sie mich jederzeit erreichen. Ich wäre Ihnen ausgesprochen dankbar, wenn Sie mich umgehend informieren würden, sobald Sie ihn gefunden haben. Sie werden doch nach ihm suchen, oder?«

»Selbstverständlich, Gnädigste«, flötete Uwe und erntete einen verwunderten Blick seines Kollegen.

»Gut. Dann wünsche ich den Herren einen erfolgreichen Tag!« Mit diesen Worten stand sie auf und verließ das Büro.

»*Selbstverständlich, Gnädigste*? Womit sind deine Reiswaffeln getränkt, dass du derart geschwollen daher schwafelst? Ich dachte immer, du stehst nicht auf Rothaarige?« Nick sah zu seinem Freund und konnte sich ein Grinsen nicht verkneifen.

»Blödsinn! Ich wollte bloß höflich sein, mehr nicht. Sie macht sich Sorgen um ihren Chef, da kann man ruhig ein wenig empathisch sein«, rechtfertigte sich Uwe umgehend und setzte schnell nach: »Außerdem ist sie wirklich nicht mein Typ.« Dann steckte er sich den letzten Bissen seiner Reiswaffel in den Mund und kaute angestrengt darauf herum.

»Natürlich nicht. Wie komme ich bloß darauf?«

»Wenn ich es nicht besser wüsste, würde ich sagen, du machst dich lustig über mich?« Uwe zog die letzte Waffel aus der Verpackung. Die herausgefallenen Krümel beförderte er mit einem Wisch vom Tisch.

»Komm, du hast sie die ganze Zeit über angestarrt wie ein hypnotisiertes Kaninchen die Schlange.«

»Ich habe nicht gestarrt!« Uwes Gesichtsfarbe nahm eine tiefrote Färbung an.

»Egal. Auf mich wirkt die Dame ein bisschen zu aufgesetzt. Die verheimlicht etwas.«

»Was genau willst du damit sagen?«

»Ich werde das Gefühl nicht los, dass mit ihr was nicht stimmt. Übrigens, ich bin nicht sicher, ob du mit den Dingern tatsächlich abnimmst.« Nick deutete auf die restliche Reiswaffel in Uwes Hand.

»Die haben wenig Kalorien«, verteidigte sich sein Freund mit vollem Mund.

»Mag sein, aber nicht die mit Schokolade.«

»Jaja. Los, lass uns zum Hotel fahren. Bestimmt kann uns Britta mehr sagen, schließlich wohnt Ralph Börner bei ihnen.« Uwe erhob sich schwerfällig von seinem Stuhl.

»Noch lieber wäre es mir, wenn der Typ in der Zwischenzeit wohlbehalten von alleine aufgetaucht wäre. Wir können keinen zweiten Toten gebrauchen.«

»Mal den Teufel nicht an die Wand!«

Nach kurzer Fahrtzeit erreichten die beiden Beamten das Hotel im Süden Westerlands und wurden persönlich von Britta begrüßt, als sie die Rezeption betraten.

»Hallo, ihr beiden! Mittlerweile zählt ihr fast zu unseren Stammgästen, so oft, wie ihr hier seid.«

»Moin, Britta! Das könnte man annehmen, leider sind wir dienstlich gekommen. Wir benötigen dringend eine Auskunft«, begann Uwe ohne lange Umschweife.

»Das dachte ich mir, dass ihr nicht zufällig gekommen seid. Was kann ich für euch tun?« Britta sah die beiden Männer erwartungsvoll an.

»Es geht um einen eurer Gäste. Ralph Börner. Kannst du dich erinnern, wann du ihn zuletzt gesehen hast?«, wollte Uwe wissen, nachdem er sich vergewissert hatte, dass sich kein Hotelgast in unmittelbarer Nähe aufhielt.

»Börner, der Sternekoch? Was ist mit ihm?« Britta wirkte angespannt.

»Seine Managerin, Frau Schulze-Ruthendorf war eben bei uns und hat ihn als vermisst gemeldet.«

»Vermisst? Glaubt ihr, er wurde entführt? Das wäre entsetzlich.«

»Das können wir nicht vollkommen ausschließen, aber bislang deutet nichts darauf hin«, erläuterte Uwe die aktuelle Sachlage.

»Oh, Mann! Momentan jagt eine Hiobsbotschaft die nächste«, stöhnte Britta. »Wenn mich meine Erinnerung nicht trügt, habe ich ihn das letzte Mal während unseres Kochevents gesehen. Genau, denn am nächsten Tag hatte ich frei.«

»Weißt du, ob er gestern beim Frühstück war oder sich das Essen aufs Zimmer hat kommen lassen?«, erkundigte sich Uwe.

»Kleinen Augenblick, das kann ich schnell nachprüfen!« Sie tippte in rasanter Geschwindigkeit auf der Tastatur ihres Computers herum. »Reiswaffeln ohne Schokolade helfen übrigens besser beim Abnehmen«, bemerkte sie beiläufig, ohne den Blick vom Bildschirm zu nehmen. Erst jetzt sah sie zu Uwe, zwinkerte ihm amüsiert zu. Sie deutete auf sein Kinn, wo sich im dichten Vollbart einige Schokoladen- und Reiskrümel verfangen hatten, als planten sie, dort zu überwintern.

»So lässt du mich rumlaufen«, raunte er Nick zu, während er sich nach einem Spiegel oder einer ähnlich glatten Oberfläche umsah. Zu guter Letzt fiel seine Wahl auf eine silberne Vase auf einer Anrichte, mit deren Hilfe er dem kleinen Malheur zu Leibe rückte.

»Nein, auf seine Zimmernummer wurde nichts gebucht. Er war weder beim Frühstück noch hat er sich etwas aufs Zimmer kommen lassen«, bestätigte Britta mit ernstem Blick. »Hat seine Managerin keine Idee, wo er stecken könnte?«

»Leider nicht. Sie kann sich sein Verschwinden ebenso wenig erklären.«

»Oh, Gott! Erst wird ein Gast vergiftet und nun ist ein weiterer verschwunden, zumal es sich auch noch um einen Prominenten handelt. Ich sehe die Schlagzeilen bereits vor mir! Jan wird alles andere als begeistert sein, wenn er davon erfährt«, klagte sie.

»Vielleicht ist alles ganz harmlos, und er steht in Kürze vor der Tür«, startete Uwe den Versuch, Britta zu beruhigen.

Nicks Gesichtsausdruck nach zu urteilen, betrachtete er die Angelegenheit mit weitaus weniger Optimismus als sein Kollege.

»Schön wär's«, seufzte sie.

»Ist dir irgendetwas aufgefallen? Hatte Börner in den letzten Tagen eventuell Besuch? Und damit meine ich nicht zwingend Damenbesuch.« Uwes Augen blitzten schelmisch.

»Das weiß ich ehrlich nicht. Ich verbringe viel Zeit im Büro, da bekomme ich nicht mit, wer kommt und geht oder ob unsere Gäste Besucher mitbringen. Aber wartet mal, ich bin gleich zurück!« Sie kam hinter dem Tresen hervor und verschwand in einem Nebenraum. Unmittelbar darauf kehrte sie in Begleitung einer jungen Frau zurück.

»Darf ich euch Kira Drombacher vorstellen? Sie hilft während der Sommermonate bei uns aus und ist unter anderem für die Zimmerreinigung eingeteilt. Womöglich kann sie euch weiterhelfen«, stellte Britta ihre Angestellte vor.

»Hallo!« Die junge Frau mit dem wachen Blick grüßte die beiden Beamten freundlich. »Ich habe sie neulich hier gesehen, als der Mann im Frühstücksraum …« Sie brach an dieser Stelle ab. »Damals wurde ich von einer Kollegin von Ihnen befragt.«

»Hallo, Frau Drombacher! Das ist gut möglich. Mein Name ist Uwe Wilmsen, das ist der Kollege Nick Scarren. Heute geht es um etwas anderes. Hat Frau Hansen gesagt, warum wir hier sind?«, erklärte Uwe und ließ den

Blick zwischen Kira Drombacher und Britta hin und her wandern.

»Sie sagte, Sie suchen einen Gast. Sie können mich gerne Kira nennen, dann komme ich mir nicht so entsetzlich alt vor.« Sie lächelte verlegen.

»Wie Sie möchten, Kira. Wir würden gern wissen, ob Ihnen beim Reinigen von Herrn Börners Zimmer etwas aufgefallen ist oder merkwürdig vorkam? Hat er mit Ihnen gesprochen oder um eine Auskunft gebeten?«

Die junge Frau überlegte angestrengt. »Nein, alles war eigentlich wie immer. Herr Börner war sehr ordentlich, daher war ich immer schnell fertig mit Saubermachen.«

»Sie sagten ›eigentlich‹? Folglich gab es doch eine Auffälligkeit?« Nick zog fragend eine Augenbraue hoch.

»Als ich heute Morgen in sein Zimmer kam, war das Bett unbenutzt. Auch die Handtücher lagen exakt an der Stelle, an der ich sie tags zuvor hingelegt habe. Herr Börner möchte jeden Tag frische Handtücher und ein frisches Stück Seife«, fügte sie mit einem Schulterzucken hinzu.

»Das stimmt. Manche Gäste haben besondere Vorlieben oder Wünsche«, bestätigte Britta, ohne anklagend zu klingen.

Passt zu ihm, dachte Nick, behielt den Gedanken jedoch für sich.

»Sonst nichts? Hatte er Besuch oder hat sich jemand nach ihm erkundigt?« Uwe sah die junge Frau forschend an.

Kira zögerte zunächst und sah Hilfe suchend zu ihrer Chefin.

»Bitte, Kira, sag alles, was du weißt. Jede Kleinigkeit kann wichtig sein«, bestärkte Britta ihre Angestellte und schenkte ihr ein aufmunterndes Lächeln.

»Tut mir leid, ich habe wirklich niemanden gesehen. Nur heute Morgen …« Sie zögerte erneut und knetete nervös ihre Finger.

»Was war heute Morgen, Kira?«, wollte Nick wissen.

»Als ich heute Morgen das Nachbarzimmer aufgeräumt habe, stand plötzlich eine Frau hinter mir und hat mich gebeten, Herrn Börners Zimmer für sie aufzuschließen.«

»Kira!« Noch ehe Britta weitersprechen konnte, wurde sie von Nick unterbrochen.

»Und Sie sind ihrer Bitte nachgekommen, das wissen wir bereits.«

Der jungen Frau war deutlich anzumerken, dass ihr die Angelegenheit zutiefst unangenehm war. »Ich weiß natürlich, dass ich das nicht darf, aber sie hat behauptet, sie sei seine Managerin. Außerdem ginge es um Leben und Tod«, gestand sie mit schuldbewusster Miene.

»Um Leben und Tod? Hat sie das wörtlich gesagt?«, wiederholte Nick, worauf die junge Frau heftig nickte. »Was ist dann passiert?«

»Ich habe aufgeschlossen, und sie ist an mir vorbei in das Zimmer gestürmt. Ich bin im Türrahmen stehen geblieben, aber sie hat mich angeblafft, ich solle gehen. Sie war plötzlich ziemlich unfreundlich.«

»Sind Sie der Aufforderung nachgekommen?«, vergewisserte sich Uwe.

»Ja, ich habe mit meiner Arbeit weitergemacht. Die Zimmer müssen ja fertig werden. – War das ein großer Fehler?« Verunsichert sah sie in die Runde, bis ihr Blick an Britta hängen blieb. »Tut mir echt leid, Frau Hansen. Bin ich jetzt gefeuert?«

»Nein, Kira. Aber das darf kein zweites Mal passieren.

Bitte halte dich an die Vorschriften, okay? Wir kommen sonst in Teufels Küche«, lenkte Britta ein.

»Danke, das verspreche ich.«

In diesem Moment wurde die Eingangstür schwungvoll aufgestoßen und Tim, einer der Hansen-Zwillinge, kam gut gelaunt herein.

»Moin zusammen! Große Versammlung? Habe ich was verpasst?«

»Nick und Uwe sind beruflich hier«, ließ Britta ihren Sprössling wissen.

»Aha. Ich will nicht lange stören, sondern bloß fragen, ob Kira und ich loskönnen.« Erwartungsvoll wanderten seine Augen erst zu der jungen Frau und anschließend zu seiner Mutter.

»Meinetwegen, haut schon ab!«, gab sich Britta einen Ruck.

»Du bist die Beste!« Tim drückte seiner Mutter einen dicken Kuss auf die Wange, bevor er in Begleitung von Kira hastig das Hotel verließ.

»Love is in the Air«, begann Uwe zu summen, während er nach einem der in durchsichtiges Papier verpackten Karamellbonbons in dem großen Glas auf dem Tresen angelte.

»Sieht ganz danach aus.« Britta stieß einen lang gezogenen Seufzer aus und sah dem Paar durch das Fenster nach.

»Du klingst nicht begeistert?«

»Ach, Nick. Ich finde, Kira ist ein bisschen zu alt im Sinne von reif für Timmy. Ich möchte einfach verhindern, dass er enttäuscht wird.«

»Das wird sich nicht vermeiden lassen. Er muss selbst seine Erfahrungen machen. Ich weiß, dass dir das momentan nicht weiterhilft.«

»Du hast recht, aber als Mutter will man seine Kinder beschützen. Das kennst du doch von Christopher. Man kann eben schlecht aus seiner Haut. Jetzt wollt ihr sicherlich einen Blick in Börners Zimmer werfen?«

»Unbedingt.« Uwe lutschte schmatzend auf seinem Bonbon herum.

»Hier ist der Schlüssel. Wenn ihr mich braucht, sagt Bescheid, ich bin hinten im Büro. Börners Zimmer liegt im ersten Stock. Nummer 26.«

»Willst du wissen, was ich denke? Der Typ ist schlichtweg untergetaucht. Vermutlich hatte er die Nase voll von dem Trubel um seine Person. Ständig irgendwelche Termine, die Fans – das alles war ihm irgendwann zu viel.«

»Wie kommst du auf die Idee? Du hast doch gehört, dass er sehr gewissenhaft sein soll«, erinnerte Uwe den Kollegen. »Außerdem steht sein Wagen nach wie vor auf dem Parkplatz. Er wird sich kaum ein Fahrrad gemietet haben, um damit zu verschwinden, geschweige denn, sich zu Fuß auf den Weg gemacht haben.«

»Überleg mal, Uwe! Wäre er tatsächlich entführt worden, hätte sich längst jemand gemeldet, um Lösegeld zu fordern. In seinem Zimmer deutet nichts darauf hin, dass er gegen seinen Willen an einen anderen Ort gebracht wurde. Einbruchspuren haben wir keine gefunden, durchsucht wurde offensichtlich auch nichts. Rein gar nichts deutet auf ein Verbrechen hin. Der Auftritt der Ruthendorf …«

»Schulze-Ruthendorf«, wurde er prompt von Uwe korrigiert.

»Meinetwegen. Das könnte ebenso inszeniert gewesen sein. Wahrscheinlich stecken die beiden unter einer

Decke«, fuhr Nick unbeirrt fort. »Ein raffiniert eingefädelter Marketinggag, um auf sich aufmerksam zu machen und den Buchverkauf anzukurbeln. Börner ist schließlich nicht der einzige prominente Koch auf der Welt.«

Uwe kräuselte missmutig die Stirn. »Das kann ich mir beim besten Willen nicht vorstellen. Dafür erscheint mir Frau Schulze-Ruthendorf viel zu seriös. Aber nehmen wir an, deine Theorie trifft zu. Das wird unweigerlich eines Tages herauskommen, und dann wäre der Schaden an Börners Glaubwürdigkeit größer, als ihm das ganze Theater jemals genutzt hätte. Er würde auf diese Weise die Früchte jahrelanger harter Arbeit gefährden. Ich glaube nicht, dass er derart töricht ist«, sinnierte Uwe, während Nick seinen Ausführungen mit wachsender Skepsis verfolgte. »Stimmst du mir zu?«

»Ehrlich gesagt, mache ich mir im Moment mehr Sorgen um dich.«

»Wieso?«

»So bescheuert redest du sonst nie. Die Ruthendorf tut dir nicht gut.«

»Schulze-Ruthendorf, so viel Zeit muss sein.«

KAPITEL 16

Er wusste nicht, wie lange er sich in diesem Dämmerzustand befunden hatte. Als er die Augen öffnete, fühlte sich sein Körper steif an. Er hatte das Gefühl, seine Muskeln seien aus Beton, schwer und unbeweglich. Selbst die kleinste Bewegung bereitete ihm Schmerzen. Um seine Hände und Füße befanden sich immer noch Fesseln, die mittlerweile tiefe Einschnitte in der Haut hinterlassen hatten. Stumme Zeugen seines Widerstandes. Er versuchte, sein linkes Bein durchzustrecken, erlitt jedoch augenblicklich einen heftigen Krampf im Fuß. Von Schmerz erfüllt, hob er ruckartig den Kopf, worauf ihm zusätzlich speiübel wurde. Schweiß kroch aus allen Poren seines Körpers. Er biss die Zähne fest aufeinander und sehnte den Augenblick herbei, an dem der Schmerz langsam verebbte. Sein Mund war mit Klebeband verschlossen, was ihm das Atmen zusätzlich erschwerte. Aus dem Augenwinkel nahm er eine Bewegung war und drehte behutsam den Kopf in die Richtung, stets darauf bedacht, eine erneute Schwindelattacke zu vermeiden. Unweit von ihm stöberte eine Ratte auf einem mit einer dicken Staubschicht überzogenen Regalboden nach Essbarem. Er stieß einen gedämpften Laut aus, worauf das Tier kurzzeitig innehielt, sich auf die Hinterbeine stellte und in seine Richtung sah. Dabei bewegte es seine Nase heftig, die langen Barthaare wippten auf und ab. Mit einem schleifenden Geräusch wurde das Holztor aufgeschoben, worauf das Nagetier blitzartig das Weite suchte. Geblendet von dem einfallenden Licht, kniff er die Augen zusammen. Als er sie öffnete, durchzog ihn beinahe im selben Moment ein erneuter Schmerz, als ihm der Klebestreifen mit einem Ruck vom Mund gerissen wurde.

Er stöhnte auf, bevor er frischen Sauerstoff in seine Lungen pumpte. »Ich finde, es reicht jetzt langsam mit dem Spielchen. Du hast deinen Spaß gehabt, nun ist gut«, brachte er mühsam und mit rauer Stimme hervor. Seine Kehle fühlte sich ebenso staubtrocken an, wie seine Umgebung war. »Binde mich los. Mir sterben die Hände und Füße ab!«

Doch nichts geschah. »He, verdammt! Ich rede mit dir!«

Jetzt erkannte er die silberne Nadel am Ende einer Spritze auf sich zukommen.

»Was soll das? Was hast du vor? Bitte, wir können über alles reden! Nein!« Sein verzweifeltes Flehen ging in ein weinerliches Wimmern über, als die Nadel ihren Weg in seine Armbeuge fand.

KAPITEL 17

»Hol ihn, Pepper!«, rief ich und warf den Ball, worauf der Hund hinterher flitzte.

»Hol, Willi!«, eiferte Christopher mir nach und hielt den kleinen Ball hoch in die Luft, den die Hündin Chili fixierte. Ihr gesamter Körper stand unter Spannung. Sie konnte den Augenblick, in dem das Objekt ihrer Begierde geworfen wurde, kaum erwarten.

»Du musst den Ball auch werfen, Christopher, sonst kann Chili ihn nicht holen«, erklärte ich mit einem Lachen.

Daraufhin warf er den Ball, der keine zwei Meter weit flog. Die Hündin ließ sich trotzdem nicht davon abhalten, hinterher zu laufen. Im Anschluss brachte sie das Spielzeug zurück und legte es vor unseren Füßen ab.

»So, Schluss für heute. Zeit fürs Abendessen«, beschloss ich, sehr zur Enttäuschung von Christopher und den beiden Fellnasen.

Nachdem wir zu Abend gegessen hatten und Christopher von Nick ins Bett gebracht worden war, kramte ich die Zeitschrift hervor, die Manolo mir freundlicherweise überlassen hatte.

»Schau mal, was ich heute beim Friseur entdeckt habe. Ich dachte, das könnte dich interessieren.« Ich schlug die entsprechende Seite auf und hielt sie Nick hin.

»Ein Bericht über einen Biohof in der Lüneburger Heide.« Mit einem Stirnrunzeln nahm er das Magazin in die Hand.

»Da, weiter unten!« Ich deutete mit dem Zeigefinger zu dem kleinen Foto am Ende des Artikels. »Wenn ich mich nicht täusche, ist das der Mann, der im Frühstücksraum tot zusammengebrochen ist. Den Schnauzbart muss man sich dazu denken.«

Nick hielt die Seite näher ans Licht, um das Foto eingehender betrachten zu können. »Hm. Das Bild scheint vor längerer Zeit aufgenommen zu sein, aber du hast recht, das ist er. Und das ist längst nicht alles. Ich bin gespannt, was

Uwe morgen früh dazu sagen wird. Das lässt die ganze Sache in einem völlig anderen Licht erscheinen. Sweety, wenn ich dich nicht hätte!« Er gab mir einen Kuss.

»Schön, dass ich euch helfen konnte. Wusstest du übrigens, dass Jill wieder zu Hause ist?«

»Seit wann?« Nick stand die Überraschung ins Gesicht geschrieben.

»Die Expedition wurde eher beendet, als ursprünglich geplant. Sie stand heute plötzlich vor unserer Tür. Ich habe ähnlich geguckt wie du.«

»Typisch Jill!« Bei dem Gedanken an seine Schwester huschte ein Lächeln über sein Gesicht. »Da wird sich Frank gefreut haben.«

»Ich fürchte, er weiß es noch nicht. Soweit ich sie verstanden habe, hat sie ihm nichts von ihrer verfrühten Rückkehr erzählt.«

»Warum nicht? Ich hätte fest damit gerechnet, dass sie wenigstens ihren Freund informiert. Hat sie dir einen Grund genannt?« Nick zog verwundert eine Augenbraue hoch.

»Nein. Ich hatte das Gefühl, sie wollte nicht darüber sprechen.«

»Wie ich meine Schwester kenne, bedeutet das nichts Gutes. Wahrscheinlich hat sie einen anderen.«

»In diese Richtung hat sie keine Andeutungen gemacht. Sollte das der Fall sein, würde Frank eine Trennung ziemlich hart treffen. Sie bedeutet ihm sehr viel.«

»Hm«, brummte Nick missmutig. »Jill ist alt genug und muss wissen, was sie tut.«

»Ich mische mich nicht ein. Das müssen die beiden untereinander klären. Ich fände es bloß schade, wenn sie sich trennen würden. Sie passen gut zusammen.«

Schweigend und nachdenklich zugleich sahen wir zum Horizont, wo die Sonne mittlerweile verschwunden war und sich ein sanftes, warmes Licht über die Insel gelegt hatte.

KAPITEL 18

»Davon habe ich gehört.« Lukas saß mit dem Handy am Ohr in einem der Strandkörbe. »Bist du verrückt? So dumm bin ich nicht.« Während er weiter zuhörte, spielte er mit einer Herzmuschel, die neben einigen anderen Muscheln im Strandkorb zurückgelassen worden waren. »Am besten hältst du erst mal die Füße still und beruhigst dich, bis Gras über die Sache gewachsen ist, okay? Bloß nicht die Nerven verlieren.«

»Wer soll sich beruhigen, und von welcher Sache sprichst du?« Ann-Kathrin tauchte wie aus dem Nichts vor ihm auf, die Hände in die Hüften gestemmt und mit misstrauischem Blick.

»Ich muss Schluss machen.« Schnell ließ Lukas das Handy in seiner Hosentasche verschwinden. »Das geht dich nichts an«, gab er zurück und war im Begriff aufzustehen, doch Ann-Kathrin verpasste ihm einen kräftigen Stoß gegen die Schulter, sodass er zurück in den Korb taumelte.

»Hast du sie noch alle?«, fuhr er sie an.

»Ich will wissen, mit wem du gesprochen hast.« Sie funkelte ihn wütend an.

»Und ich sag es dir nochmal zum Mitschreiben: Das geht dich nichts an!«

Sie standen sich derart dicht gegenüber, dass sie die goldenen Sprenkel in seinen Augen erkennen konnte.

»Ich habe keine Angst vor dir, Lukas.« Ann-Kathrin streckte den Rücken durch und reckte das Kinn.

»Was willst du überhaupt von mir? Warum spionierst du mir ständig hinterher?«

»Wir wollen zusammen etwas essen gehen. Lara hat gesagt, sie hat gesehen, wie du in Richtung Promenade gegangen bist, deshalb bin ich dir nach. Ich mag keine Heimlichkeiten, das habe ich bereits mehrfach gesagt. Das gilt auch für dich.«

»Eine Familienangelegenheit, das hat nichts mit unserer Sache zu tun. Zufrieden?«, gab sich Lukas versöhnlich, da er keine Lust auf weitere Diskussionen hatte.

Ann-Kathrin taxierte ihn, als sei sie unschlüssig, ob sie ihm vertrauen sollte. »Na schön, ich glaube dir. Wir müssen uns aufeinander verlassen können, sonst gefährden wir nicht nur die Sache an sich, sondern auch jeden Einzelnen von uns«, machte sie abschließend ihren Standpunkt deutlich. »Komm! Während wir essen, besprechen wir den nächsten Einsatz. Außerdem will ich euch Dennis und die anderen vorstellen.«

Sie gingen die Westerländer Promenade nebeneinander her, bis sie die restlichen Mitglieder der Gruppe erreicht hatten, die am Brandenburger Strand vor dem Restaurant

Sunsetbeach warteten. Die Sonne war längst als roter Feuerball im Meer versunken und hatte einen glutroten Streifen am Horizont hinterlassen. Unaufhaltsam schwappten kleine Wellen an den Strand, ein Sommertag neigte sich dem Ende zu.

KAPITEL 19

»Lenschmann?«, wiederholte Uwe.

»Du hast richtig gehört. Holger Dumpert heißt mit richtigem Namen Meeno Lenschmann und arbeitete als freier Journalist. Anna hat zufällig einen Artikel in einer Zeitschrift von ihm entdeckt. Hier, sieh selbst!« Nick reichte dem Kollegen die aufgeschlagene Zeitschrift.

»Das ist wirklich ein Ding«, erwiderte Uwe und warf einen neugierigen Blick auf den Bericht. »Anna hat wirklich ein Gespür für diese Dinge. Unfassbar!«

»Nachdem wir nun wissen, wer er ist, liegt die Vermutung nahe, dass Lenschmann nicht zufällig auf der Insel war. Er könnte für einen Artikel recherchiert haben. Vielleicht sogar über Jans und Brittas Restaurant. Außerdem bin ich überzeugt, dass er und Börner sich kennen. Deine

Frau Schulze-Ruthendorf wusste mit Sicherheit, wer er war, und hat uns diese Tatsache bewusst verschwiegen.«

»Erstens ist sie nicht *meine* Frau Schulze-Ruthendorf«, protestierte Uwe, »und zweitens kann dieser Lenschmann irgendein unbedeutender Schreiberling sein, den weder Börner noch seine Managerin kennen müssen. Die gibt es wie Sand am Meer! Vielleicht wollte er einmal im Leben über einen prominenten Menschen schreiben, was am Ende gründlich schief ging. Und drittens: Warum sollte Frau Schulze-Ruthendorf uns diesbezüglich belügen?«

Das Knistern einer Papiertüte und der intensive Wurstgeruch verrieten, dass Uwe im Begriff war, ein belegtes Brötchen aus den Untiefen seines Rucksacks hervorzuholen.

»In diesem Punkt muss ich dir widersprechen. Ich habe mich gestern Abend ein wenig über den Mann informiert. Meeno Lenschmann war bis vor knapp zwei Jahren *der* Restaurantkritiker schlechthin, vor dem selbst die ganz Großen der Branche gezittert haben, wenn er bei ihnen aufgetaucht ist. Sein Urteil konnte unter Umständen vernichtend sein. Er galt als äußerst kritisch und absolut unbestechlich.«

Uwe verfolgte interessiert Nicks Ausführungen.

»Was ist passiert? Du sagtest, bis vor zwei Jahren«, fragte er und biss genussvoll in sein Brötchen. Dabei flutschte eine Tomatenscheibe seitlich heraus und landete auf dem Aktendeckel vor ihm. »Oh, Mist!« Mit spitzen Fingern beförderte er das glitschige Objekt in den Mülleimer unter dem Schreibtisch. Mit einem Taschentuch rückte er dem Malheur zu Leibe und wischte über den Aktendeckel.

»Vor ungefähr zwei Jahren ist er zu einer Geldzahlung verdonnert worden. Eines seiner Opfer hat ihn wegen

Rufschädigung verklagt und den Prozess gewonnen.« Bei dem Wort Opfer malte Nick Gänsefüßchen in die Luft. »Anschließend kam eines zum anderen. Seine Frau hat die Scheidung eingereicht, er bekam keine nennenswerten Aufträge mehr und so weiter.«

»Lass mich raten! Das Ende vom Lied war, dass er dem Alkohol verfallen ist«, vermutete Uwe.

»Du sagst es. Offenbar hat er sich wieder gefangen, sonst wäre er nicht nach Sylt gekommen. Ich bleibe dabei, sein Ziel war ganz klar Ralph Börner.«

»Oder der *Syltstern* der Hansens«, zog Uwe in Erwägung.

»Das glaube ich nicht. Ohne den beiden zu nahe treten zu wollen, aber dafür ist das Restaurant noch zu unbedeutend«, widersprach Nick, stand auf und stellte seinen Kaffeebecher unter die Maschine. Er wählte eine Taste aus, und nach einem kurzen Mahlgeräusch tröpfelte frischer Kaffee in den Becher.

»Wir sollten uns dringend ein weiteres Mal mit der Managerin unterhalten. Ich bin sehr auf ihre Reaktion gespannt.« Nick hatte sich zurück auf seinen Platz gesetzt.

»Ich auch.«

»Hat sich in Bezug auf Börner etwas ergeben? Hat sich in der Zwischenzeit jemand gemeldet, der ihn gesehen hat?«

»Bislang Fehlanzeige. Die Kollegen suchen weiterhin nach ihm. Er ist weder am Flughafen noch am Fähranleger gesehen worden. Möglicherweise hat er die Insel mit dem Zug verlassen. Wir können ja nicht überall gleichzeitig sein.« Uwe zuckte mit den Schultern.

»Oder er befindet sich nach wie vor auf Sylt«, überlegte Nick und nippte an dem Heißgetränk.

»Als hätten wir mit dem Mord nicht genug zu tun, müssen wir uns auch noch mit einem verschwundenen Sternekoch herumschlagen. Die Sache mit Dumpert alias Lenschmann müssen wir dringend Achtermann mitteilen. Du oder ich?«

»Immer der, der fragt.« Nick zwinkerte ihm zu.

»Mir bleibt auch nichts erspart.« Uwe verzog gequält das Gesicht und griff zum Telefon.

Wenig später machten sich Uwe und Nick auf den Weg nach Keitum, wo sie mit Cordula Schulze-Ruthendorf verabredet waren. Aufgrund der aktuellen Geschehnisse hatte sie kurzerhand beschlossen, sich eine andere Bleibe für die Zeit auf Sylt zu suchen. Die beiden Männer fuhren in Nicks Wagen die Keitumer Landstraße in östliche Richtung, als der Verkehr plötzlich ins Stocken geriet und sie nur in Schrittgeschwindigkeit vorankamen.

»Was ist denn nun wieder los?«, wollte Uwe wissen, ließ das Seitenfenster herunter und steckte den Kopf heraus, um der Ursache für die Verzögerung auf den Grund zu gehen.

»Kannst du was erkennen?«, erkundigte sich Nick, der dem Ganzen eher gelassen gegenüberstand.

»Nichts zu sehen. Ein Unfall scheint nicht der Grund zu sein.«

In gemächlichem Tempo ging es Meter für Meter weiter, links am Sylter Tierheim vorbei, bis rechter Hand das Tinnumer Sportzentrum auftauchte.

»Hast du das schon mal ausprobiert?«, fragte Uwe mit Blick auf die weißen Zelte, deren spitz zulaufende Dächer aussahen wie Sahnetupfer auf einer Torte.

»Was meinst du?«

»Na, Bogenschießen.« Er ahmte das Spannen eines Bogens nach.

»Ja. Anna hat mir vor zwei Jahren einen Kurs zum Geburtstag geschenkt. Das hat echt Spaß gemacht. Neben dem Bogenschießen kannst du auch lernen, deinen eigenen Bogen zu bauen«, ließ Nick seinen Freund wissen.

»Hm, das könnte ich mit Tina zusammen machen«, überlegte Uwe und strich sich über den Vollbart.

»Warum nicht? Das eignet sich hervorragend als Geburtstags- oder Weihnachtsgeschenk.«

Als der Wagen vor ihnen zum Überholen ansetzte, erschloss sich ihnen der Grund für die Verzögerung. Der Fahrradgepäckträger eines Autos war heruntergefallen und lag samt Rädern mitten auf der Straße. Ein Mann stand hilflos neben seinem Fahrzeug, während einige Helfer bemüht waren, die verlorene Fracht einzusammeln.

»Glück gehabt, dass niemand in die Räder reingefahren ist.« Uwe schüttelte im Vorbeifahren den Kopf.

Kurz bevor sie links nach Keitum abbogen, überholten sie einen Radfahrer, der mit seinem Rennrad mitten auf der Straße fuhr.

»Kann der nicht den Radweg benutzen oder wenigstens rechts fahren!«, schimpfte Uwe vor sich hin. »Guck dir den an! Nagelneues Rad, schicke Klamotten und kommt kaum vom Fleck. Hat er sich alles wahrscheinlich extra für den Urlaub angeschafft. Lackaffe!«

»Der Lackaffe war Achtermann«, bemerkte Nick mit einem amüsierten Blick in den Rückspiegel.

»Wie bitte? Du meinst, das ist unser Achtermann?« Uwe drehte sich ruckartig in seinem Sitz um und spähte nach hinten, konnte aber nichts erkennen.

»Ja, unser Staatsanwalt höchstpersönlich.«

»Deswegen konnte ich ihn telefonisch nicht erreichen. Was macht er schon wieder auf Sylt? Und seit wann fährt er Rennrad? Ich dachte, er hätte sich ausschließlich dem Golfsport verschrieben?«

»Woher soll ich das wissen?« Nick zuckte ratlos mit den Schultern und verließ den Kreisel an der zweiten Ausfahrt in Richtung Dorfmitte. Keitum wurde von vielen als das schönste Dorf der Insel bezeichnet, nicht zuletzt wegen der oft mehrere 100 Jahre alten, liebevoll restaurierten reetgedeckten Kapitänshäuser.

»Kannst du nicht ein bisschen schneller fahren?« Uwe rutschte unruhig auf dem Beifahrersitz hin und her.

»Warum? Ist die Sehnsucht nach Frau Schulze-Ruthendorf so groß?«, feixte Nick.

»Quatsch! Aber ich müsste mal wohin.«

»Sorry, schneller geht nicht, aber die zwei Minuten wirst du wohl aushalten können.«

Auf der Hauptstraße, dem Gurstig, waren links und rechts unzählige Menschen unterwegs, die zu Fuß oder mit dem Rad den Ort erkundeten. Schließlich bog Nick in die Straße Am Tipkenhoog ein, als er die rothaarige Managerin vor der Apotheke erblickte.

»Das trifft sich gut, da ist sie.« Er stoppte neben ihr, und Uwe ließ die Seitenscheibe herunter.

»Moin, Frau Schulze-Ruthendorf!«

»Herr Wilmsen, das ist ja ein Zufall«, erwiderte sie lächelnd.

»Ist es nicht. Wir hätten noch ein paar Fragen an Sie.«

»Wenn es unumgänglich ist, meinetwegen. Ich muss eben etwas aus der Apotheke holen. Das dauert nur ein paar Minuten.« Ihre Begeisterung über die Aussicht, sich erneut den Fragen der Polizei stellen zu müssen, hielt sich in Grenzen.

»Kein Problem, wir warten drüben auf dem Parkplatz. Oder wäre es Ihnen im Hotel lieber?«

»Nein, nein. Ich komme zu Ihnen«, wehrte sie im Gehen ab, bevor sie in der Apotheke verschwand.

»Ich bin gleich zurück.« Uwe öffnete die Autotür und stieg aus.

Nick wartete, gegen den Kotflügel gelehnt, und sah hinaus auf das Watt. In der Ferne konnte man schemenhaft einen Zug erkennen, der sich wie ein lang gestreckter Wurm der Insel näherte. Die Ebbe hatte eine graubraune Fläche hinterlassen, in der Hunderte Vögel nach Nahrung pickten. In den kleinen Wasserlachen, die übrig geblieben waren, spiegelte sich der blaue Himmel. Ein beruhigender Anblick, den er liebte und der ihm neue Energie schenkte.

»Von hier aus hat man einen herrlichen Blick«, hörte er plötzlich die Stimme der Managerin hinter sich. »Ein wahres Paradies!«

»Wie man es nimmt«, entgegnete Nick kurz angebunden.

Sie lächelte ihm freundlich zu und verstaute eine kleine Tüte mit rotem Apotheken-A in ihrer Umhängetasche.

»Sollte nicht in der Nähe die Therme errichtet werden, über die jahrelang erbittert gestritten wurde und nichts anderes war als ein Millionengrab?«

»Das ist richtig«, stimmte Nick zu. »Die Bauruine ist vor ein paar Jahren abgerissen worden. Die Fläche wurde anschließend renaturiert.«

»Eine Schande! Mit dem vielen Geld hätte man wirklich etwas Sinnvolleres anstellen können.« Sie sah kopfschüttelnd zu der Stelle, hinter der sich lange Zeit halb fertige Betonbauten hinter Holz- und Metallzäunen versteckt hatten.

»Weshalb wollten Sie mich eigentlich sprechen? Gibt es eine Spur von Ralph? Er ist nicht etwa ...« Sie ließ den Satz unvollendet und sah Nick aus ihren grünen Augen sorgenvoll an.

»Nein, er ist nach wie vor wie vom Erdboden verschluckt. Die Suche nach ihm läuft auf Hochtouren.« Während er sprach, gesellte sich Uwe zu ihnen.

»So, da bin ich wieder.«

»Wir würden gerne von Ihnen wissen, was Ihnen zu Meeno Lenschmann einfällt?«, fuhr Nick fort.

»Wer soll das sein?« Sie zog die Augenbrauen zusammen, als verstünde sie nicht.

»Bitte, Frau Schulze-Ruthendorf, auf irgendwelche Spielchen würden wir gern verzichten.«

»Es könnte sein, dass ich ihm vor Jahren auf einer Veranstaltung begegnet bin. Vielleicht haben wir auch ein paar Worte gewechselt, aber genau erinnere ich mich nicht mehr. Sonst hatte ich nie etwas mit ihm zu tun. Haben Sie mich extra aufgesucht, um das zu fragen?«

»Warum haben Sie uns das nicht gleich zu Beginn gesagt?«, wollte Uwe wissen.

»Weil Sie mich sofort mit seinem Tod in Verbindung gebracht hätten.«

»Mit Ihrem Verhalten haben Sie sich erst recht verdächtig gemacht«, stellte Nick klar. »Gab es vor dem Streit auf dem Hotelparkplatz eventuell eine ähnliche Situation?«

»Darüber ist mir nichts bekannt«, erwiderte sie beinahe trotzig.

»Haben Sie eine Vorstellung, worauf Lenschmanns Andeutung bei der Kochshow abzielte? Ist tatsächlich ein

Gast infolge einer Lebensmittelvergiftung gestorben, wie Lenschmann behauptet hat?« Nick war überzeugt, dass sie mehr wusste, als sie zuzugeben bereit war.

Cordula Schulze-Ruthendorf war deutlich anzumerken, dass sie mit sich rang. Schließlich lenkte sie ein.

»Herr Lenschmann war einzig und allein auf gewinnbringende Storys aus. Dafür war ihm jedes Mittel recht, wenn Sie verstehen, was ich meine«, wich sie aus.

»Nein, das verstehen wir nicht. Könnten Sie bitte etwas genauer werden?« Nick ging ihre Art langsam auf die Nerven.

»Was gibt es da nicht zu verstehen? Er war auf Schlagzeilen aus! Je höher die verkaufte Auflage, desto besser. Dabei stand der Wahrheitsgehalt seiner Artikel nicht unbedingt an vorderster Stelle«, erwiderte sie mit verächtlichem Unterton.

»Welcher Schlagzeile oder Story war er Ihrer Meinung nach auf der Spur?«, meldete sich Uwe zu Wort, bevor Nick endgültig der Geduldsfaden riss.

»Keiner, die uns betreffen würde. Ralph hat nichts zu verbergen. Ich sagte ja bereits, es gibt genügend Personen, die ihm seinen Erfolg missgönnen oder sich auf seine Kosten gesundstoßen wollen.«

»Was ist mit Ihnen?«

»Soll das ein Witz sein?« Sie sah Nick an, als hätte er den Verstand verloren. »Wie kommen Sie auf diese absurde Idee?«

»Es handelt sich um reine Routinefragen, Frau Schulze-Ruthendorf«, erklärte Uwe mit verständnisheischender Miene.

»Das sind wirklich seltsame Fragen, das muss ich schon sagen. Ich habe weder etwas zu verbergen noch bin ich in irgendeiner Weise eifersüchtig auf Herrn Börner. Er ist mein Chef und ich seine Managerin. Während er im Rampenlicht steht, agiere ich im Hintergrund, das gehört nun mal zu meinen Aufgaben. Was hätte ich also zu verbergen?« Sie brachte ein gekünsteltes Lachen hervor. Dann sah sie auf die Uhr. »Wenn Sie keine weiteren Fragen haben, würde ich mich gern verabschieden. Ich habe in 15 Minuten einen Massagetermin. Sollten Sie etwas von Ralph hören, Sie wissen, wo Sie mich finden können. Schönen Tag noch!« Mit diesen Worten rauschte sie in Richtung der Hotelanlage davon.

»Ganz schön abgebrüht«, murmelte Nick und sah ihr nach.

»Sie steht unter hohem emotionalem Stress, das ist absolut verständlich.«

»Ich verstehe nicht, warum du dich derart für sie ins Zeug legst. Ihr Chef ist unauffindbar, ein Mann, den sie zunächst nicht gekannt haben will, wird vergiftet, und sie sorgt sich um ihren Massagetermin. Findest du das nicht auch ein bisschen seltsam? Haben die Kollegen in der Zwischenzeit Lenschmanns Handy oder seinen Laptop gefunden?«

»Nicht, dass ich wüsste. In seinem Zimmer wurden lediglich seine und die Fingerabdrücke des Personals gefunden. Einen Diebstahl können wir daher ausschließen, es sei denn, der Täter hat Handschuhe getragen und auch sonst keinerlei Spuren hinterlassen.«

»Verdammt. Irgendwo müssen die Sachen sein. Ich bin überzeugt, die Sachen würden uns einen enormen Schritt weiterbringen. Ist er mit dem eigenen Pkw angereist? Eventuell finden wir die Sachen dort«, fiel es Nick ein.

»Nein, er ist mit der Bahn gekommen.«

KAPITEL 20

Das Haus meines neuen Kunden lag versteckt hinter einer dichten Hecke aus niedrigen Kiefern in Munkmarsch. So klein und unscheinbar dieser Ort im Osten Sylts auf den ersten Blick wirken mochte, umso bedeutender war er Anfang des 20. Jahrhunderts gewesen. Bevor der Hindenburgdamm gebaut wurde und die Verbindung zum Festland bildete, übernahm der Hafen von Munkmarsch als Fährverbindung diese Aufgabe. Heute tummelten sich am Hafen vorwiegend Segler und Surfer, die ihm ein neues Leben einhauchten. Ich hielt mit meinem Wagen auf dem Seitenstreifen und stieg aus, um Christopher aus seinem Kindersitz zu befreien. Normalerweise nahm ich ihn nicht mit zu Kundenbesuchen, doch heute machte ich eine Ausnahme.

»Komm, mein Schatz!« Ich nahm ihn an die Hand, und wir steuerten auf die dunkelgrüne Gartenpforte zu, neben der sich ein Klingelknopf aus Messing befand. »Magst du draufdrücken?«, fragte ich Christopher, der sich nicht lange bitten ließ und die Klingel betätigte.

Sofort ertönte aus dem Inneren des Hauses aufgeregtes Hundegebell. Als die Haustür geöffnet wurde, stürmte ein Jack Russell Terrier direkt auf uns zu und blieb schwanzwedelnd vor dem Tor stehen.

»Feldmann ist harmlos, Sie können ruhig reinkommen!«, rief uns eine Frau zu, die ich ungefähr auf mein Alter schätzte.

»Danke, wir haben keine Angst. Wir haben selber zwei Hunde«, erklärte ich im Näherkommen. Christopher streckte dem Tier die Hand entgegen und kicherte, als der Terrier an seinen Fingern schnupperte.

»Das merkt man. Hallo, ich bin Tabea Thomsen!« Sie streckte mir ihre Hand entgegen.

»Anna Scarren, freut mich! Das ist mein Sohn Christopher. Er begleitet mich heute ausnahmsweise.«

»Kind und Beruf unter einen Hut zu bekommen, stelle ich mich schwierig vor.«

»Bislang hat es immer gut funktioniert.«

»Umso mehr danke ich Ihnen, dass Sie sich trotzdem spontan Zeit nehmen konnten. Ich bin beruflich sehr eingespannt und nicht immer auf der Insel. Deshalb kann ich selten längerfristige Termine planen. Heute passte es ganz gut«, erklärte sie, und wir folgten ihr ins Haus.

»Ein sehr schönes Haus«, stellte ich ehrlich beeindruckt fest. »Darf ich fragen, was Sie beruflich machen?«

»Ich arbeite als freiberufliche Fotografin. In erster Linie mache ich Fotos für Reisemagazine und reise zwangsläufig rund um den Globus.«

»Das stelle ich mir unglaublich aufregend vor. Dann sind Sie häufig über längere Zeit unterwegs«, vermutete ich.

Sie nickte. »Wenn ich nach einer langen Reise nach Hause komme, genieße ich die Ruhe in meinen eigenen vier Wänden umso bewusster. Das ist der Grund, warum ich es mir richtig schön machen möchte.«

»Das kann ich gut verstehen.« Mit Blick auf den Hund sagte ich: »Begleitet Feldmann Sie auf Ihren Reisen?«

»Sofern ich in Europa unterwegs bin, ist er immer dabei. Bei Reisen mit Zielen, die weiter entfernt liegen, kümmert sich eine Freundin um ihn, oder mein Lebensgefährte, wenn er es einrichten kann.«

»Sie sagten am Telefon, Sie hätten eine genaue Vorstellung, wie Ihr Garten einmal aussehen soll?«

»Das stimmt. Lassen Sie uns nach draußen auf die Terrasse gehen, dann weihe ich Sie in meine Pläne ein. Mögen Sie einen Tee? Ich habe mir gerade eine Kanne gemacht.«

»Zu einer Tasse Tee sage ich nicht nein.«

»Darf Christopher ein Eis haben?« Sie sah zu ihm.

»Was meinst du, möchtest du ein Eis?«, fragte ich ihn.

»Ja«, erwiderte er ein wenig schüchtern.

Der Garten war größer, als ich zunächst angenommen hatte. Nachdem Tabea Thomsen uns mit Tee und Eis versorgt hatte, erläuterte sie ihre Wünsche und erzählte zwischendurch immer wieder von ihren Reisen.

»Was denken Sie, wären meine Ideen überhaupt umsetzbar?«, fragte sie abschließend.

»Im Großen und Ganzen habe ich keine Bedenken. Das bekommen wir hin. Die eine oder andere Pflanze könnte mit dem Klima Probleme haben, aber dafür finden wir adäquaten Ersatz.«

»Das klingt gut! Ich hatte nichts anderes erwartet. Ich muss zugeben, ich habe mir im Vorfeld diverse von Ihnen gestaltete Gärten angesehen.« Sie lachte verlegen.

»Das ist völlig legitim. Ich freue mich, wenn sie Ihnen gefallen haben.«

»Auf jeden Fall.«

Ich hatte den Motor gestartet und wollte losfahren, als ein Fahrradfahrer in rasantem Tempo um die Ecke gebogen und schnurstracks auf uns zu geschossen kam. Im letzten Augenblick bekam er das Rad unter Kontrolle und machte einen Schlenker, um einer Kollision auszuweichen.

»Das war haarscharf!«, bemerkte ich.

»Schaf!«, echote es von hinten aus dem Kindersitz.

Im Rückspiegel konnte ich sehen, wie der Radfahrer anhielt und abstieg. Er öffnete die Gartenpforte und verschwand samt seinem Gefährt auf Tabea Thomsens Grundstück. Ich konnte das Gesicht des Mannes nur für den Bruchteil einer Sekunde sehen, aber es hatte eine frappierende Ähnlichkeit mit Staatsanwalt Achtermann. Das konnte nicht sein. Offensichtlich spielte mir meine Fantasie einen Streich. Der Staatsanwalt lebte mit seiner Frau auf dem Festland nahe Kiel.

»Mama! Ich habe Durst«, riss mich Christophers Stimme aus meinen Gedanken.

»Ja, mein Schatz! Wir fahren gleich zu Oma. Dort bekommst du etwas zu trinken.«

Zehn Minuten später stand ich bei meinen Eltern in der Küche.

»Gibt es Neuigkeiten in Bezug auf den verschwundenen Sternekoch? Hat Nick etwas erzählt?«, löcherte mich meine Mutter, während sie für Christopher einen Becher mit Mineralwasser füllte.

»Nein, soweit ich weiß, fehlt von ihm jegliche Spur«, erwiderte ich wahrheitsgemäß.

»Wahrscheinlich ist er längst tot.«

»Mama! Wie kannst du bloß so etwas sagen!«

»Du brauchst mich gar nicht so empört anzusehen. Besonders abwegig ist das nicht. Er wäre nicht der erste Promi, der entführt und am Ende umgebracht wird. Ach, ehe ich es vergesse: Was können wir Nick zum Geburtstag schenken?«, wechselte sie abrupt das Thema. »Papa hat vorgeschlagen, ihm ein hochwertiges Kochmesser zu schenken. Ich dagegen fände einen Schlafanzug ja praktischer. Ihr habt sicher gute Küchenmesser.«

»Die Idee mit dem Messer finde ich sehr gut. Darüber freut er sich bestimmt. Im Übrigen trägt Nick keine Schlafanzüge, Mama. Schon gar nicht mit langen Beinen.«

»Ich hab einen Schlafanzug«, vermeldete Christopher voller Stolz.

»Genau, dein Papa hat eben keine Ahnung, wie toll die sind!« Meine Mutter wuschelte ihrem Enkel durchs Haar.

»Wo ist eigentlich Papa?«, erkundigte ich mich, da von meinem Vater weit und breit nichts zu sehen war.

»Volker ist mit einem Nachbarn nach Hörnum gefahren. Dort wollen sie an dessen Boot etwas reparieren. Dein Vater will ihm dabei helfen.«

»Das freut mich, dass ihr euch scheinbar gut eingelebt habt.«

Als meine Eltern mir Anfang des Jahres ihre Umzugspläne offenbart hatten, hatte ich zunächst erhebliche Zweifel, ob dieser Entschluss eine gute Idee wäre. Doch mittlerweile hatten sich meine Bedenken weitestgehend zerstreut.

»Falls du noch Besorgungen zu erledigen hast, kannst du den kleinen Mann gern bei mir lassen«, bot meine Mutter an. »Ich will ein bisschen im Garten arbeiten, dabei kann er mir helfen. Das machst du doch, oder, Christopher?«

»Ich hätte in der Tat das eine oder andere zu erledigen. Wenn es dir nichts ausmacht, würde ich dein Angebot gern annehmen.«

»Na, dann ab mit dir!«

In der Friedrichstraße tummelten sich bei dem herrlichen Sommerwetter unzählige Menschen. Gemütlich schlenderten sie von Geschäft zu Geschäft und betrachteten die Auslagen in den Schaufenstern. Einige ließen sich, auf einer Bank sitzend, ein Eis schmecken, während andere bei *Gosch* einen Platz ergattert hatten, Scampi aßen und an ihrem Weißwein nippten. Für all dies fehlte mir an diesem Tag die Zeit. Bis auf einen Punkt auf meiner To-do-Liste hatte ich alles erledigt. Jetzt marschierte ich auf die Buchhandlung zu, bei der ein bestelltes Buch für mich zur Abholung bereit lag. Im Eingangsbereich kam mir ein bekanntes Gesicht entgegen.

»Moin, Timmy! Wie geht's dir?«, begrüßte ich einen der beiden Zwillinge von Britta und Jan.

»Moin! Gut.« Seine Antwort fiel äußerst knapp aus.

Noch bevor ich mich über die ungewohnte Zurückhaltung wundern konnte, erschien hinter ihm eine junge Frau und drängte sich an mir vorbei nach draußen.

»Übrigens fand ich es toll, dass du neulich deine Eltern im Hotel unterstützt hast«, betonte ich. »Machst du das jetzt öfter?«

»Mal sehen«, antwortete er vage, wobei sein Blick ständig zu der jungen Frau huschte.

»Tim, kommst du!«, rief sie nach ihm.

»Sorry, ich muss weiter«, entschuldigte sich mein Patenkind und lief seiner Begleiterin hinterher.

Derart kurz angebunden hatte ich ihn bislang nicht kennengelernt, aber nun stolzierte der Grund für sein Verhalten auf zwei langen Beinen neben ihm in Richtung Promenade.

Auf dem Weg zurück zu meinen Eltern machte ich einen Abstecher nach Braderup. In der *Manufaktur*, der *Lederwerkstatt Sylt*, hatte ich vor ein paar Wochen ein Portemonnaie für Nick zum Geburtstag in Auftrag gegeben. Der Inhaber hatte vor ein paar Tagen angerufen und mich darüber informiert, dass die Bestellung zur Abholung bereitstehe. Der kleine Laden mit der grün gestrichenen Tür und den grünen Fensterrahmen befand sich in einer alten Scheune genau in einer Kurve am Ortsausgang nach Kampen. Mit Glück ergatterte ich direkt vor dem Laden einen der wenigen Parkplätze und stieg aus. Eine braune Lederhose, die an einem Balken befestigt war, diente als Zeichen, dass der Laden geöffnet hatte. An der Kaffeeluke des *Café Curve* gleich nebenan wartete eine Gruppe Fahrradfahrer, um ihre bestellten Getränke entgegenzunehmen. Beim Betreten des kleinen Ladens schlug mir der typische Geruch von Leder entgegen. Rechts an der Wand befand sich ein Regal mit Portemonnaies in den unterschiedlichsten Farben und Formen. Im restlichen Verkaufsraum befanden sich neben Taschen, Gürteln und Schaffellen unzählige weitere Lederaccessoires. Während die Waren im vorderen Teil des Ladens ausgestellt waren, befand sich weiter hinten die offene Werkstatt, wo der Besucher beim Entstehen der einzigartigen Stücke zusehen konnte. Die bestellte Geldbörse entsprach genau meinen Vorstellungen. Nachdem ich mich mit dem Ladeninhaber kurz unterhalten hatte, bezahlte ich das gute Stück und kehrte zu meinem Wagen zurück. Kaum hatte ich ausgeparkt, klingelte mein Handy – meine Mutter.

»Mama?«

»Bist du unterwegs?«

»Ja, meine Freisprechanlage ist defekt, bitte mach es kurz.«

»Versprich mir, dass du dich nicht aufregst. Es ist bei Weitem nicht so schlimm, wie es im ersten Moment klingen mag«, begann meine Mutter.

»Was ist los?« Augenblicklich schrillten meine Alarm-glocken, und eine böse Vorahnung beschlich mich.

»Christopher ist gestürzt, aber …«

»Was? Ich bin sofort da!«

Die Antwort meiner Mutter verstand ich nicht mehr, denn plötzlich gab es ein dumpfes Geräusch.

KAPITEL 21

Uwe und Nick saßen sich, vertieft in ihre Arbeit, an ihren Schreibtischen gegenüber, als die Tür aufflog und Staatsan-walt Achtermann hereinspaziert kam. Überrascht hoben sie die Köpfe.

»Einen wunderschönen guten Tag, die Herren!«

»Moin!«, erwiderten Nick und Uwe im Chor.

»Ihren überraschten Gesichtern entnehme ich, dass Sie nicht mit mir gerechnet haben.« Achtermann schien bes-ter Laune zu sein und erwartete offensichtlich ein positi-ves Feedback. Da keiner der beiden Beamten sich äußerte, fuhr er fort. »Ich habe gesehen, dass Sie mehrfach versucht hatten, mich zu erreichen, Herr Wilmsen. Ich hoffe, es gibt gute Neuigkeiten bezüglich unserer aktuellen Fälle?«

Uwe lehnte sich in seinem Bürostuhl zurück, bevor er die Frage des Staatsanwaltes beantwortete. »In puncto Ralph Börner gibt es derzeit keine Veränderung. Trotz intensiver Bemühungen, ihn zu finden, bleibt er verschwunden. Was den Toten aus dem Hotel betrifft, sind wir ein ganzes Stück weitergekommen.«

»Aha. Das heißt?« Matthias Achtermann zog sich einen der Besucherstühle heran und nahm darauf Platz. Zuvor hatte er sein beigefarbenes Leinensakko ausgezogen und sorgfältig über die Stuhllehne gehängt. Aus der kleinen Brusttasche lugte ein rosafarbenes Einstecktuch hervor, was in Kombination mit dem cremefarbenen Stoff des Sakkos entfernt an eine Kugel Himbeereis in einer Waffel erinnerte. Wie immer war der Staatsanwalt gekleidet, als käme er soeben vom Herrenausstatter.

»Der Tote hatte unter anderem Namen im Hotel eingecheckt. Sein richtiger Name lautet Meeno Lenschmann«, brachte Nick Achtermann auf den neuesten Stand der Ermittlungen.

»Lenschmann? Doch nicht etwa der berühmte Restaurantkritiker? Ich bin ihm einmal persönlich bei einem Wettstreit zwischen mehreren Sterneköchen begegnet. Das liegt allerdings ein paar Jahre zurück. Wir führten seinerzeit ein aufschlussreiches Gespräch«, ließ der Staatsanwalt nicht unerwähnt.

»Genau der«, bestätigte Uwe und zeigte sich nicht sonderlich verwundert über die Frage des Staatsanwaltes, der als Feinschmecker bekannt war.

»Interessant.« Achtermann schnalzte mit der Zunge. »Wer könnte ein Interesse daran haben, ihn aus dem Weg zu räumen? Die Hotelbetreiber?«

»Nein, ausgeschlossen«, dementierte Nick umgehend.

»Ach ja, Sie sind befreundet mit dem Paar. Das kann ich gut verstehen, dass Sie sich vor die Familie stellen. Allerdings kann bei den Ermittlungen keine Rücksicht darauf genommen werden«, ließ Achtermann durchblicken.

»Dass wir befreundet sind, spielt keine Rolle. In diese Richtung zu ermitteln, halte ich für nicht zielführend, da ein Motiv fehlt.«

»Wie sehen Sie das, Herr Wilmsen?«

»Ich sehe das genauso wie der Kollege Scarren«, betonte Uwe.

»Ich habe erfahren, dass es in jüngster Vergangenheit vermehrt zu Anschlägen gegen Restaurants und Lebensmittelgeschäfte gekommen sein soll. Halten Sie es für wahrscheinlich, dass der oder die Täter in diesem Umfeld zu suchen sind?« Achtermann faltete die Hände und ließ die Daumen kreisen.

»Das wäre eine Möglichkeit. Bislang lässt sich das bloß vermuten. Die Täter konnten noch nicht ermittelt werden«, räumte Uwe zähneknirschend ein. »Ich hoffe, wir erwischen sie spätestens beim nächsten Mal.«

»Ich würde mir wünschen, es gäbe kein nächstes Mal.« Achtermann krempelte sich die Ärmel seines Hemdes akkurat hoch, während er sprach.

»Meiner Meinung nach steht der Tod des Journalisten in Verbindung mit Börners Verschwinden«, ergriff Nick schnell das Wort, bevor Uwe auf den unterschwelligen Vorwurf des Staatsanwaltes reagieren konnte.

»Haben Sie diesbezüglich konkrete Anhaltspunkte? Wurde bei dem Toten Material sichergestellt, das diese These belegen könnte?«

»Genau das erscheint uns äußerst merkwürdig. Wir haben weder ein Handy noch einen Laptop gefunden. Nur

Unmengen von Zeitungsartikeln und Zeitschriften, die wir in seinem Hotelzimmer sichergestellt haben«, entgegnete Nick und deutete auf den Stapel Papier auf dem halbhohen Aktenschrank hinter sich.

»Wie sieht es bei Börner aus? Haben Sie in seinem Zimmer brauchbare Spuren gefunden?«

»Sein Handy muss er bei sich haben, es ist allerdings ausgeschaltet und lässt sich nicht orten. Der Laptop wird derzeit von den Kollegen ausgewertet. Das braucht seine Zeit«, bestätigte Uwe.

»Nun, dann will ich Sie nicht länger von der Arbeit abhalten. Informieren Sie mich, sobald neue Erkenntnisse vorliegen. Im Übrigen werde ich einige Zeit auf der Insel verbringen. Sie können mich telefonisch jederzeit erreichen, dann bin ich schnell vor Ort.«

»Wie schön«, brummte Uwe leise.

»Was sagten Sie, Herr Wilmsen?«

Uwe hüstelte. »Ich meinte, wie praktisch.«

»Gut. Ach, eines noch.« Achtermann machte in der Bewegung halt und drehte sich zu den Beamten um. »Ich kann davon ausgehen, dass alles so diskret wie möglich behandelt wird. Immerhin haben wir es mit einem Prominenten zu tun. Ich muss Ihnen nicht erklären, was los ist, wenn die Presse anfängt zu spekulieren.«

»Wir haben alles im Griff.« Nick setzte eine verständnisvolle Miene auf.

»Er behandelt uns wie blutige Anfänger«, machte Uwe seiner Verärgerung Luft, als der Staatsanwalt gegangen war.

»Reg dich nicht auf, du kennst ihn doch«, beschwichtigte Nick und widmete sich erneut seinen Unterlagen auf dem Tisch.

»Ich würde zu gern wissen, was er schon wieder auf Sylt zu tun hat.«

»Frag ihn!«

»Ich kann mich gerade noch beherrschen.« Uwe winkte müde ab. Dann beobachtete er seinen Kollegen, der scheinbar geistesabwesend aus dem Fenster blickte. »Woran denkst du?«

»Angenommen, Lenschmann steckt hinter Börners Verschwinden ...«, begann Nick.

»Dann könnte das für Börner unter Umständen zum Problem werden«, setzte Uwe das Gedankenspiel fort.

»Glaubst du ernsthaft, Lenschmann könnte Börner entführt haben? Oder vielleicht liegt auch Achtermann mit seiner Vermutung richtig, und wir sollten uns mehr auf diese Bioterroristen konzentrieren.«

»Bis wir keine stichfesten Beweise haben, ist alles denkbar«, gab Nick resigniert zurück und fuhr sich mit der Hand durchs Haar. »Los, lass uns weitermachen, uns läuft die Zeit davon.«

KAPITEL 22

»Sind Sie verletzt?« Ich beugte mich über die auf dem Boden liegende Frau und war erleichtert, als sie sich bewegte und zu mir aufsah.

Sie war plötzlich aus heiterem Himmel vor meinem Auto aufgetaucht. In letzter Sekunde gelang es mir, ihr auszuweichen, um Schlimmeres zu verhindern.

»Die ist, ohne zu gucken, einfach über die Straße gefahren!«, erklärte ein Mann mit kariertem Hemd und Weste aus einer Gruppe Neugieriger, die sich in Windeseile um uns geschart hatte.

»Nichts passiert. War meine Schuld.« Die Frau rappelte sich auf und klopfte den Staub von ihrer dunkelgrünen Arbeitshose.

Als sie den Kopf hob und mir in die Augen sah, erkannte ich ihr Gesicht.

»Sie sind eine Mitarbeiterin von Piet Sanders, oder? Wir sind uns neulich auf einer Baustelle begegnet. Drüben in Kampen. Erinnern Sie sich?«

»Ich mache immer alles, was Herr Sanders sagt«, erwiderte sie, als wäre der Satz einstudiert.

»Ja, er sagte, Sie seien sehr engagiert«, bestätigte ich mit einem Lächeln und dachte daran, was Piet über sie gesagt hatte. »Ich halte es für besser, wenn wir die Polizei verständigen, damit sie den Unfall aufnimmt.«

»Nein. Nichts passiert. War meine Schuld«, wiederholte sie wie auf Knopfdruck. »Ich muss nach Hause. Komme sonst zu spät. Inken schimpft immer, wenn ich zu spät bin. Ich soll nicht trödeln. Ich helfe viel zu Hause«, bekräftigte sie und bückte sich, um ihr Rad aufzuheben, das seitlich auf dem Grünstreifen lag.

»Ihre Hand blutet«, stellte ich fest.

Sie betrachtete ihren rechten Handrücken, auf dem aus einer Schürfwunde Blut gelaufen war. »Nur ein Kratzer. Nicht schlimm. Inken sagt, man soll nicht jammern.«

»Wer ist denn Inken? Eine Freundin?«

»Meine Schwester.« Ohne ein weiteres Wort wandte sie sich ihrem Rad zu.

»Warten Sie, ich helfe Ihnen!« Ich griff nach dem Lenker des Fahrrads und richtete es auf.

»Danke«, sagte sie und klemmte den heruntergefallenen Rucksack auf dem Gepäckträger fest.

»Sind Sie sicher, dass ich Sie nicht besser nach Hause oder zu einem Arzt bringen soll?«

»Mir geht es gut. Ich kann was ab.« Sie lachte, wobei die Laute eher einem Glucksen glichen, und war im Begriff, auf das Rad zu steigen.

»Warten Sie! Ich gebe Ihnen meine Adresse für den Fall, dass doch etwas sein sollte. Einen Moment!«

Während ich das Handschuhfach meines Wagens nach einem Stift und einem Zettel durchforstete, fiel mir ein, dass ich dringend neue Visitenkarten bestellen musste. Als ich mit dem Zettel in der Hand zurückkam, war die Frau samt Fahrrad verschwunden.

»Die ist weggefahren! Schien es plötzlich sehr eilig zu haben«, erklärte der Mann im Karohemd und zuckte lapidar mit den Schultern. Erst jetzt fiel mir auf, dass sein Fahrradhelm verkehrt herum auf dem Kopf saß. Ich verkniff mir jedoch diesbezüglich einen Kommentar.

»Hat sie etwas gesagt, bevor sie gefahren ist?«, wollte ich stattdessen wissen.

»Nee. Aber wenn Sie mich fragen, war die ein bisschen plemplem im Oberstübchen.« Er tippte sich zur Verdeutlichung mit dem Zeigefinger gegen die Schläfe. Dann schwang er sich ebenfalls auf sein Rad und folgte seiner Begleiterin, die in einiger Entfernung ungeduldig auf ihn wartete.

Mit weichen Knien und leicht zittrigen Händen setzte ich mich hinters Steuer und atmete zunächst tief durch.

»Du bist ja ganz blass!«, stellte meine Mutter bei meinem Eintreffen fest.

»Was ist mit Christopher? Wo ist er?« Suchend sah ich mich nach unserem Sohn um.

»Beruhige dich, mein Kind! Ihm geht es gut. Er ist mit deinem Vater im Garten.« Meine Mutter verkörperte die Ruhe in Person, während ich das reinste Nervenbündel war.

»Das klang vorhin aber völlig anders. Ich habe mir schreckliche Sorgen gemacht, nachdem du am Telefon gesagt hast, er wäre gestürzt.«

»Alles halb so wild, mein Kind. Das war bloß der erste Schreck. Christopher ist auf dem Friesenwall herumgeklettert und abgerutscht, dabei hat er sich wehgetan. Außer einer Beule und einer Schramme am Knie hat er nichts abgekommen. Das kommt bei Kindern ab und zu vor. Im Augenblick mache ich mir eher Sorgen um dich.« Sie unterzog mich einer eingehenden Betrachtung.

»Ich hatte einen Unfall mit einer Radfahrerin«, berichtete ich und ließ mich erschöpft auf das Sofa sinken.

»Um Himmels willen! Wurde sie verletzt?«

»Nein, glücklicherweise hat sie sich nur eine leichte Hautabschürfung an der Hand zugezogen. Sie ist plötzlich mitten auf der Straße vor mit aufgetaucht. Ich habe sie nicht kommen sehen.«

»Wo war das?«

»In der scharfen Kurve zwischen Braderup und Kampen. Ich muss allerdings gestehen, dass ich für einen Moment abgelenkt war.« Ich verzog reumütig das Gesicht.

»Das ist aber auch eine blöde Ecke. Dort kreuzen viele Radfahrer auf dem Weg zum Weißen Kliff«, pflichtete meine Mutter mir bei. »Hat die Polizei den Unfall aufgenommen?«

»Nein, die Radfahrerin hat es abgelehnt, die Polizei einzuschalten. Ich wollte ihr wenigstens meine Adresse geben, damit sie sich melden kann, falls im Nachhinein etwas sein sollte, aber sie ist einfach weggefahren. Zufällig habe ich sie neulich auf einem Grundstück in Kampen getroffen. Sie ist eine Mitarbeiterin von Piet Sanders. Ich werde ihn nach ihrer Adresse fragen und mich in den nächsten Tagen bei ihr melden, um zu erfahren, wie es ihr geht.«

»Das ist eine gute Idee. Jetzt mache ich dir auf den Schreck hin eine schöne Tasse Kräutertee, mein Kind. Das beruhigt die Nerven. Du wirst sehen, danach fühlst du dich gleich viel besser.«

»Hauptsache, niemand ist ernsthaft zu Schaden gekommen«, beruhigte Nick mich, als ich ihm am späten Nachmittag von dem Vorfall berichtete.

»Ich habe mich im ersten Moment furchtbar erschrocken.«

»Das kann ich mir vorstellen. Du hast gesagt, sie ist eine Mitarbeiterin von Piet?«

»Ja, ich habe dir von ihr erzählt. Sie ist geistig etwas zurückgeblieben, gibt sich aber unglaublich viel Mühe, jedem alles recht zu machen. Piet hat mir erzählt, dass sie bei ihrer Schwester in Archsum lebt. Ich werde in den nächsten Tagen hinfahren und fragen, wie es ihr geht.«

»Wenn es dich beruhigt.« Nick rieb sich mit beiden Händen über das Gesicht.

»Du wirkst ziemlich erledigt. Seid ihr mit den Ermittlungen weitergekommen?«

»Zum Teil, nicht zuletzt aufgrund deines Spürsinnes. Uwe und ich haben heute in Keitum mit Börners Managerin gesprochen.«

»Dem roten Feger? Wieso in Keitum? Wohnt sie nicht mehr bei Britta?«

»Sie hat das Hotel gewechselt.«

»Hm, darüber wird Britta nicht böse sein. Sie konnte sie nicht besonders leiden«, bemerkte ich.

»Jedenfalls hat sie zugegeben, den Journalisten zu kennen.«

»Hätte mich auch gewundert, wenn nicht. Glaubst du, sie könnte etwas mit seinem Tod zu tun haben? Oder mit dem Verschwinden ihres Chefs?«

»Schwer zu sagen, momentan fehlt uns in beiden Fällen ein Motiv für die Tat. Wir werden das Umfeld der beiden näher unter die Lupe nehmen, vielleicht stoßen wir auf einen Hinweis, der uns auf die richtige Spur bringt.«

»Ich könnte mir vorstellen, dass er mit einer negativen Reportage gedroht hat, der Börner und somit auch ihr enorm geschadet hätte. Um das zu verhindern, hat sie ihn aus dem Weg geräumt«, schlussfolgerte ich. »Mir tut die Familie mit dem Biohof leid. Die können nach dem vernichtenden Artikel von diesem Lenschmann dicht machen. Ich fand den Artikel von ihm unmöglich! Vermutlich waren das nicht die Einzigen, die er mit seiner Kritik ruiniert hat. Gut möglich, dass ihn jemand aus Rache getötet hat. Oder?«

»Bitte keine wilden Spekulationen, Anna! Wir sind dabei, das zu überprüfen«, wurde ich umgehend von Nick ausgebremst.

»Schon okay, ich werde mich raushalten. Übrigens habe ich heute in Munkmarsch einen Mann gesehen, der Staatsanwalt Achtermann zum Verwechseln ähnlichsah. Er war in voller Montur mit einem Rennrad unterwegs, als bereite er sich auf die Tour de France vor. Warum guckst du so?«

»Weil es tatsächlich Achtermann war.« Auf Nicks Gesicht zeichnete sich ein spitzbübisches Grinsen ab.

»Im Ernst? Seit wann ist er unter die Rennradfahrer gegangen? Aber …« Ich ließ den Satz in der Luft hängen und überlegte.

»Was ist?«

»Das ist sonderbar. Er ist wie selbstverständlich auf dem Grundstück einer Kundin von mir verschwunden, ohne zu klingeln. Ich hatte den Eindruck, er wohnt dort oder kennt sich zumindest gut aus.«

»Die Tante seiner Frau hat ein Haus auf der Insel, das hat er uns mal erzählt. Das wird es wahrscheinlich sein.«

»Dann wäre diese Tante in unserem Alter«, gab ich zu bedenken.

»Das darf ich nicht Uwe erzählen. Er vermutet ohnehin, dass Achtermann etwas zu verbergen hat, da er sich seit Neuestem öfter als üblich auf Sylt aufhält. Mir ist das ziemlich egal, was Achtermann privat macht.«

»Ich bekomme heraus, was dahintersteckt. Dann kann Uwe wieder beruhigter schlafen«, versprach ich mit einem Augenzwinkern.

KAPITEL 23

Das Motorengeräusch eines Autos riss ihn aus seinem Dämmerschlaf. Sofort war er hellwach und lauschte. Dann klappte eine Autotür. Das war seine Chance. Ralph Börner holte tief Luft, bevor er, so laut er konnte, um Hilfe schrie. Gespannt wartete er. Doch scheinbar hatte man ihn nicht gehört. Daraufhin rief er ein zweites und dann ein drittes Mal. Nichts geschah. Wut und Verzweiflung rangen um die Vorherrschaft. Er zerrte an den Fesseln, in dem Wissen, dass es zwecklos war und zusätzliche Schmerzen bedeutete. Für einen Moment schloss er die Augen, um sich zu beruhigen.

»Streng dein Hirn an, Börner! Du musst hier raus!«, beschwor er sich selbst.

Seine Nase juckte. Intuitiv wollte er an die Stelle fassen, doch die Hand ließ sich keinen Zentimeter anheben. Der Juckreiz wurde stärker. Börner bewegte sein Riechorgan hin und her, doch das Gefühl hörte nicht auf und machte ihn schier wahnsinnig. Der Versuch, den Kopf zur Schulter zu drehen, um auf diese Weise die Nase berühren zu können, schlug ebenfalls fehl. Seine Bemühungen rückten in den Hintergrund, als sich jemand an der Tür zu schaffen machte.

»Hilfe! Ich bin hier!«, brüllte er.

»Wenn du weiterhin schreist, muss ich zu anderen Maßnahmen greifen.«

»Nein, nein. Bitte lass mich frei! Ich tue alles, was du willst!« Seine Stimme klang weinerlich. Als er keine Antwort erhielt, schlug sein Flehen in Zorn um. »Was glaubst du, kannst du damit erreichen? Sie werden mich finden, und dann kannst du dich warm anziehen! Das verspreche ich dir! Du wirst für den Rest deines Lebens in irgendeiner Zelle verrotten!«

»Hör auf zu schreien.«

»Ich schreie so laut und so viel ich will! Hilfe!«

»Ich habe dich gewarnt.«

Dann sah er die silberne Nadel auf sich zukommen.

KAPITEL 24

»Beeil dich!«, zischte Ann-Kathrin. Dabei behielt sie die halb geöffnete Tür stets im Auge.

»Schneller geht's nicht!«

Im selben Moment ließ sie ein lautes Scheppern aus der nahegelegenen Küche aufschrecken. Lara sah mit vor Schreck geweiteten Augen zu Ann-Kathrin.

»Was war das?« Das Herz schlug ihr bis zum Hals, und sie kämpfte gegen die aufsteigende Panik an.

»Keine Ahnung«, flüsterte Ann-Kathrin und knipste die Taschenlampe aus. Sie harrten einige Sekunden aus, ohne dass sich etwas tat. Dann hörten sie Schritte. Die Tür öffnete sich, und Lukas tauchte vor ihnen auf.

»Seid ihr bescheuert, solchen Krach zu machen?«, fuhr Ann-Kathrin ihn wütend an.

»Beruhig dich! Moritz ist versehentlich gegen ein paar leere Töpfe gestoßen. Außer uns ist niemand hier, der was mitbekommen haben könnte«, gab sich Lukas betont gelassen. »Seid ihr fertig?« Sein Blick folgte dem Lichtkegel der eingeschalteten Taschenlampe in seiner Hand, der unruhig durch den Raum wanderte.

»Ich denke schon. Und bei euch?«

»Alles paletti! Die anderen sind auch soweit.«

»Okay. Gut, dass Dennis und die beiden anderen uns unterstützen, somit waren wir schneller fertig. Also, lasst uns abhauen! Schade, ich hätte zu gern die Gesichter morgen gesehen.« Triumphierend blickte sich Ann-Kathrin um, als sie durch die Küche marschierten. Dann blieb sie kurz stehen und zog eine Spraydose aus der Tasche.

»Nun komm schon!«, mahnte Moritz.

»Gleich, nur noch ein kleiner Abschiedsgruß!« Sie drückte auf den Sprayknopf und feinste Farbpartikel schwirrten durch die Luft, um auf den blank polierten Edelstahlschränken eine neue Heimat zu finden.

»Übertreibe es nicht«, bemerkte Lukas im Vorbeigehen, was Ann-Kathrin jedoch nicht davon abhielt, ihr Werk zu vollenden.

Zufrieden strebte die Gruppe dem Hintereingang entgegen, durch den sie kurze Zeit zuvor in das Gebäude eingedrungen waren. Sie hatten die Tür gerade erreicht, als sie von draußen ein Geräusch vernahmen. Das Klappern eines Schlüsselbundes gefolgt von einem fröhlichen Pfeifen ließen sie innehalten.

»Scheiße, da kommt jemand!« Moritz sah panisch zu Ann-Kathrin, die ihm mit einer Geste bedeutete, Ruhe zu bewahren und sich zurückzuziehen.

»Wir sitzen in der Falle!«, wisperte Lara und suchte verängstigt Lukas' Nähe.

»Klappe!«, fauchte Ann-Kathrin, während sie die Tür nicht aus den Augen ließ.

»Durch den Gastraum kommen wir nicht raus«, flüsterte Lukas.

»Das weiß ich selbst«, blaffte Ann-Kathrin zurück. »Still jetzt!«

Dann war eine tiefe Männerstimme zu hören. »Hallo? Ist hier jemand?«

Doch es war vollkommen still. Sämtliche Geräusche waren verstummt.

»Was, zum Teufel, ist hier los?«, sagte er im Näherkommen.

Unmittelbar darauf zeichnete sich sein dunkler Schatten auf den hellen Fliesen im Eingang der Küche ab. »Das darf ja wohl nicht wahr sein!«, stieß er gleichermaßen erschrocken wie verärgert hervor. »Kommt raus! Ich weiß, dass ihr da seid!«, ertönte erneut die wütende Stimme des Mannes, der sich, bewaffnet mit einem Fleischklopfer, langsam von der Tür ins Innere des Raumes wagte. Doch nichts rührte sich. Niemand gab auch nur einen Mucks von sich. Plötzlich wurde die Stille durch ein ohrenbetäubendes Scheppern durchbrochen. Jemand war gegen eine Metallschüssel gestoßen, die mit lautem Getöse auf dem Boden aufschlug. Blitzschnell drehte er sich in die Richtung um, aus der der Lärm gekommen war. Gleich darauf zuckte die Leuchtstoffröhre unter der Decke auf, und der Raum wurde in gleißendes Licht getaucht.

»Lauft!«, schrie Ann-Kathrin, verließ ihre Deckung und stürmte dem rettenden Ausgang entgegen. Die anderen zögerten keine Sekunde und folgten ihr. Das kurze Aufstöhnen und der anschließende dumpfe Aufschlag gingen im allgemeinen Lärm unter. Dann wurde es wieder still. Totenstill.

KAPITEL 25

»Hast du Frank erreicht?«, fragte ich, während ich das Besteck neben die Teller legte.

»Nein, er geht nicht an sein Telefon.« Jill hatte die Arme vor der Brust verschränkt und lehnte gegen den Türrahmen.

»Er kommt sicher gleich. Bestimmt ist er in der Klinik aufgehalten worden. Vielleicht gab es einen Notfall«, überlegte ich.

»Es gibt immer irgendeinen Notfall. Das ist meistens wichtiger als ich«, gab Jill vorwurfsvoll zurück.

»Das stimmt nicht, Jill! Und das weißt du auch.«

»Ist ja schon gut. Wo bleiben eigentlich deine Jungs? Ich kann kaum erwarten, Christopher und meinen Bruder wiederzusehen.«

»Die müssen jeden Moment von der Hunderunde zurückkommen«, erklärte ich und sah aus dem Küchenfenster. »Oh, das kommt aber schwarz dort hinten. Sieht nach einem Gewitter aus.«

»Kein Wunder, so schwül, wie das vorhin war.« Jill warf ebenfalls einen Blick nach draußen. »Da! Die ersten Blitze zucken schon am Himmel.«

»Hoffentlich kommen Nick und Christopher rechtzeitig zurück.« Mit leichtem Unbehagen sah ich zum Horizont, an dem eine kohlrabenschwarze Wolkenfront unaufhaltsam auf uns zurollte. Zwischendrin zuckten helle Blitze, und das leise Grollen gab einen Vorgeschmack auf das, was in Kürze über uns hereinbrechen würde.

»Ich könnte ihnen mit dem Auto entgegenfahren«, schlug Jill vor.

»Sie kommen bestimmt jeden Moment. Das Gewitter ist ja nicht zu übersehen.« Ich hatte den Satz kaum zu Ende gesprochen, als die Hunde durch die geöffnete Terrassentür hereingestürmt kamen, gefolgt von Christopher und Nick.

»Toffy!«, rief Jill voller Freude und ging in die Hocke, um ihren Neffen aufs Herzlichste zu begrüßen, indem sie ihn fest in die Arme schloss. »Wow, bist du groß geworden! Man könnte meinen, ich wäre Jahre weggewesen.«

»Gefühlt waren es Jahre. Hi, Schwesterherz!« Die Geschwister umarmten sich.

»Ach Nick, ich freue mich so, wieder bei euch zu sein.« Sie sah von einem zum anderen und musste sogar ein paar Freudentränen wegblinzeln. »Es hat sich während meiner Abwesenheit viel verändert, wie ich feststellen konnte.«

»Vielleicht ein bisschen«, erwiderte ich mit einem Augenzwinkern.

»Wo ist Frank?«, wollte Nick wissen. »Ist er nicht mitgekommen?«

»Er kommt ein bisschen später«, beantwortete ich seine Frage mit einem kurzen Seitenblick zu Jill, die dankbar nickte.

»Hm«, überlegte Nick. »Dann warten wir mit dem Essen.«

»Nein, lasst uns anfangen. Wer weiß, wann er kommt. Außerdem habe ich schrecklichen Hunger. Du auch, oder, Toffy? Dein Bauch ist bestimmt auch ganz leer?« Sie kitzelte Christopher am Bauch, worauf das Kind laut zu lachen begann.

»Wie du meinst. Nick? Kümmerst du dich bitte um die Getränke?«

»Klar, Sweety.«

Nach dem Essen spielte Jill mit Christopher auf dem Fußboden im Wohnzimmer mit seiner Eisenbahn, als Nicks Handy klingelte.

»Einen Moment.« Er stand auf und ging zum Telefonieren auf die Terrasse.

»Wer war das?« Ich sah ihn forschend an, als er zurück ins Haus kam.

»Es gibt eine Geiselnahme.« Seine Miene verdüsterte sich.

»Wo?«, fragten Jill und ich zeitgleich.

»An einer Tankstelle in Tinnum. Nähere Einzelheiten habe ich nicht. Ich muss los.«

»Ich will mit!« Christopher rappelte sich auf und sah seinen Vater erwartungsvoll an.

»Das geht nicht. Einer muss doch auf die Mädels aufpassen.« Nick zwinkerte ihm zu.

»Bitte, seid vorsichtig! Wer weiß, was das für ein durchgeknallter Typ ist«, gab ich zu bedenken.

»Mach dir keine Sorgen!« Er gab mir einen flüchtigen Kuss, bevor er nach dem Autoschlüssel griff und sich auf den Weg machte.

»So viel zum Thema Notfälle.« Jill grinste schief.

Ich zuckte ratlos mit den Schultern.

KAPITEL 26

Der Wind peitschte den Regen über die Insel. Ein Blitz jagte den nächsten, dabei wurde es immer wieder taghell. Die Scheibenwischer an Nicks Wagen hatten selbst bei höchster Stufe Probleme, die Wassermengen von der Scheibe zu befördern. Es herrschte wahre Weltuntergangsstimmung. Zudem hatte es einen merklichen Temperatursturz gegeben. Die Anzeige im Armaturenbrett zeigte nur noch zwölf Grad. Als Nick den Bahnübergang in Keitum erreicht hatte, wurde der Wind weniger, doch es regnete weiter. Bereits aus der Ferne konnte Nick das eingeschaltete Blaulicht eines Streifenwagens erkennen. Er parkte den Wagen seitlich unter einem Vordach und stieg aus. Im Näherkommen erkannte er seinen Freund und Kollegen Uwe, der sich mit einer Frau und zwei Männern in Shorts,

Kapuzenshirts und Flip-Flops unterhielt. Einer von ihnen trug eine von der Sonne ausgeblichene Baseballkappe mit dem Schirm nach hinten auf dem Kopf.

»Moin, Nick! Was'n Schietwetter!«, wurde er von Uwe begrüßt, der neben der Frau stand. »Das ist Frau Petzold, sie arbeitet in der Tankstelle und hat gesehen, wie ein junger Mann in den Wagen eines Mannes gestiegen ist, als dieser wegfahren wollte.«

»Das ist richtig. Er kam angerannt, hat die Wagentür aufgerissen und ist eingestiegen. Ich glaube, er hatte ein Messer in der Hand«, berichtete die Frau aufgeregt, während sie nervös an ihrer Halskette spielte.

»Was ist dann passiert, Frau Petzold?«, erkundigte sich Nick.

»Dann sind sie weggefahren.«

»Konnten Sie sich das Kennzeichen merken? Oder können Sie den Mann näher beschreiben?«, hakte Uwe nach.

Sie überlegte angestrengt. »Nein, ich weiß bloß, dass es ein dunkler Porsche war. Er stand dort an der Säule Nummer zwei. Zu dieser Zeit war gerade nicht viel los.« Sie deutete mit dem Finger zu einer der Tanksäulen. »Der Fahrer war groß und ziemlich attraktiv. Das Gesicht des anderen Mannes konnte ich nicht erkennen.«

»Der Wagen war ein neuer 911er und auf den Kreis Nordfriesland zugelassen. Die komplette Nummer habe ich mir auf die Schnelle nicht merken können«, meldete sich einer der Männer in Shorts zu Wort.

»Können Sie nähere Angaben zu dem Kidnapper machen?«

»Sorry, wir wollten gerade in die Tanke gehen, als der Typ von hinten angerannt kam. Er hat mich beinahe umgerannt. Im ersten Moment habe ich gar nicht kapiert, was los ist. Erst als ich das lange Messer gesehen habe und er damit ins Auto gestiegen ist, war klar, dass da was nicht stimmt.«

»Die Tankstelle wird doch sicherlich per Videokamera überwacht. Vielleicht ist der Mann auf dem Video zu erkennen«, entgegnete Nick, während er seine Augen auf der Suche nach einer entsprechenden Einrichtung umherwandern ließ.

»Die Kollegen sind gerade dabei«, ergänzte Uwe. Dann winkte er eine Beamtin zu sich, damit sie die Personalien der Zeugen aufnehmen konnte.

Unerwartet kam ein zweiter Streifenwagen auf die Tankstelle gefahren und hielt abrupt direkt vor ihnen an. Frau Petzold machte instinktiv einen Schritt zur Seite.

»Sportlich, Ansgar! Das war knapp!« Uwe hob tadelnd die Augenbrauen.

»Es hat einen Unfall gegeben, zwischen Kampen und List. Der Rettungswagen ist bereits verständigt«, teilte der Streifenbeamte mit, ohne auf Uwes Einwand einzugehen.

»Und was hat das mit uns zu tun?«

»Bei dem Unfallfahrzeug handelt sich um einen schwarzen Porsche 911. Ich dachte, das könnte interessant für euch sein.«

»Das könnte der Kidnapper sein. Los, Uwe, lass uns keine Zeit verlieren!« Nick sprintete, ohne zu zögern, zu seinem Wagen.

»Warte, ich bin nicht so schnell!« Uwe hatte Mühe hinterherzukommen.

KAPITEL 27

Draußen goss es in Strömen, und die Regentropfen trommelten auf das Dach. Blitze erhellten für Sekunden die Dunkelheit, gefolgt von heftigem Donner. Der kräftige Wind rüttelte immer wieder an dem Holztor. Er war hochgeschreckt. Albträume hatten ihn nur unruhig schlafen lassen. Sein Körper war schweißbedeckt und fühlte sich steif an. Seine Zunge klebte am Gaumen fest, als hätte er flüssigen Klebstoff getrunken. Er hatte unbändigen Durst. Allein die Vorstellung eines gefüllten Wasserglases löste einen Schluckreflex bei ihm aus. Er wischte sich mit der Hand über den Mund und hielt mitten in der Bewegung inne. Zu seiner Überraschung konnte er feststellen, dass er sowohl seine Hände als auch seine Füße frei bewegen konnte. Wann und vor allem wer hatte ihn von den Fesseln befreit? Er konnte sich an nichts erinnern. Im Grunde war das vollkommen gleichgültig. Getrieben von dem Drang nach Freiheit setzte er sich auf und spürte, wie bei der kleinsten Bewegung jeder einzelne Muskel schmerzte. Ihm wurde schwindlig. Für einen kurzen Moment blieb er am Rand der Liege sitzen, bis das Karussell in seinem Kopf zum Stehen kam. Als er aufstehen wollte, überrollte ihn eine Welle der Übelkeit. Augenblicklich trieb es ihm den Schweiß auf die Stirn, und in seinem Kopf dröhnte es wie nach einer durchzechten Nacht. Er kämpfte dagegen an, denn er hatte nur ein Ziel: raus hier. Die ersten Schritte fühlten sich an, als sei er im Begriff, neu laufen zu lernen. Schnurstracks ging er auf die Tür zu, dem Tor zur Freiheit, wie er hoffte. Er fingerte an dem Schließmechanismus herum, um feststellen zu müssen, dass die beiden Flügeltüren durch einen Riegel verbunden war, der sich nur von außen öffnen ließ. Seine anfängliche Euphorie zersplitterte wie Glas in 1.000 Teile.

»Scheiße!«, presste er hervor und trat aus purer Verzweiflung gegen den Türpfosten, was eine neuerliche Schmerzwelle durch seinen Körper jagte. Doch so schnell würde er nicht aufgeben, daher sah er sich nach einem passenden Werkzeug um, das ihm auf dem Weg in die Freiheit nützlich sein könnte. Doch außer einer Harke und einem Spaten fand er nichts, was zweckmäßig erschien. Kurzerhand griff er nach dem Spaten, der ihm relativ neuwertig und stabil erschien. Er klemmte das Metallblatt zwischen den Spalt der beiden Türen, um sich am anderen Ende dagegenzustemmen. Durch die Hebelwirkung würde es ihm vielleicht gelingen, einige Bretter loszubekommen. Der erste Versuch schlug fehl, da er abrutschte und der Spaten seinen Fuß nur knapp verfehlte. Ein weiterer Versuch endete damit, dass der hölzerne Stiel des Gartengerätes abbrach. Wutentbrannt feuerte er den abgebrochenen Griff in eine Ecke, wo er gegen mehrere Blechdosen stieß, die scheppernd zu Boden fielen. Vielleicht wurde jemand aufgrund des Lärms auf ihn aufmerksam, überlegte er, während er wie ein Tiger im Käfig hin und her wanderte. Sein Gefängnis hatte weder Fenster noch ließ sich die Tür öffnen. Auch seine Rufe blieben ergebnislos. Resigniert setzte er sich wieder auf das Bett und vergrub das Gesicht in den Händen. Während er angestrengt über einem Fluchtplan brütete, bemerkte er nicht sofort, dass sich jemand an der Tür zu schaffen machte. Er blickte auf. Würde man ihn endgültig befreien? Hastig sprang er auf und stürzte zur

Tür, wo er in den Lauf eines Gewehrs blickte, das direkt auf ihn gerichtet war.

KAPITEL 28

»Scheint etwas länger zu dauern«, stellte Jill fest, nachdem wir Christopher ins Bett gebracht hatten und auf Nicks Rückkehr warteten.

»Hauptsache, die Angelegenheit geht glimpflich aus. Magst du noch etwas trinken?« Ich zeigte auf ihr Glas, in dem sich nur noch ein unbedeutender Rest Flüssigkeit befand.

»Nein danke. Ich glaube, ich mache mich langsam auf den Heimweg.« Jill sah zur Uhr auf dem Sideboard.

»Seltsam, dass Frank sich nicht meldet. Das ist eigentlich nicht seine Art«, wunderte ich mich. »Hast du keine Idee, wo er stecken könnte?«

Jill zögerte mit einer Antwort. »Nein. Wahrscheinlich kommt er sowieso nicht.«

»Wie kommst du darauf?«

»Wir haben uns gestritten«, gab sie zu.

»Wann?«

»Heute Morgen. Er war stinksauer, dass ich mich erst gemeldet habe, nachdem ich längst auf der Insel war.«

»Das kann ich ein bisschen verstehen. Das ist aber nicht alles, oder?«

»Du hast recht, da ist noch etwas. Es gibt ein neues Projekt, bei dem ich unbedingt mitmachen will«, setzte sie zu einer Erklärung an.

»Wo ist das Problem? Jill, bitte, lass dir nicht alles aus der Nase ziehen.«

»Südamerika ist das Problem.« Sie sah mich an und kraulte währenddessen Chili, die zu ihren Füßen lag, am Ohr.

»Oh! Das ist nicht gerade um die Ecke. Ich vermute, dass Frank über deinen Wunsch nicht sonderlich begeistert war.«

Sie nickte stumm, ohne mich anzusehen.

»Wann soll es losgehen?«, fragte ich weiter.

»In drei Wochen und dann für ein knappes halbes Jahr. An Silvester komme ich wieder, wenn alles so bleibt.«

»Was soll ich sagen? Die Entscheidung liegt bei dir. Ich kann sowohl dich als auch Frank verstehen. Er würde dich gerne in seiner Nähe haben. Schließlich bist du eben erst von einer Expedition zurückgekommen.«

»Ich weiß.« Ihr Seufzer kam aus tiefstem Herzen. »Frank ist ein toller Mann, und ich mag ihn wirklich.«

»Aber du liebst ihn nicht?«

»Ich weiß es nicht, Anna.«

Wir schwiegen eine Weile, bis Pepper plötzlich den Kopf hob und zur Haustür lief.

»Das wird Nick sein.« Ich erhob mich, um nachzusehen.

»Sag ihm bitte nichts von unserem Gespräch! Das soll vorläufig unter uns bleiben. Okay?«

»Klar, versprochen.«

Nick betrat das Haus und hängte die vom Regen durch-
nässte Jacke auf.

»Und? Sag schon, habt ihr den Kerl erwischt?«, wollte
ich wissen.

Sein ernster Gesichtsausdruck verhieß nichts Gutes.

»Ja, aber auf seiner Flucht ist es zu einem Unfall gekommen. Der Wagen kam von der Straße ab und hat sich überschlagen.«

»Wurde jemand verletzt?«, fragte ich umgehend.

»Wie schwer die Verletzungen im Einzelnen sind, kann
ich nicht abschätzen. Der Geiselnehmer wurde aus dem
Auto geschleudert und war bewusstlos. Er war offensichtlich nicht angeschnallt.«

Nicks zögerliches Verhalten blieb mir nicht verborgen,
daher hakte ich schnell nach. »Und was ist mit dem Fahrer? Oder ist der Geiselnehmer selbst gefahren und hat
den Besitzer des Wagens vorher freigelassen?«

»Nein.« Nicks Blick wanderte zu seiner Schwester. »Jill,
bei dem Fahrer handelt es sich um Frank.«

Jill sah ihren Bruder mit einer Mischung aus Fassungslosigkeit und Entsetzen an. »Frank? Aber wieso?« Sie wurde
schlagartig blass, und in ihren Augen standen Tränen.

»Der Geiselnehmer ist an der Tankstelle in Franks
Wagen gesprungen und hat ihn zur Weiterfahrt gezwungen. Nach Zeugenaussagen war er im Besitz eines Messers.
Was anschließend passiert ist und wie es zu dem Unfall
kam, können wir vorläufig nicht sagen.«

»Ich muss sofort zu ihm!« Jill zögerte keine Sekunde
und kramte ihr Handy hervor.

»Was hast du vor?«, fragte ich.

»Ich rufe mir ein Taxi.«

»Das brauchst du nicht, ich fahre dich in die Klinik«, erklärte Nick sich sofort bereit.

Kurz darauf sah ich den beiden Geschwistern, in der offenen Haustür stehend, nach, bis die Rücklichter von Nicks Wagen endgültig von der Dunkelheit verschluckt wurden. Der Regen hatte inzwischen aufgehört, und die Luft roch frisch nach Sommer.

KAPITEL 29

»Protzige Hütte!«, kommentierte Ann-Kathrin ihren ersten Eindruck, als sie das Ferienhaus, das Moritz' Eltern gehörte, betraten.

»Es ist toll«, bestätigte Lara und sah sich beinahe ehrfürchtig um.

»Das war klar, dass du Stadtpflanze dich hiervon beeindrucken lässt«, gab Ann-Kathrin spöttisch zurück.

»Ihr könnt euch eines der Schlafzimmer aussuchen. Oben befinden sich drei und im Keller noch mal zwei, allerdings ein bisschen kleinere. Lara und du könnt ja zusammen eines nehmen«, schlug Moritz, an Ann-Kathrin gewandt, vor.

»Wenn es unbedingt sein muss«, brummte diese daraufhin. »Bestimmt würde sie lieber ein Zimmer mit Lukas teilen.«

Ein Lachen ging durch die Gruppe.

»Ich finde das nicht besonders komisch. Warum bist du ständig so gemein zu mir?« Laras Unterlippe begann zu zittern.

»Oh, unser Sensibelchen fängt gleich an zu heulen«, neckte Ann-Kathrin sie und wollte ihr über den Kopf streicheln, doch Lara schlug ihre Hand weg.

»Lass das!«

»Ihr benehmt euch wie im Kindergarten.« Mit diesen Worten schulterte Dennis seine Tasche und schob sich an Ann-Kathrin vorbei zur Treppe ins Obergeschoss.

»Aber echt!«, setzte Cora nach und folgte Dennis ein Stockwerk höher. Maik schloss sich ihr wortlos an.

»Irgendwie traue ich dem nicht«, sagte Ann-Kathrin, als sie mit Lara und Moritz in der Küche saß.

»Wem – Maik?« Moritz legte die Stirn in Falten.

»Nein, Dennis.«

»Warum hast du ihn dann zu uns in die Gruppe geholt?«, erkundigte sich Lara schnippisch, doch Ann-Kathrin überging diese Frage geflissentlich.

»Wo bleibt eigentlich Lukas?«, wollte Moritz wissen.

»Ich kann ihn seit gestern Abend nicht erreichen. Er geht einfach nicht an sein Telefon. Glaubt ihr, ihm ist etwas passiert?« Lara standen die Zweifel ins Gesicht geschrieben.

»Der taucht schon wieder auf, keine Sorge!«, entgegnete Ann-Kathrin mit einem Augenrollen. »Er ist ja für seine Alleingänge bekannt.« Dass ihr Lukas' Verhalten der Gruppe gegenüber missfiel, war deutlich herauszuhören.

»Ihr ward die Letzten, die das Restaurant verlassen haben. Weißt du nicht, wohin er gelaufen ist?«, beharrte Lara auf einer Antwort.

»Nein, wie oft soll ich das noch sagen«, blaffte Ann-Kathrin genervt zurück, worauf Lara augenblicklich verstummte.

»Meint ihr, der Mann von heute Nacht hat uns erkannt?« Moritz warf einen Blick in den Kühlschrank, in dem eine einzelne verschrumpelte Mohrrübe ihr einsames Dasein fristete.

»Quatsch, das war viel zu dunkel.«

»Und wenn die Polizei uns auf die Schliche kommt? Vielleicht findet sie irgendwelche Spuren?«, erwiderte Lara mit wachsender Besorgnis.

»Was denn für Spuren? Komm mal wieder runter! Die werden nichts finden, was auf uns hindeutet, es sei denn, du hast deine Visitenkarte dagelassen.«

»Hör doch endlich mit der ewigen Stichelei auf, das hilft uns nicht weiter. In dieser Hinsicht muss ich Dennis recht geben, das ist Kinderkram«, entgegnete Moritz, an Ann-Kathrin gewandt.

»Ist ja schon gut.« Sie hob abwehrend die Hände.

»Und was machen wir jetzt?«, fragte Lara nach einer Weile des Schweigens.

»Jetzt müssen wir erst mal einkaufen gehen, falls wir nicht vorhaben, in den Hungerstreik zu treten«, erklärte Moritz und deutete auf den Kühlschrank.

»Danke, keinen Bedarf.« Ann-Kathrin verzog den Mund.

KAPITEL 30

»Moin, Herr Achtermann! Was verschafft uns die Ehre?«, fragte Uwe, als der Staatsanwalt in aller Frühe das Büro betrat. Zur Überraschung der Beamten trug er an diesem Morgen weder Anzug noch Krawatte, sondern erschien in Jeans und Poloshirt. Beides selbstverständlich Designerstücke. Nur der gewohnte Geruch seines markanten Aftershaves erfüllte den Raum wie gehabt, wenn er Nick und Uwe einen Besuch abstattete. Uwe bekam daraufhin einen Niesanfall, den Achtermann jedoch ignorierte.

»Guten Morgen, die Herren! Ich war gerade zufällig in der Gegend und wollte mich persönlich nach dem aktuellen Stand der Ermittlungsergebnisse erkundigen. Wie mir zu Ohren gekommen ist, hat es heute Nacht eine Geiselnahme mit anschließendem Unfall gegeben? Wann hatten Sie vor, mich diesbezüglich in Kenntnis zu setzen?« Er sah fragend zwischen Nick und Uwe hin und her. Der Vorwurf in seiner Stimme war mehr als deutlich.

»Wir haben vergeblich versucht, Sie telefonisch zu erreichen«, ließ Uwe den Vorwurf nicht auf sich sitzen. »In welchem Hotel wohnen Sie augenblicklich? Dann versuchen wir beim nächsten Mal, Ihnen dort eine Nachricht zu hinterlassen.«

Staatsanwalt Achtermann räusperte sich. »Schon gut, schon gut. Nun bin ich ja hier. Bitte fahren Sie fort, Herr Wilmsen.«

»Momentan überschlagen sich die Ereignisse, wenn ich das so sagen darf«, erklärte Uwe. Auf Achtermanns fragenden Blick hin fuhr er fort. »Zunächst musste die Identität sowohl des Geiselnehmers als auch des Opfers geklärt werden.«

»Und?« Der Staatsanwalt zog sich einen Stuhl heran und nahm darauf Platz. Anschließend zog er den Kragen seines Poloshirts zurecht.

»Bei dem Geiselnehmer handelt es sich um einen jungen Mann namens Lukas Lockstätter. Er ist bereits erkennungsdienstlich erfasst.«

»Na, das klingt doch vielversprechend. Und weiter?«

»Gegen ihn wurde Anzeige wegen Körperverletzung erstattet. Er soll einen Landwirt im Streit tätlich angegriffen haben. Die Anzeige wurde jedoch kurze Zeit später wieder zurückgezogen«, ergänzte Nick.

»Weiß man, warum?«

»Das entzieht sich unserer Kenntnis.« Nick zuckte die Schultern. »Wir konnten ihn bislang nicht vernehmen.«

»Bei dem zweiten Verletzten, dem Fahrer des verunglückten Fahrzeuges, handelt es sich um Doktor Frank Gustafson.«

Als Uwe den Namen nannte, wurde Achtermann hellhörig. »Gustafson, Gustafson … Irgendwie kommt mir der Name bekannt vor«, murmelte er nachdenklich vor sich hin, wobei er die Augenbrauen derart dicht zusammenzog, dass sie eine nahezu durchgehende Linie bildeten.

»Herr Doktor Gustafson ist«, wollte Uwe beginnen, wurde jedoch von Achtermann mitten im Satz unterbrochen.

»Jetzt weiß ich, woher ich ihn kenne. Ich habe Herrn Gustafson vor einigen Wochen bei einem Golfturnier in Hörnum kennengelernt. Wir waren im selben Flight. Seine Abschläge besitzen eine unglaubliche Präzision. Dabei landet kein Ball im Rough, sondern geradewegs auf dem Fairway. Der Mann besitzt ein Fingerspitzengefühl, beeindruckend, wirklich«, geriet er beinahe ins Schwärmen. »Er ist Chirurg, wenn ich mich recht erinnere. Aber entschuldigen Sie bitte, Herr Wilmsen, ich wollte Sie nicht unterbrechen. Fahren Sie fort!«

»Danke. Herr Gustafson wurde bei dem Unfall wie durch ein Wunder nur leicht verletzt. Voraussichtlich kann er das Krankenhaus heute wieder verlassen.«

»Das freut mich zu hören. Ein Arzt als Patient. Seltsame Vorstellung.« Achtermann stieß einen kurzen Lacher aus. »Nun gut. Sind Sie in der Sache des toten Journalisten einen Schritt weitergekommen? Ist der verschollene Koch zwischenzeitlich aufgetaucht? Oder hat ihn jemand gesehen?«

»Weder noch. Wir tun, was in unserer Macht steht, aber wir haben zu wenig Personal«, gab Uwe zähneknirschend zu.

»Wenn ich Sie unterstützen kann, lassen Sie es mich wissen.«

»Der hat gut reden«, brummte Uwe, als sie wieder unter sich waren.

Im selben Augenblick ging die Tür auf, und der Kollege Mirske kam herein.

»Moin, Oliver! Deinem Gesichtsausdruck nach zu urteilen, kommst du nicht mit einer freudigen Botschaft. Was ist nun wieder los?«, wurde er von Uwe empfangen.

»Moin! Stimmt, leider habe ich nichts Positives zu berichten. Heute Nacht wurde in eine Restaurantküche in Westerland eingebrochen, dabei wurde ein Mitarbeiter niedergeschlagen und sehr schwer verletzt. Er hatte Feierabend, hat aber scheinbar etwas vergessen und ist deshalb noch einmal zurück ins Restaurant. Er wurde ins künstliche Koma versetzt, daher konnten wir noch nicht mit ihm sprechen.«

»Was ist bloß zurzeit los! Eine Sache jagt die nächste.« Uwe stieß einen lang gezogenen Seufzer aus.

»Es wurde offenbar nichts entwendet, dafür alles verwüstet und Lebensmittel unbrauchbar gemacht. Die Kühlkammer stand offen, und nahezu alles, was darin lagerte, ist unbrauchbar geworden. Auffällig ist, dass die Täter es besonders auf exklusive Dinge wie Austern, Kaviar und andere Delikatessen abgesehen haben. Außerdem wurden mit roter Farbe Parolen auf Wand und Einrichtung gesprüht«, fasste Oliver zusammen.

»Parolen?«, wiederholte Nick.

»Ja, irgendetwas mit Verschwendung und Tierquälerei. Genaueres musst du bei den Kollegen erfragen.«

»Klingt ganz nach unseren Ökoterroristen, wenn ihr mich fragt. Ich sage nur Farbbeutel-Aktion«, überlegte Uwe und erhielt ein zustimmendes Nicken der anderen beiden.

»Der Verdacht liegt nahe, deshalb habe ich euch informiert. Für Einzelheiten wendest du dich am besten an Klara Böel. Ihr wisst schon, die neue Kollegin aus Bremerhaven, sie hat in diesem Fall die Ermittlungen übernommen.«

»Danke fürs Bescheid geben, Oliver.«

»Gerne, schönen Tag noch!«

»Ich bin überzeugt, dass unser Geiselnehmer zu der Gruppe gehört. Das würde die Spraydose in seinem Rucksack erklären, obwohl es sich um schwarze Farbe handelt«, vermutete Nick, als sie wieder unter sich waren.

»Dann solltest du ihm dringend einen Besuch abstatten«, schlug Uwe vor.

Während Nick sich in Begleitung von Kollege Ansgar Kreutzer auf den Weg in die *Nordseeklinik* machte, um mit Lukas Lockstätter zu sprechen, durchleuchtete Uwe erneut das Umfeld des ermordeten Journalisten Meeno Lenschmann. Nachdem Nick von der diensthabenden Ärztin die Zustimmung für eine Befragung erhalten hatte, betraten er und Ansgar das Krankenzimmer. Der junge Mann lag allein im Zimmer und blickte aus dem Fenster. Sein linkes Bein war geschient, und über der rechten Augenbraue zeichnete sich deutlich eine Wunde ab, die mit mehreren Stichen genäht worden war. Als Nick ihn namentlich ansprach, drehte er wortlos den Kopf in Richtung der Tür.

»Wir sind von der Polizei Westerland und würden gern mit Ihnen sprechen. Fühlen Sie sich dazu in der Lage?« Nick musterte den jungen Mann eingehend. Als er nicht antwortete, fuhr er fort. »Können Sie uns sagen, wie es zu dem Unfall gekommen ist? Warum haben Sie den Fahrer gezwungen, Sie mitzunehmen?« Lukas starrte aus dem Fenster und schwieg.

»Sie sollten besser mit uns reden, bevor Sie alles noch schlimmer machen«, bemerkte Ansgar.

»Heute Nacht wurde ein Restaurant überfallen und ein Mitarbeiter schwer verletzt. Er kämpft auf der Intensivstation um sein Leben. Das hat nicht zufällig etwas damit zu tun?«, wagte Nick einen Schuss ins Blaue, in der Hoffnung, das Schweigen des Jungen damit zu brechen.

Irgendetwas regte sich in dem verletzten jungen Mann, das konnte er an dessen Gesichtsausdruck erkennen. »Sollten Sie daran eine Mitverantwortung tragen, werden Sie verurteilt. Sie wurden schon einmal wegen Körperverletzung angezeigt«, setzte Nick nach.

»Mit der Sache habe ich nichts zu tun.«

»Er kann doch sprechen«, bemerkte Ansgar mit einem Seitenblick zu Nick.

»Warum glaube ich Ihnen das nicht?« Nick beobachtete Lukas genau.

»Ihr Problem.« Offensichtlich war seine Bereitschaft zu einer Zusammenarbeit an dieser Stelle bereits schon wieder beendet.

»Wenn Sie nichts damit zu tun haben, warum sind Sie dann weggelaufen und haben ein Auto samt Fahrer gekidnappt? Oder macht man das einfach so aus einer Laune heraus, weil man den Kick sucht?«

»Wie geht es dem Mann?«, erkundigte sich Lukas kleinlaut.

»Sie können von Glück reden, dass der Fahrer nicht schwer verletzt wurde. Trotz allem werden Sie zur Verantwortung gezogen, das ist Ihnen sicherlich klar«, stellte ihm Nick in Aussicht.

»Mann, ich hatte Schiss«, erklärte Lukas und sprach dabei so leise, dass die Beamten Mühe hatten, ihn zu verstehen.

»Wovor genau?«

Der Junge zögerte die Antwort hinaus.

»Raus mit der Sprache! Danach fühlen Sie sich besser!«, baute Ansgar ihm eine Brücke.

»Wir … ich. Verdammt! Plötzlich ging das Licht an, und da kam einer. Ich habe Panik gekriegt und wollte nur noch raus!«

»Aus der Restaurantküche?« Nick konnte sehen, wie Lukas mit einer Aussage kämpfte.

»Ja. Ich wollte einfach nur weg. Können Sie das nicht verstehen?«

»Und weiter?«

»Unterwegs habe ich mir ein Fahrrad geschnappt, aber ich kam nicht weit. Das Mistding hatte einen Platten.«

»Da kamen Sie auf die Idee, ein Auto zu kidnappen. Woher hatten Sie das Messer?«

Lukas verzog das Gesicht, als leide er unter enormen Schmerzen. »Das habe ich irgendwie mitgenommen. Scheiße! Ich wollte das alles nicht.« Er sah die beiden Beamten an, und Tränen schimmerten in seinen Augen.

»Sie waren nicht allein. Wer sind die anderen?«, wollte Nick abschließend wissen, doch Lukas hüllte sich nur mehr in eisernes Schweigen.

»Okay, das genügt fürs Erste. Vielleicht überlegen Sie es sich bis zu unserem nächsten Besuch, ob Sie die Verantwortung allein tragen wollen.«

»Der ist ziemlich fertig mit den Nerven. Glaubst du, er wird die Namen der anderen preisgeben?«, überlegte Ansgar, als sie die Klinik verlassen hatten und sich auf dem Rückweg zur Dienststelle befanden.

»Schwer zu sagen. Auf mich macht er den Eindruck, als gäbe es noch etwas, was ihn belastet«, erwiderte Nick nachdenklich.

»Vielleicht ist die neue Kollegin Böel mit ihren Ermittlungen zwischenzeitlich einen Schritt weitergekommen und kennt die Namen der Mittäter.«

»Ich werde mit ihr sprechen.«

KAPITEL 31

Im Anschluss an einen Besichtigungstermin bei einem meiner Kunden machte ich auf dem Rückweg einen Abstecher nach Archsum. Das kleine Dorf lag sowieso auf meiner Strecke. Ich verließ die Hauptstraße und hielt schließlich vor dem Haus, in dem Hilke Jansen mit ihrer Schwester lebte. Mit einem kleinen Blumenstrauß und einer Tüte Pralinen beschritt ich den schmalen Weg, der zu dem alten Haus führte. Die einst weiße Farbe des Mauerwerks zeigte einen grünlichen Schimmer, und auch das Reetdach war von einem dichtem Moosteppich bewachsen. Überall auf dem weitläufigen Grundstück standen verteilt Apfelbäume. Der kräftige Wind hatte deutliche Spuren an Stämmen und Ästen hinterlassen und ihnen teilweise bizarre Formen verliehen. Ich betätigte den Klingelknopf und wartete darauf, dass geöffnet wurde. Drinnen waren Schritte zu hören, die rasch näherkamen. Dann öffnete sich die blaue Haustür, die ebenso wie die Fensterrahmen dringend einen neuen Anstrich nötig hatte. In der Tür stand eine Frau mit kurzen blonden Haaren und musterte mich.

»Hallo! Ich wollte zu Hilke«, erklärte ich.

»Sie ist nicht da. Worum geht es?«, sagte die Frau und wischte sich die nassen Hände an der Schürze ab.

»Entschuldigen Sie, ich wollte Sie nicht stören. Mein Name ist Anna Scarren. Piet Sanders, Hilkes Chef, sagte mir, dass sie heute freihätte. Daher wollte ich fragen, wie es ihr geht. Sie sind ihre Schwester, nehme ich an?«

Die Frau nickte, und ihre Gesichtszüge wurden weicher.

»Ja, Inken Jansen. Dann sind Sie die Fahrerin des Wagens, der Hilke um ein Haar erfasst hat?«

»Ja, das tut mir schrecklich leid, sie tauchte plötzlich vor meinem Auto auf«, setzte ich zu einer Entschuldigung an, doch zu meiner Überraschung winkte Hilkes Schwester ab.

»Machen Sie sich keine Vorwürfe. Das war nicht Ihre Schuld. Hilke ist manchmal mit ihren Gedanken völlig woanders. Da helfen auch keine Ermahnungen und Ratschläge. Ist ja noch mal gut gegangen.« Sie schenkte mir ein kurzes Lächeln.

»Würden Sie ihr das bitte geben?« Ich reichte ihr die Blumen und die Schokolade.

»Das mache ich, vielen Dank. Wäre aber nicht nötig gewesen.«

»Ich finde es bewundernswert, wie Sie sich um Ihre Schwester kümmern, wenn ich mir die Bemerkung erlauben darf. Das ist bestimmt nicht immer leicht.«

»Sie hat nur mich. Jetzt muss ich zurück in die Küche, sonst brennt mir alles an.«

»Natürlich, ich will Sie nicht länger aufhalten. Haben Sie vielen Dank und grüßen Sie Hilke bitte von mir.«

KAPITEL 32

»Gut, dass du kommst!« Uwe saß vor seinem Schreibtisch und wirkte gestresst.

»Was ist los?«, fragte Nick, der gerade hereingekommen war.

»Weißt du, was ich herausgefunden habe?«

»Das wirst du mir hoffentlich gleich sagen.« Nick öffnete eine kleine Flasche Mineralwasser und setzte sich an den Schreibtisch.

»Ich habe eben mit der zuständigen Redakteurin des Magazins telefoniert, für das Lenschmann gearbeitet hat. Ihre Kontaktdaten habe ich zwischen den Unterlagen gefunden, die wir in seinem Hotelzimmer sichergestellt haben.«

»Was sagt sie? Woran hat er zuletzt gearbeitet?«, wollte Nick wissen.

»Ralph Börner soll in einen Lebensmittelskandal verwickelt sein, wenn man ihrer Aussage Glauben schenken darf. In seinem Restaurant werden offenbar in großem Stil Produkte von minderer Qualität verwendet, aber als hochwertig angeboten. Wohl eher billiges Gammel- als teures Biofleisch.« Uwe schüttelte sich angewidert bei der Vorstellung.

»Mal angenommen, Börner hat Wind von der Sache bekommen, hat Lenschmann vergiftet und sein Verschwinden inszeniert, um von sich abzulenken. Der Verdacht würde somit nicht auf ihn fallen. Im Anschluss an die Tat ist er dann endgültig untergetaucht.« Nick setzte die Flasche an die Lippen und trank einige Schlucke.

»Warum nicht? Er sah seine Felle davonschwimmen. Denk bloß an den riesigen Imageschaden. Wenn Lenschmann die Sache publik gemacht hätte, wäre Börner für immer erledigt«, spann Uwe Nicks Hypothese weiter.

»Womöglich hat Lenschmann sogar versucht, Börner mit seinem Wissen zu erpressen, um Kapital daraus zu schlagen. Das würde den Streit der beiden auf dem Parkplatz erklären.«

»Gut möglich. Finanziell war Lenschmann nicht besonders gut aufgestellt, mit anderen Worten: Er war so gut wie pleite.«

»Ich schlage vor, wir sprechen ein weiteres Mal mit Börners Managerin«, schlug Nick vor.

»Gute Idee. Ich rufe sie an. Was hat eigentlich der Besuch im Krankenhaus bei dem Geiselnehmer ergeben?«, erkundigte sich Uwe, während er gleichzeitig nach dem Telefonhörer griff.

»Erzähle ich dir anschließend.«

KAPITEL 33

Am frühen Abend war ich mit Nick in Westerland verabredet. Zuvor hatte ich Christopher bei meinen Eltern abgegeben, wo er alle 14 Tage immer mittwochs übernachtete. Diese Abende gehörten allein Nick und mir. Entweder gingen wir ins Kino, zum Essen oder besuchten eine der unterschiedlichen Kulturveranstaltungen auf der Insel. Heute stand der Besuch eines unserer Lieblingsrestaurants, dem *Sylter Stadtgeflüster*, auf der Agenda. Ich schlenderte Nick ein Stück entgegen die Friedrichstraße entlang in Richtung Westerländer Bahnhof. Obwohl die Sonne sich hinter den Wolken seit ein paar Stunden rar gemacht hatte und ein leichter Westwind für Frische sorgte, war die Luft immer noch sommerlich warm. In der Auslage eines Schaufensters fiel mir eine Strickjacke ins Auge, doch beim Anblick der Ziffern auf dem Preisschild verflog meine Kaufabsicht umgehend. Ein paar Meter weiter drang aus einer Kneipe laute Musik. Die Tische davor waren alle belegt. Die Gäste unterhielten sich angeregt vor gefüllten Gläsern und lachten fröhlich. Auf der gegenüberliegenden Seite vor einer Parfümerie stand eine Gruppe weiblicher Teenager, die sich gegenseitig ihre neuesten Errungenschaften zeigten und dabei kichernd die Köpfe zusammensteckten. Als ich die Maybachstraße an der Ampel überqueren wollte, erkannte ich Nick auf der anderen Straßenseite in der Menge. Er winkte mir zu, als er mich sah.

Beim Betreten des Restaurants wurden wir von dem Inhaber herzlich begrüßt. Wir nahmen an einem Tisch Platz, der mittlerweile zu unserem persönlichen Stammplatz geworden war. Nachdem wir die Bestellung aufgegeben hatten und die Getränke serviert worden waren, stießen wir an.

»Auf einen schönen Abend!«

»Vor allem einen ungestörten«, ergänzte Nick mit einem Augenzwinkern.

»War viel los heute?«, fragte ich, obwohl ich mir in Anbetracht von Nicks müdem Gesicht die Frage hätte getrost sparen können.

Er berichtete in knappen Sätzen von den Geschehnissen, und ich hörte aufmerksam zu.

»Dem Geiselnehmer geht es mittlerweile den Umständen entsprechend gut. Er hat zugegeben, an dem Einbruch in das Restaurant vergangene Nacht beteiligt gewesen zu sein. Dafür weigert er sich beharrlich, die Namen seiner Mittäter zu verraten«, endete er mit seinen Ausführungen.

»Was ihn im Grunde ehrt«, fügte ich hinzu.

»Wenn man den Tatbestand der Strafvereitelung außen vorlässt, gebe ich dir recht.«

»Ich bin froh, dass Frank den Unfall relativ glimpflich überstanden hat. Das hätte weitaus schlimmer ausgehen können. Sein Schutzengel hat alles gegeben.« Ich betrachtete nachdenklich das Glas in meiner Hand.

»Allerdings. Sein Wagen ist auf regennasser Fahrbahn ins Schleudern geraten, als der junge Mann ihm ins Lenkrad gegriffen hat. Frank hatte zuvor versucht, ihn auszutricksen. Keine besonders schlaue Idee in solch einer Situation.«

»Ich weiß nicht, wie ich reagieren würde, wenn mir ein Fremder ins Auto springen und mich bedrohen würde. Am Ende haben beide unglaubliches Glück gehabt.«

Für einen Moment sprach keiner von uns ein Wort. Nick zupfte gedankenverloren an den Blättern des Rosmarins, der neben einer Kerze in einem kleinen Übertopf aus Zink auf unserem Tisch stand. Augenblicklich stieg mir das angenehme Aroma dieser mediterranen Pflanze in die Nase.

»Gibt es in der Zwischenzeit ein Lebenszeichen von Ralph Börner?«, wechselte ich das Thema.

»Nein. Mittlerweile wissen wir, dass er in einen Lebensmittelskandal verwickelt sein soll. Er soll minderwertige Lebensmittel als Bioware deklariert und zu entsprechenden Preisen an seine Gäste verkauft haben.«

»Das hätte ich nie von ihm gedacht. Damit hat er ordentlich Gewinn gemacht, nehme ich an. So eine Sauerei! Vielleicht hat er kalte Füße bekommen und schnell das Weite gesucht, als Lenschmann ihm auf den Zahn gefühlt hat. Was sagt denn seine Managerin zu den Vorwürfen?«, hakte ich nach.

»Uwe hat sie für morgen zu uns aufs Revier bestellt. Warum werde ich das Gefühl nicht los, ich wäre bei einem Arbeitsessen? Fehlt nur noch, dass Achtermann auftaucht und große Reden schwingt.«

In diesem Augenblick schwang die Tür auf, und ein Paar mit einem Jack Russell Terrier an der Leine betrat das Lokal.

»Feldmann«, sagte ich.

»Einer deiner Kunden?« Nick vermied es, sich umzudrehen.

»Nicht direkt. Doch das ist längst nicht alles.« Ich konnte ein amüsiertes Grinsen nicht länger unterdrücken. Am liebsten hätte ich laut gelacht.

Nick sah mich irritiert an und warf einen Blick über die Schulter.

»Ach nein. Was will der denn hier? Die Frau ist ganz sicher nicht seine Ehefrau«, raunte er mir zu.

»Sie heißt Tabea Thomsen und hat mich mit der Gestaltung ihres Gartens beauftragt. Feldmann ist ihr durchgeknallter Hund. Im Anschluss an den Termin habe ich Achtermann auf ihrem Grundstück verschwinden sehen, das habe ich dir doch erzählt. Erinnerst du dich?«

»Ja, in Fahrradklamotten«, bestätigte Nick.

»Ob die beiden eine Affäre haben?«, überlegte ich, während ich möglichst unauffällig zu dem Tisch spähte, an dem sich das Paar niedergelassen hatte. Feldmann lag unter dem Tisch und beäugte aufmerksam seine Umgebung.

»Meinetwegen. Das könnte gut möglich sein, denn neuerdings macht er einen auf jung-dynamisch und sportlich.«

»Wahrscheinlich steckt er mitten in einer Midlife-Crisis. Die Ehefrau tut mir jetzt schon leid«, überlegte ich, worauf Nick das Gesicht verzog. »Egal, wir lassen uns den Abend von nichts und niemandem verderben. Cheers!« Ich erhob mein Glas.

»Auf keinen Fall! Cheers!«

»Oh, da kommt unser Essen! Das sieht aber lecker aus!«, stellte ich mit Blick auf den Teller vor mir fest.

KAPITEL 34

»Ist jemand gestorben, oder warum guckt ihr so belämmert?« Ann-Kathrin durchquerte das Wohnzimmer und ließ sich auf das beigefarbene Ledersofa fallen.

»Hast du das gesehen?« Moritz hielt ihr sein Tablet vor die Nase.

»Na und?«, gab sie sich gelassen, nachdem sie den Artikel überflogen hatte.

»Na und?«, wiederholte Moritz fassungslos und ging rastlos auf und ab. »Der Mann liegt im Koma, und dich scheint das völlig kalt zu lassen. Die Polizei wird sehr schnell dahinterkommen, wer für das alles verantwortlich ist.«

»Solang wir alle schön die Klappe halten und nicht die Nerven verlieren, können die uns gar nichts nachweisen.« Ann-Kathrin verschränkte die Arme vor der Brust.

»Warum hast du ihn auch niederschlagen müssen?«, meldete sich Dennis zu Wort, der Ann-Kathrin gegenüber auf einem der beiden Sessel lümmelte.

»Wer sagt, dass ich das war?«

»Wir sind alle vor dir weg. Wer sollte es sonst gewesen sein?«, pflichtete Cora ihrem Freund bei.

»Lukas. Er war noch da«, blaffte Ann-Kathrin zurück.

»Damit kommen wir zum zweiten Problem«, bemerkte Moritz.

»Wieso?«

»Wo lebst du eigentlich? Und du spielst dich als große Anführerin auf?« Cora schüttelte in gespielter Fassungslosigkeit den Kopf.

»Mach mich nicht an!«, fauchte Ann-Kathrin und lehnte sich nach vorne, als wolle sie jeden Augenblick auf ihre Mitstreiterin losgehen.

»Hey, Leute, könnt ihr mal aufhören, euch zu streiten? Das bringt doch nichts!«, platzte es aus Maik heraus.

»Was ist denn nun mit Lukas?« Ann-Kathrin sah fragend in die Runde.

»Er liegt im Krankenhaus, nachdem er auf seiner Flucht ein Auto gekidnappt hat. So steht es im Internet«, teilte Moritz ihr mit.

»Na klasse! Dann drehen ihn die Bullen solang durch die Mangel, bis er alles verrät. Wo ist Lara?«

»Keine Ahnung!« Cora zuckte die Schultern. »Vielleicht ist sie bei Lukas im Krankenhaus?«

»Oder sie ist zur Polizei gerannt«, ergänzte Maik.

»So blöd wird sie ja wohl nicht sein. Schließlich war sie bei allen Aktionen dabei.« Ann-Kathrin rieb sich das linke Auge und blinzelte anschließend. »Ich hätte gleich wissen müssen, dass es ein Fehler war, sie überhaupt mitmachen zu lassen.«

»Dafür ist es wohl zu spät. Wo warst du eigentlich heute Morgen? Ich habe gehört, wie du dich in der Frühe weggeschlichen hast.« Coras Augen verengten sich zu schmalen Schlitzen.

»Ich hatte etwas zu erledigen, das geht dich nichts an«, konterte Ann-Kathrin ohne Angabe näherer Einzelheiten.

Das Klingeln an der Tür ließ die Unterhaltung verstummen. Alle Augen waren auf die Eingangstür gerichtet, hinter der durch die Ornamente aus Milchglas eine Person zu erkennen war. Cora biss nervös auf ihrem rechten Daumennagel herum.

»Ob das die Bullen sind?«, flüsterte Moritz, wobei seine Gesichtsfarbe von aschgrau auf knallrot wechselte.

»Der Weihnachtsmann wird es nicht sein«, erwiderte Dennis. »Na los, mach auf, Moritz!«

Mit einem Kloß im Hals folgte Moritz der Aufforderung, während sich die anderen in Alarmbereitschaft hielten, stets die Terrassentür als Fluchtmöglichkeit im Visier.

KAPITEL 35

»Moin, Anna! Schön, dass du vorbeischaust.«

»Moin, Britta! Da ich gerade in der Nähe war, wollte ich gucken, ob du da bist«, erklärte ich.

»Ich gehe heute erst später ins Hotel«, erwiderte meine Freundin. »Kaffee oder Tee?«

»Gern ein Glas Wasser.«

Britta nahm das Mineralwasser aus dem Kühlschrank und schenkte mir ein Glas ein.

»Wie läuft es im Hotel nach der Sache?«, hakte ich behutsam nach.

»Ehrlich gesagt, hätte ich es mir schlimmer vorgestellt. Jan meint, dass wir sogar mehr Gäste haben als zuvor. Auch in Bezug auf die Restaurantreservierungen gibt es bislang keinen negativen Effekt.« Mit hochgezogenen Augenbrauen stellte sie das Wasserglas vor mir ab.

»Danke. So makaber das klingen mag, manchmal ziehen solche Geschehnisse die Leute sogar an. Ich glaube, man nennt das Sensationstourismus.«

»Scheußlich! Wie Gaffer auf der Autobahn, die jeden Unfall filmen und sofort ins Netz stellen müssen. Je blutiger, desto besser!« Britta schüttelte sich angewidert bei der Vorstellung.

»Manchmal frage ich mich, in welch einer Welt wir leben«, erwiderte ich nachdenklich.

»Neulich habe ich einen Bericht gelesen, in dem ein Landwirt einen Suizidversuch unternommen hat, weil er vor dem finanziellen Ruin stand, nur weil jemand Unwahrheiten über ihn verbreitet hat.«

»Das ist schrecklich!«

»Jetzt ist er schwerstbehindert, und die Familie kommt eben so über die Runden. Ich erinnere mich nicht mehr an den Namen, irgendwas mit ›Grün‹ oder so ähnlich. Ach, das fällt mir bestimmt wieder ein.«

Plötzlich hörten wir die Haustür ins Schloss fallen.

»Timmy?«, rief Britta, erhielt jedoch keine Antwort. Dann kam einer der Zwillinge mit hängenden Schultern in die Küche geschlurft.

»Moin, Tim!«, begrüßte ich mein Patenkind.

»Moin«, brummte er zurück, ohne mich anzusehen.

»Welche Laus ist dir denn über die Leber gelaufen?«, wollte Britta wissen.

»Keine«, gab Tim zurück und spähte in den Kochtopf, der auf dem Herd stand.

»Ingwer-Möhren-Suppe. Die kannst du dir warm machen, wenn du magst.«

»Gibt es nichts anderes?«

»Nein. Du kannst dir gerne etwas kochen«, bot Britta ihrem Sohn an.

»Nee.« Ohne ein weiteres Wort schnappte er sich einen Apfel aus einer Schale und verließ die Küche, um nach oben in sein Zimmer zu gehen.

»Er wirkt irgendwie bedrückt«, stellte ich fest, während ich ihm nachsah.

»Bestimmt hat es mit Kira zu tun.«

»Eure Aushilfe?«, vergewisserte ich mich, worauf Britta verhalten nickte. »Seit er ständig mit ihr unterwegs ist, hat er sich total verändert. Zunächst fand ich seinen Eifer, im Hotel zu helfen, gut, aber mittlerweile wäre es mir lieber, er würde sich mit seinen Freunden treffen oder Fußball spielen.«

»Ist etwas vorgefallen?«

Britta stieß hörbar die Luft aus. »Vor ein paar Tagen ist er ziemlich heftig mit Jan aneinandergeraten. Seitdem sprechen die beiden kaum ein Wort mehr miteinander.«

»Das klingt nicht gut. Weshalb haben sie sich gestritten?«

»Tim will die Schule schmeißen.«

»Oh!«

»So ähnlich habe ich auch reagiert, als er uns seinen Entschluss freudestrahlend beim Abendessen mitgeteilt hat. Jan ist fast durchgedreht. Derart in Rage habe ich ihn selten erlebt.« Sie schnitt eine Grimasse.

»Hat Timmy gesagt, was er stattdessen vorhat? Wenn er die Schule beenden will, wird er sich etwas überlegt haben.«

»Er will die Welt bereisen und jobben. Er meint, er lernt auf diese Weise mehr fürs Leben, als das in der Schule jemals der Fall wäre. Er hatte sogar die Idee, auf einem Kreuzfahrtschiff anzuheuern.«

»Als was will er dort arbeiten?«

»Als Musiker. Er stellt sich vor, dort Klavier zu spielen. Hat er dich noch nicht nach weiteren Unterrichtsstunden gefragt?«

»Nein. Ich dachte, das Thema Klavierspielen sei für ihn erledigt?«

»Da kannst du mal sehen. Ich weiß wirklich nicht, was in ihn gefahren ist.«

»Was sagt Ben zu den Plänen seines Bruders?«

»Ben hält sich lieber raus. Seine zweite Heimat ist das Surfboard. Mich wundert es, dass er nicht auch noch darauf schläft.« Sie lachte kurz. »Wenigstens nimmt er die Schule ernst und bringt passable Noten nach Hause, was ich von Tim neuerdings nicht behaupten kann. Ich gehe stark davon aus, dass Kira ihm den Floh ins Ohr gesetzt hat, seine Schullaufbahn zu beenden. Ich befürchte, er macht das nur, um ihr zu gefallen.« Sie sprach etwas leiser, für den Fall, dass Tim uns hörte.

»Ich habe ihn neulich in Begleitung eines Mädchens in der Stadt gesehen. Jedenfalls nehme ich an, dass es diese Kira war. Sie scheint wesentlich älter als Timmy zu sein.«

»Das kommt dazu. Timmy ist viel zu unerfahren in solchen Dingen. Im Gegensatz zu Ben lässt er sich schnell beeinflussen. Ich möchte einfach nicht, dass er sich sein Leben verbaut wegen dieses Mädchens. Je mehr ich versuche, ihm das klarzumachen, desto mehr mauert er.« Sie stieß einen verzweifelten Seufzer aus und rieb sich über die Stirn.

»Ich weiß. Das Letzte, was man in solchen Fällen braucht, sind gutgemeinte elterliche Ratschläge. Jetzt lernen wir die andere Seite kennen und können nachvollziehen, wie es unseren Eltern mit uns ergangen ist. Timmy macht das schon, vertrau ihm einfach!« Ich strich meiner Freundin aufmunternd über den Unterarm.

»Ich hoffe, er kommt von selbst zur Vernunft. Und zwar schnell.«

»Ganz bestimmt!«

»Ich werde dich an deine Worte erinnern, wenn es bei Christopher einmal soweit ist.« Sie grinste schelmisch. »Was gibt es sonst Neues? Ich habe von Franks Unfall gehört. Gott sei Dank ist ihm nicht viel passiert. Jill wird sich sicher rührend um ihn kümmern.«

»Ich fürchte, zwischen den beiden läuft es momentan nicht besonders gut.«

»Nanu? Sie ist doch gerade erst zurückgekommen von ihrer Reise. Ich hätte gedacht, die beiden kommen vor

Sehnsucht um und können es kaum erwarten, sich zu sehen. Gab es Streit, oder was ist los?« Britta wirkte überrascht.

»Genaues weiß ich nicht. Jill hat sich nicht klar ausgedrückt, und ich werde mich unter keinen Umständen einmischen. Das müssen die beiden unter sich klären«, verkündete ich.

»Ob dir das gelingt?«, feixte sie.

»Natürlich!«

»Hm, ich hatte eher damit gerechnet, dass demnächst die Hochzeitsglocken läuten werden.«

»Vielleicht raufen sie sich wieder zusammen. So, und nun will ich dich nicht länger aufhalten.« Ich erhob mich, stellte das leere Glas in die Spüle und verabschiedete mich von meiner Freundin.

KAPITEL 36

»Wie bitte?« Uwe schnappte nach Luft. »Wie konnte das passieren?«

Nick, der ihm gegenübersaß, kräuselte fragend die Stirn.

»Was ist passiert, dass du dich dermaßen aufregst?«, fragte er, als der Kollege den Hörer unsanft aufgelegt hatte.

»Lukas Lockstätter ist aus dem Krankenhaus abgehauen. Ich fasse es nicht!«, setzte er nach und schlug mit der flachen Hand auf die Tischplatte, dass der Bildschirm wackelte.

»Wie war das möglich? Ich dachte, sein Zimmer wird rund um die Uhr bewacht. Außerdem hat er eine Beinverletzung. Wie konnte er damit türmen?«

»Das habe ich mich auch gefragt. Offenbar hatte er Unterstützung. Eine Frau war bei ihm und hat sich als Physiotherapeutin ausgegeben. Deshalb hat sie die Kollegin, ohne zu zögern, zu ihm gelassen. Anfängerfehler«, brummte Uwe und strich sich über den Bart.

Die Bürotür wurde ohne Vorwarnung aufgerissen, und die Kollegin Klara Böel stand im Zimmer.

»Hallo! Sorry für den Überfall, aber der Junge ist aus der Klinik verschwunden«, erklärte sie zerknirscht.

»Das wissen wir bereits«, gab Uwe ihr zu verstehen.

»Ich habe eine Fahndung nach ihm rausgegeben, sehr weit kann er in seinem Zustand noch nicht gekommen sein. Meine Leute überwachen sowohl den Bahnhof und die Autoverladung als auch den Fähranleger in List und den Hörnumer Hafen. Wir sind dabei, Fahndungsfotos an allen strategisch wichtigen Punkten zu platzieren. Er hat quasi keine Chance zu entkommen.« Sie reichte ihm einen Ausdruck, auf dem das Konterfei des Flüchtigen abgebildet war.

»Der Junge hat eine Geisel genommen, unterschätzen Sie ihn nicht«, gab Uwe zu bedenken.

»Weiß man, wer die Frau ist, die ihm geholfen hat?«, wollte Nick wissen.

»Leider nicht. Die Kollegin, die vor dem Zimmer Stellung bezogen hatte, konnte sie nur vage beschreiben. Blondes Haar, circa ein Meter 65 groß, schlank, keine besonderen Auffälligkeiten.« Sie legte eine kurze Pause ein. »Es gibt allerdings auch gute Nachrichten«, betonte sie, und ein triumphierendes Lächeln umspielte ihre Mundwinkel.

»Da bin gespannt.« Uwe war seine Verärgerung über diese Nachlässigkeit deutlich anzumerken.

»Das haben wir in der Restaurantküche gefunden.« Sie hielt ein kleines Stück Papier, das in einem Asservatenbeutel steckte, in die Luft.

»Das ist eine Sylter Gästekarte.«

»Exakt, Kollege Scarren. Ausgestellt auf eine Ann-Kathrin Gempel, gemeldet von der *Jugendherberge Möwenberg* in List. Dort ist sie allerdings vor zwei Tagen ausgezogen. Und ...«, sie machte eine Pause, als wolle sie die Spannung steigern.

»Nun spannen Sie uns nicht auf die Folter«, konterte Uwe unwirsch.

»Sie war dort mit weiteren Personen untergekommen.«

»Wissen Sie, um wen es sich im Einzelnen handelt?« Nick sah sie erwartungsvoll an.

»Neben Lukas Lockstätter waren ein Moritz Steinkämper sowie eine Lara Maibach gemeldet. Letztere sind polizeilich nicht bekannt. Ann-Kathrin Gempel ist dagegen keine Unbekannte. Sie taucht immer wieder im Zusammenhang mit zum Teil fragwürdigen und am Rande der Legalität befindlichen Aktionen auf. Zuletzt wurde sie wegen Sachbeschädigung zu mehreren Stunden Sozialarbeit verdonnert, nachdem sie in eine Geflügelmastanlage eingedrungen war. Näheres weiß ich nicht, dazu müsste ich mir die Akte ansehen.«

»Interessant. Da stellt sich mir die Frage, wo sie sich momentan aufhalten, nachdem sie die Jugendherberge verlassen haben. Halten sie sich noch auf der Insel auf oder sind sie längst zurück aufs Festland?« Uwe biss grüblerisch auf seiner Unterlippe herum.

»Vielleicht haben sie sich eine andere Bleibe gesucht?«, zeigte Nick eine weitere Option auf.

»Das könnte durchaus sein. Die Kollegen sind dabei, das zu überprüfen. Wenn sie in einem Hotel oder einer Ferienwohnung untergekommen sind, müsste sich dies über das Melderegister der Kurverwaltungen leicht herausfinden lassen.«

»Wäre es denkbar, dass es sich um dieselben Personen handelt, die für die Farbbeutelattacke vor dem Feinkostgeschäft verantwortlich sind?«, stellte Nick eine weitere Vermutung an.

»Ja, mittlerweile gehe ich fest davon aus«, bekräftigte Klara Böel.

»Könnte Ihrer Meinung nach zwischen der Gruppe und dem Verschwinden Börners oder dem Mord an dem Journalisten eine Verbindung bestehen? Alles deutet darauf hin, dass es sich um dieselben Personen handelt, die vor dem Restaurant am Tag vor Börners Verschwinden für Unruhe gesorgt haben.«

»Schwer zu sagen, aber die Möglichkeit besteht. Im Falle des Journalisten hege ich dagegen arge Zweifel, dafür fehlt mir ein Tatmotiv«, erklärte sie mit Blick auf ihre Armbanduhr. »Sie entschuldigen mich bitte, ich muss los!«

»Danke für die Info. Und halten Sie uns auf dem Laufenden«, bat Uwe.

»Ich melde mich, sobald es Neuigkeiten gibt. Ihnen ebenfalls viel Erfolg!« Sie drehte sich auf dem Absatz um und verließ eilig das Büro.

»Macht einen kompetenten Eindruck«, stellte Nick fest, als sie allein waren.

»Mein Fall ist sie eher nicht, ein bisschen zu drahtig und energisch für meinen Geschmack. Würde hervorragend zu Luhrmaier passen«, präzisierte Uwe.

»Ich rede von ihrer fachlichen Kompetenz. Du sollst sie nicht gleich heiraten.«

»Jetzt brauche ich dringend etwas zwischen die Kiemen. Kommst du mit? Mir ist heute nach Fischbrötchen.« Uwe erhob sich schwerfällig von seinem Bürostuhl und streckte den Rücken durch.

»Klingt gut! Ich könnte auch etwas vertragen. Lass uns einen Happen essen gehen.«

KAPITEL 37

»Du bist das! Wir dachten, die Bullen stehen vor der Tür.« Erleichtert machte Moritz einen Schritt zur Seite, um Lukas nebst Begleitung ins Haus zu lassen. Er spähte nach draußen und schloss dann schnell die Tür hinter ihnen. »Keine Sorge, Leute, es ist Lukas!«, rief er den anderen zu, die angespannt im Wohnzimmer verharrten.

Lukas humpelte den Flur entlang, bevor er inmitten des großzügigen Raums stand.

»Woher kommst du, und wer ist die da?« Ann-Kathrin blickte argwöhnisch zu der jungen Frau an Lukas' Seite.

»Aus dem Krankenhaus, woher wohl sonst«, erwiderte Lukas knapp und humpelte zu dem Sessel, den Cora ihm mit einer Geste überlassen hatte. »Das ist Kira«, fügte er, ohne nähere Angaben zu machen, hinzu. Er verzog schmerzhaft das Gesicht, als er das verletzte Bein anhob und auf dem Hocker ablegte. Kira assistierte ihm.

»Du hast echt Nerven, hier aufzutauchen. Die Polizei sucht bestimmt überall nach dir. Wahrscheinlich haben sie längst Fahndungsfotos aufgehängt.«

Lukas verzog den Mund. »Hast du ein Problem damit, Chefin?«

»Sie kann auf keinen Fall hierbleiben. Du allein stellst bereits eine Gefahr für uns dar.« Ann-Kathrin stemmte beide Hände in die Hüften und deutete auf Kira.

»Ich hatte ohnehin nicht vor zu bleiben. Anders als ihr habe ich Lukas nicht hängen lassen. Ihr seid doch nichts weiter als ein Haufen feiger Schaumschläger!«, adressierte Kira ihre Missachtung unverblümt an die gesamte Truppe.

»Was weißt du schon? Bloß, weil du …«, keifte Ann-Kathrin los, als sie von Dennis unterbrochen wurde.

»Schluss jetzt!«, brüllte er unvermittelt, woraufhin für einige Sekunden absolutes Schweigen herrschte.

»Bist du definitiv sicher, dass euch niemand vom Krankenhaus gefolgt ist?« Ann-Kathrin schlug einen versöhnlichen Ton an. Ihre Abneigung gegen Kira war nach wie vor präsent.

»Entspann dich, kein Mensch ist uns gefolgt. Schließlich bin ich nicht blöd.«

»Mein Vater macht mich zur Schnecke, wenn die Polizei in seinem Haus auftaucht und das alles rauskommt«, jammerte Moritz und bekam hektisch rote Flecken im Gesicht und auf dem Hals.

»Nun mach dir nicht gleich ins Hemd«, schleuderte Dennis ihm genervt entgegen. »In diesem Fall muss ich Kira recht geben, ihr seid alle so was von dilettantisch, das ist unglaublich!« Verständnislos schüttelte er den Kopf und stand auf.

»Wo willst du hin?«, fragte Ann-Kathrin prompt.

»Nach oben. Oder willst du mir das verbieten?« Er grinste spöttisch und ging an ihr vorbei.

»Mach doch, was du willst«, winkte sie daraufhin ab.

»Wie geht es weiter?«, fragte Moritz, der sich etwas beruhigt hatte.

»Ich schlage vor, wir halten eine Weile die Füße still, bis sich die Wogen geglättet haben, und dann sehen wir weiter. Es gibt durchaus Plätze, an denen es sich schlechter aushalten lässt als hier. Oder? Wie seht ihr das?« Ann-Kathrin ließ den Blick durch das Zimmer wandern. Niemand widersprach. »Dann sind wir uns ja einig. Ich muss kurz weg«, verkündete sie und schnappte sich ihre Tasche.

»Wo willst du denn hin? Ich dachte, wir bleiben vorläufig zur Sicherheit im Haus?« Moritz sah sie verständnislos an.

»Du klingst beinahe wie Lara!«, spottete Ann-Kathrin.

»Wo ist sie überhaupt?« Erst jetzt fiel Lukas auf, dass sie fehlte.

»Sehnsucht?«, stichelte Cora, die Kiras irritierter Blick auf die Frage offensichtlich amüsierte.

»Sag schon. Ist sie oben?«, wiederholte Lukas, ohne auf Coras Anspielung einzugehen.

»Nein, im Haus ist sie nicht. Wahrscheinlich hat unser scheues Reh Schiss bekommen und ist abgehauen«, bemerkte Ann-Kathrin in bissigem Ton. »Jetzt guck nicht so! Die wird uns nicht verpfeifen, dafür fehlt ihr eindeutig der Killerinstinkt. Ganz so blöd ist sie nun auch wieder nicht. Schließlich steckt sie ebenso in der Sache drin wie wir.«

»Hoffentlich behältst du recht.« Moritz' zurückgewonnene Gelassenheit drohte erneut zu schwinden.

»Tschüss, ich bin dann weg!« Im Gehen hob Ann-Kathrin die Hand, ohne sich ein letztes Mal umzudrehen.

»Ich mache mich auch auf den Weg.« Kira gab Lukas demonstrativ einen innigen Kuss, bevor sie ebenfalls das Haus verließ.

KAPITEL 38

Deprimiert lag er auf der unbequemen Unterlage und starrte an die Decke. Es war nicht lange her, die Freiheit war so nah. All seine Hoffnungen hatten sich mit einem Schlag in Luft aufgelöst, als er in den auf ihn gerichteten Gewehrlauf blickte. Jetzt waren seine Hände und Füße erneut gefesselt und der Traum von Freiheit geplatzt wie eine Seifenblase. Er konnte seinen Magen vor Hunger rebellieren hören, aber er schenkte dem Aufruhr im Inneren seines Körpers keine Beachtung. Die Möglichkeit, in den Hungerstreik zu treten, kam ihm in den Sinn. Gleich darauf verwarf er diesen Gedanken jedoch, denn damit würde er nur sich selbst schaden. Es würde ihn zusätzlich schwächen. Trotz allem stand das Essen unberührt neben ihm auf einem dreibeinigen Schemel, der vom Anfang des vorigen Jahrhunderts zu stammen schien und in dem eine Familie Holzwürmer eine heimelige Bleibe gefunden hatte. Plötzlich wurden seine Gedanken durch ein Geräusch von draußen unterbrochen. Vorsichtig richtete er sich auf und blieb auf der Kante seiner Unterlage sitzen, um abzuwarten. Ein Fluchtversuch mit einem Bettgestell am Handgelenk stellte ein sinnloses Unterfangen dar, das war ihm klar. Der Riegel der Tür wurde aufgeschoben und die Tür geöffnet. Im Gegenlicht erkannte er eine Gestalt. Mit der freien Hand schirmte er die Augen ab und blinzelte in das Sonnenlicht.

»Du kannst mich nicht ewig gefangen halten. Wie lange soll das noch gehen?«, fragte er mit rauer Stimme, als er sie erkannte.

»Du solltest etwas essen.«

»Das ist nicht die Antwort auf meine Frage«, gab er verärgert zurück und stieß den Schemel mit dem Fuß um, sodass der Teller auf den staubigen Boden fiel. »Was hast du mit mir vor? Das wird Folgen für dich haben, das muss dir doch klar sein. Schließlich bin ich nicht irgendjemand!« Wütend riss er mit schmerzverzogenem Gesicht an der Handschelle.

»He!«, rief er. »Du kannst nicht einfach wieder gehen! Rede mit mir, verdammt! Willst du Geld? Sag mir, wie viel!«

Dieses Mal zeigten seine Worte Wirkung. »Geld?«

»Sagen wir 25.000 Euro? Na schön, 30.000. Einverstanden?« Hoffnung keimte in ihm auf.

»Mehr ist dir dein Leben nicht wert? Du hast es nach wie vor nicht verstanden, Ralph Börner.«

»Was verstanden? Warte! Bitte geh nicht weg! Wie wäre es mit 50.000? Damit lässt sich eine Menge anstellen.«

Mit dem Schließen der Tür erlosch der Funke Hoffnung, und die quälende Einsamkeit kehrte zurück. Einzig zwei Hühner leisteten ihm Gesellschaft und gackerten leise vor sich hin, während sie in dem umgestoßenen Essen auf dem Boden herumpickten.

»Drecksviecher!«, zischte er und trat mit dem Fuß nach ihnen.

KAPITEL 39

Nick und Uwe begaben sich schnurstracks zum Büro der Kollegin Böel, die sie bereits erwartete. Im Gehen packte Uwe einen Müsliriegel aus und biss ein Stück ab.

»Reiswaffel-Diät beendet?«, neckte ihn Nick mit einem schiefen Grinsen.

»Ein wenig Abwechslung kann nicht schaden«, erwiderte Uwe, nachdem er den Bissen hinuntergeschluckt hatte.

»Das sind die reinsten Zuckerbomben und alles andere als diättauglich. Iss lieber einen Apfel, das ist wesentlich gesünder.«

»Der hat keinen Zucker, ja? Mann, du kannst einem auch alles vermiesen!«, brummte Uwe und stopfte den Rest des Riegels zuerst zurück in die Verpackung und dann in seine Westentasche.

»Da sind Sie ja endlich. Wir haben sie.« Klara Böel wirkte angespannt.

»Sorry, es ging nicht schneller. Wen haben Sie?« Uwe war vom schnellen Gehen ein wenig aus der Puste geraten.

»Die Einbrecher aus dem Restaurant«, sagte sie nicht ohne Stolz in der Stimme.

»Glückwunsch!«

»Danke, Kollege Scarren.« Ein zaghaftes Lächeln huschte über ihr Gesicht, das von einer zarten Röte überzogen wurde. Dann räusperte sie sich und kehrte schnell zu ihrer gewohnt distanzierten Art zurück. »Wir haben einen anonymen Anruf zum vermeintlichen Aufenthaltsort der mutmaßlichen Täter erhalten und uns sofort auf den Weg gemacht. Eine Person konnte sich durch Flucht der Festnahme entziehen, die anderen wurden in Gewahrsam genommen. Die Kollegen sind dabei, jeden einzeln zu vernehmen.«

»Gibt es Hinweise auf die flüchtige Person?«, wollte Uwe wissen.

»Es handelt sich um eine Frau, deren Identität bislang noch nicht bekannt ist«, gab die Kollegin zähneknirschend zu.

»Liegt eine Personenbeschreibung vor?«

»Tut mir leid, dafür ging alles zu schnell. Sie ist ungefähr ein Meter 65 groß und blond. Mehr haben wir nicht.«

»Da habe ich eine Vermutung«, murmelte Nick und legte nachdenklich die Stirn in Falten.

»Welche?« Die Kollegen sahen ihn erwartungsvoll an.

»Später«, vertröstete er sie. »Frau Böel, können Sie uns die Namen der Festgenommenen geben?«

»Natürlich. Ich habe ohnehin etwas für Sie. Das war der Grund, warum ich Sie zu mir gebeten habe.« Sie machte eine Geste, ihr in einen Nachbarraum zu folgen.

»Ein Notebook … und?«, fragte Uwe, als Klara Böel auf einen Laptop zeigte, der neben anderer Technik auf einem Tisch lag.

»Lenschmanns Laptop?«, tippte Nick, worauf die Beamtin nickte.

»Korrekt. Diesen Laptop haben wir bei den Sachen von Lukas Lockstätter gefunden. Ich dachte, das könnte interessant für Sie sein.«

»Auf jeden Fall! Ist er passwortgeschützt?« Uwe klappte das Gerät auf.

»Ja, aber ein technikaffiner Kollege hat sich der Sache angenommen und ihn in kurzer Zeit entsperrt. Sie können ihn gern mitnehmen und sich die Daten darauf in Ruhe ansehen. Das Passwort steht auf dem Zettel hier.« Sie reichte ihm eine gelbe Klebenotiz, auf der einige Zahlen und Buchstaben notiert waren.

»Danke, das machen wir.«

»Wenn Sie Fragen haben, Sie wissen, wo Sie mich finden. Die nächsten Stunden werde ich vermutlich mit den Befragungen beschäftigt sein.« Mit diesen Worten ließ sie die beiden allein.

»Dann wollen wir mal. Ich bin sehr gespannt, was wir darauf finden werden«, verkündete Uwe und klemmte sich das Notebook unter den Arm.

Die kommenden eineinhalb Stunden verbrachten die beiden Kollegen damit, sich durch den Dschungel der unzähligen Dateien und Fotos zu kämpfen, die auf dem Laptop gespeichert waren.

»Meine Güte sind das viele Dokumente!«, stöhnte Uwe und rieb sich über die Augen, die vom langen Starren auf den Bildschirm müde waren und brannten.

»Er war Journalist, das ist kein Wunder«, erwiderte Nick und erhob sich. »Kaffee?«

»Gern! Ein Ordner trägt den Namen Feuerteufel. Bin gespannt, was sich dahinter verbirgt.« Uwe klickte mit dem Mauszeiger auf den Ordner.

»Und?«, fragte Nick, während der heiße Kaffee in die Becher lief.

»Das ist ja interessant!«

»Nun sag schon!«

»Börners Managerin stand offenbar ebenfalls im Fokus von Lenschmanns Recherchen.«

»Das hätte ich nicht erwartet. Origineller Dateiname jedenfalls.« Nick musste schmunzeln.

»Ich fasse es nicht! Er hat sie ganz offensichtlich erpresst.« Uwe stand die Überraschung ins Gesicht geschrieben.

»Hier, dein Kaffee! Pass auf, ist heiß. Erpresst? Womit?« Nick stellte den Becher vor dem Kollegen ab und nippte vorsichtig an seinem, während er neugierig auf den Bildschirm schielte.

»Sie soll bei ihrem früheren Arbeitgeber Geld unterschlagen haben. Lenschmann hat alles säuberlich aufgeführt. Sieh selbst!« Uwe rutschte ein Stück zur Seite, um Nick eine bessere Sicht zu ermöglichen.

»Wahrscheinlich hat Lenschmann ihr damit gedroht, Börner alles zu erzählen, wenn sie nicht zahlt. Dass er knapp bei Kasse war, wissen wir mittlerweile.«

»Sie wollte aber nicht zahlen und hat ihn kurzerhand umgebracht. Da hätten wir zumindest ein mögliches Motiv. Den Mord müssen wir ihr allerdings nachweisen können, was schwierig werden dürfte«, überlegte Uwe und kramte in seiner Schreibtischschublade.

»Was suchst du?«

»Das!« Mit einem zufriedenen Lächeln präsentierte er eine angefangene Tafel Nussschokolade. »Magst du ein Stück?«

Uwe schob sie Nick zu, der einen tiefen Seufzer von sich gab.

»Ich weiß, ich weiß. Zucker, Kalorien und so weiter. Aber ein Stück zum Kaffee darf ja wohl erlaubt sein. Schokolade, mein Lieber, ist übrigens gar nicht so schlecht wie ihr Ruf. Ganz im Gegenteil. Das haben neueste Studien bewiesen. Im Fernsehen lief neulich ein Sendung dazu«, erklärte Uwe.

»Du musst dich mir gegenüber nicht rechtfertigen, aber beschwer dich am Ende nicht, dass du die Kilos nicht loswirst. Ich dachte, der Bandscheibenvorfall war Warnung genug. – Lass uns mit Lenschmann weitermachen. Er hat also die Schulze-Ruthendorf erpresst«, fasste Nick zusammen.

»Seriösen Journalismus habe ich mir irgendwie anders vorgestellt«, entgegnete Uwe nachdenklich und ließ die angebrochene Tafel Schokolade wehmütig zurück in die Schublade wandern. Dann trank er einen Schluck. »Verdammt, ist der heiß!« Er kniff vor Schmerzen die Augen zu.

»Ich habe doch gesagt, du sollst aufpassen.«

»Vielleicht hat Lenschmann Börner einen Wink gegeben, was seine Managerin angeht. Daraufhin hat dieser sie zur Rede gestellt, die Sache ist eskaliert und sie hat kurzen Prozess gemacht«, entwickelte Uwe eine neue Arbeitshypothese.

»Du meinst, sie hat erst ihren Chef umgebracht und anschließend Lenschmann vergiftet?« Nick stutzte.

»Warum nicht? Lenschmann ist tot, und Börner bleibt nach wie vor verschwunden, ohne dass es ein Lebenszeichen von ihm gibt. Keine Lösegeldforderung, nichts. Ich befürchte, er ist tot. Die Schulze-Ruthendorf könnte seine Leiche irgendwo in den Dünen vergraben oder anderweitig entsorgt haben. Außerdem hat sie sich nachweislich in Börners Zimmer umgesehen. Vielleicht hat sie dort nach belastenden Beweisen gesucht.«

»Logisch und anschließend der Umzug in ein anderes Hotel. Wir müssen sie dringend finden, bevor sie abhaut. Ich könnte mir sogar vorstellen, dass ihr jemand bei der Sache geholfen haben könnte.«

»Denkst du an jemanden Bestimmtes?«, fragte Uwe.

»Nein, ist nur ein Gefühl.«

»Es fällt mir schwer zu glauben, dass sie einen Mord begangen haben soll. Dafür ist sie viel zu fein und sensibel«, gab sich Uwe plötzlich zögerlich.

Nick zog eine Grimasse. »Schon klar. Los komm, bevor deinem Unschuldsengel noch Flügel wachsen und er davonfliegt!«

KAPITEL 40

»Schön, dass du spontan kommen konntest!«, begrüßte ich Piet Sanders, als er aus dem Wagen gestiegen war.

»Dein Wunsch ist mir Befehl!«, scherzte er und deutete eine Verbeugung an.

»Sei nicht albern«, konterte ich mit einem Lachen. »Wie geht es Hilke?«

»Sie hat sich die ganze Woche krankgemeldet«, erwiderte Piet, als wir vor der Gartenpforte an Tabea Thomsens Grundstück standen.

»Oh, ich hoffe, das hat nichts mit dem Unfall von neulich zu tun«, erwiderte ich und abermals kamen Schuldgefühle in mir auf.

»Das glaube ich nicht, Anna. Danach hat sie gearbeitet wie immer. Mach dir keine Sorgen«, beruhigte Piet mich.

Bevor ich weiter nachdenken konnte, öffnete sich die Haustür, und der Terrier flitzte laut bellend auf uns zu.

»Hallo, Feldmann, schau mal, ich habe dir etwas mitgebracht!«, begrüßte ich den Hund und hielt ihm einen Hundekeks vor die Nase.

»Schön, dass Sie es kurzfristig einrichten konnten!«, rief Tabea Thomsen und kam freundlich lachend auf uns zu.

»Darf er?«, vergewisserte ich mich vorsichtshalber, bevor ich dem Hund den Keks gab.

»Klar, aber ich warne Sie, anschließend werden Sie ihn nicht mehr los.«

»Das riskiere ich gern. Darf ich vorstellen, Piet Sanders, wir arbeiten eng zusammen.«

»Wie schön, Sie kennenzulernen. Ich bin gespannt, was

Sie beide aus meinem Reich machen werden. Kommen Sie! Am besten gehen wir gleich durch den Garten.«

Wir folgten Tabea Thomsen um das Haus herum, während Feldmann mich wie prophezeit nicht mehr aus den Augen ließ. In einer Ecke des Grundstücks war ein Mann gerade damit beschäftigt, Holz zu hacken. Er hob das Beil hoch über den Kopf, um es anschließend mit Schwung auf das Stück Holz vor ihm auf dem Klotz niederkrachen zu lassen. Zu meinem Erstaunen trug er einen Fahrradhelm. Tabea Thomsen schien meine Verwunderung zu bemerken.

»Matthias! Kommst du bitte mal!«, rief sie in seine Richtung.

Der Mann unterbrach daraufhin seine Arbeit und kam mit langen Schritten auf uns zu. Während des Gehens wischte er sich mit dem Handrücken den Schweiß von der Stirn.

»Herr Achtermann?«, fragte ich ungläubig, bevor Tabea uns einander vorstellen konnte.

»Frau Scarren! Was machen Sie denn hier?« Er sah mich gleichermaßen erschrocken wie überrascht an. Dann nahm er schnell den Helm vom Kopf. »Das ist wegen eventuell herumfliegender Holzstücke. Man kann nicht vorsichtig genug sein«, stammelte er peinlich berührt.

Ich musste mich bei seinem Anblick arg zusammenreißen, um nicht in schallendes Gelächter auszubrechen. Piet, dem es scheinbar ebenso ging, ließ seinen Blick unbeteiligt durch den Garten schweifen. Hätte ich ihn angesehen, hätte ich für nichts mehr garantieren können. Daher konzentrierte ich mich schnell auf Feldmann, der neben mir saß und sehnsüchtig mit seinen dunklen Knopfaugen zu mir aufsah.

»Ihr kennt euch?« Tabea Thomsen blickte überrascht zwischen uns hin und her.

»Wir sind uns ein paar Mal begegnet, rein dienstlich«, setzte der Staatsanwalt zu einer Erklärung an.

»Mein Mann ist bei der Kripo und arbeitet regelmäßig mit der Staatsanwaltschaft zusammen, deshalb bin ich Herrn Achtermann schon öfter begegnet«, stellte ich klar.

»Das ist ja ein Zufall! Davon hast du mir gar nichts erzählt, Matthias«, bemerkte Tabea Thomsen.

»Woher sollte ich wissen, dass du Frau Scarren mit der Umgestaltung deines Gartens beauftragt hast?«, erwiderte der Staatsanwalt, der sich äußerst unwohl in seiner Haut zu fühlen schien.

»Wir wollen Sie unter keinen Umständen von der Arbeit abhalten«, ergriff Piet das Wort und rollte den mitgebrachten Plan auf dem Terrassentisch aus, über dem wir unsere Köpfe zusammensteckten.

»Frau Thomsen, ich habe mir Ihre Anmerkungen notiert und melde mich in den nächsten Tagen zwecks Terminvereinbarung bei Ihnen«, fasste Piet die Ergebnisse nach einer Viertelstunde zusammen.

»Ich bin gespannt, wieder von Ihnen zu hören, Herr Sanders.« An mich gewandt sagte sie: »Kommen Sie mit Ihrem Mann gern mal abends auf ein Glas Wein vorbei. Die nächsten zwei Wochen verbringe ich auf jeden Fall auf der Insel. Oder, Matthias?«

Achtermann schluckte. »Natürlich, falls Sie nicht längst andere Termine haben«, betonte er, was ihm einen irritierten Blick der Hausherrin einbrachte.

»Der Clown ist Staatsanwalt? Schwer vorstellbar«, bemerkte Piet, als wir vor unseren Autos standen.

»Auf den ersten Blick erscheint er ein bisschen spleenig, aber im Großen und Ganzen ist er okay. Ich würde zu gerne wissen, in welcher Beziehung er zu Tabea Thomsen steht.«

»Ich bin sicher, du wirst nicht lange brauchen, um das herauszubekommen.« Piet griente spitzbübisch.

KAPITEL 41

»Timmy? Kannst du bitte den Müll rausbringen«, bat Britta ihren Sohn, während sie alle Hände voll mit ankommenden Gästen zu tun hatte.

»Mach ich. Kann ich danach gehen?«, fragte er weitgehend emotionslos.

»Komm mal her!« Sie winkte ihn zu sich. »Was ist los mit dir?« Sie schenkte ihm ein aufmunterndes Lächeln.

»Nichts, Mama. Ich will einfach meine Ruhe«, wehrte er ab und kam nicht näher als bis zur Türschwelle.

»Du machst einen bekümmerten Eindruck. Ich weiß, dass dich der Streit mit Papa belastet. Wir meinen es nur gut mit dir und machen uns ernsthafte Sorgen.«

Tim schwieg und sah demonstrativ aus dem Fenster.

»Ich würde gerne in aller Ruhe mit dir reden«, unternahm sie einen erneuten Anlauf, obwohl sie wusste, dass es vermutlich zwecklos sein würde. Wenn er erst einmal mauerte, war es nahezu unmöglich, an ihn heranzukommen.

»Bist du jetzt fertig? Kann ich gehen?«

Genau in diesem Moment kam eine stämmige Frau herein und wedelte mit einem Stück Papier in der Hand.

»Moin, ihr zwei!«

»Moin, Inken!«

»Ich wollte dir Bescheid geben, dass ich die frische Wäsche in den Wäscheraum gelegt habe. Die blauen Säcke mit der Schmutzwäsche nehme ich wie immer mit. Kannst du mir das schnell quittieren? Ich bin spät dran.« Sie legte den Lieferschein vor Britta auf den Schreibtisch.

»Ja, klar! Danke, Inken, wenn ich dich nicht hätte!« Britta setzte ihre Unterschrift auf das Dokument und reichte es der Frau zurück.

»Kein Problem! Schönen Tag noch!« Dann verließ sie mit forschen Schritten das Büro.

»Wo waren wir stehen geblieben?«

»Ob ich gehen kann, nachdem ich den Müll weggebracht habe«, erinnerte Tim seine Mutter.

»Ach ja. Heute ist der Bär los, ich weiß gar nicht, wo ich zuerst anfangen soll. Sei doch so lieb und hol zwei Strandtücher aus dem Wäscheraum und bring sie zu mir an die Rezeption. Dann kannst du meinetwegen gehen.« Sie lächelte ihrem Sohn zu.

»Mach ich!«

Tim war im Begriff zu gehen, als seine Mutter ihm nachrief. »Weißt du, wie es Kira geht?«

»Nee, wieso?« Er drehte sich um.

»Nur so. Sie hat sich mit Zahnschmerzen abgemeldet, daher dachte ich, du wüsstest eventuell Näheres.«

»Sorry! Kann ich nicht mit dienen.« Mit dieser knappen Antwort trollte er sich.

Tim stand vor den Regalen in der Wäschekammer und hielt Ausschau nach dem Stapel mit den Strandlaken, als er hinter sich eine leise Stimme vernahm.

»He, Tim!«

Ruckartig drehte er sich um.

»Kira? Was machst du hier?«

»Pst, sei leise. Ich möchte nicht, dass mich jemand hört.« Sie presste sich dicht an die Wand und behielt die Tür im Blick.

»Was ist passiert?«, fragte Tim und spürte, wie sein Gesicht heiß wurde.

»Du musst mir helfen!«

»So? Muss ich das?«, entgegnete er und straffte die Schultern.

»Was ist denn plötzlich los mit dir?« Sie kam auf ihn zu, bis sie dicht vor ihm stand. Ihre Lippen waren direkt vor seinen, und er konnte sie förmlich schmecken. Sein Puls schnellte in die Höhe. Er begann zu schwitzen.

»Ich dachte, du magst mich?« Ihr Tonfall wurde sanfter.

»Schon.«

»Na also.« Sie setzte ein strahlendes Lächeln auf.

»Was machen deine Zahnschmerzen? Warst du beim Zahnarzt?«

»Was soll die blöde Fragerei?« Sie wich einen Schritt zurück und taxierte ihn. »Natürlich war ich beim Zahnarzt.«

»Bei Doktor Dörpling?«, wollte Tim wissen.

»Ja, genau. Den hat mir deine Mutter empfohlen. Mir geht es schon viel besser. Also, was ist jetzt? Hilfst du mir?«, drängte sie ungeduldig.

Tim zögerte. »Ich weiß nicht so recht.«

»Wenn du mich hängen lässt, erzähle ich deinen Eltern,

was du getan hast. Darüber wären sie sicher nicht begeistert. Was werden erst die Hotelgäste sagen, wenn sie davon erfahren?« Sie legte den Kopf schief und setzte ein süßliches Grinsen auf.

Tim öffnete den Mund, um etwas zu erwidern, schloss ihn jedoch wieder, ohne ein einziges Wort über die Lippen gebracht zu haben. Wie vom Donner gerührt, stand er vor Kira und starrte sie an.

»Hat es dir die Sprache verschlagen, Kleiner?«

»Das kannst du nicht machen, bitte, Kira«, flehte er mit angsterfülltem Gesicht.

»Und ob ich das kann, du wirst schon sehen. Für solch ein kleines Weichei hatte ich dich nicht gehalten, ich dachte wirklich, du besitzt mehr Mumm in den Knochen.« Sie lachte.

Im nächsten Augenblick waren Schritte zu hören. Sie kamen schnell näher. Blitzschnell sprang Kira zur Seite und suchte Zuflucht hinter einem Stapel Wäsche, während Tim sich davor aufbaute. Britta erschien im Türrahmen.

»Wo bleiben denn die Strandtücher, Timmy? Die Gäste haben nicht ewig Zeit.« Sie wirkte verärgert.

»Ich wollte mich gerade auf dem Weg machen«, erwiderte er und zog schnell zwei Tücher aus dem Stapel, der daraufhin in sich zusammenfiel. »Ich habe sie nicht gleich gefunden. Inken hat sie woanders als sonst hingelegt«, setzte er entschuldigend nach.

»Alles in Ordnung mit dir? Du wirkst irgendwie nervös.« Britta musterte ihren Sohn misstrauisch.

»Alles bestens, Mama!« Tim war bemüht, Zuversicht auszustrahlen.

»Da bin ich beruhigt. Du kannst mir die Laken gleich geben. Die Gäste warten an der Rezeption.«

Tim überreichte seiner Mutter die beiden Tücher.

»Was ist? Willst du nicht mitkommen?«, fragte sie, als er keine Anstalten machte, ihr zu folgen.

»Ich komme gleich nach, mach das nur schnell ordentlich.« Er deutete auf den umgestürzten Stapel hinter sich.

»Okay, aber vergiss nicht, das Licht auszuschalten!« Mit skeptischer Miene verließ Britta die Wäschekammer.

Kira kam aus ihrem Versteck hervor, nachdem Brittas Schritte verklungen waren.

»Puh, das war knapp. Danke, dass du mir hilfst, Tim.« Sie drückte ihm einen Kuss auf die Wange.

KAPITEL 42

»Hoffentlich ist unser Vöglein nicht bereits ausgeflogen«, befürchtete Nick, als sie vor dem Hotel, in dem Cordula Schulze-Ruthendorf wohnte, ankamen.

»Noch ahnt sie nicht, dass wir Bescheid wissen. Außerdem hatte ich sie in einer Stunde aufs Revier bestellt«, gab Uwe zurück.

»Genau deshalb.«

Die Beamten steuerten auf den Empfangsbereich der Hotelanlage zu, als die Managerin ihnen entgegenkam.

Sie trug ein rotes Sommerkleid und über der Schulter eine Strandtasche mit Meeresmotiven. Die dunkle Sonnenbrille steckte in ihrem feuerroten Haar. Sie zeigte sich überrascht über die Anwesenheit der Polizeibeamten.

»Hallo! Habe ich mich etwa in der Uhrzeit vertan?« Demonstrativ drehte sie sich zu der Uhr über dem Empfangstresen.

»Nein, Sie täuschen sich nicht. Es haben sich zwischenzeitlich Erkenntnisse ergeben, über die wir dringend mit Ihnen sprechen müssen«, erklärte Nick.

»Dann haben Sie Ralph gefunden?« Sie sah abwechselnd zwischen den Männern hin und her.

»Nein, von Herrn Börner fehlt leider weiterhin jede Spur. Können wir uns irgendwo ungestört unterhalten?«, fragte Uwe und sah sich in der Lobby um.

»Lassen Sie uns am besten auf die Terrasse gehen, dort ist um diese Zeit nicht viel los«, schlug sie nach kurzem Überlegen vor.

»Frau Schulze-Ruthendorf, bei unseren Ermittlungen sind wir auf Hinweise gestoßen, dass es zwischen Ihnen und Ihrem früheren Arbeitgeber zu Spannungen gekommen sein soll«, eröffnete Uwe umständlich das Gespräch.

»Spannungen? Ich habe keinen blassen Schimmer, was Sie damit meinen«, reagierte sie gereizt.

»Ihnen wird vorgeworfen, Geld unterschlagen zu haben. Ihr damaliger Arbeitgeber hatte Ihnen nahegelegt zu kündigen, ansonsten wäre es zu einer Anzeige gekommen, die strafrechtliche Folgen mit sich gebracht hätte. Sie haben sich für Ersteres entschieden. Ist das korrekt?« Nick beobachtete ihre Reaktion.

»Das ist lange her. Was spielt das jetzt für eine Rolle?«, erwiderte sie.

»Wir sind sicher, dass Meeno Lenschmann, von dem Sie zunächst behauptet haben, ihn nicht zu kennen, Sie mit diesem Wissen erpresst hat. Für den Fall, dass Sie auf seine Forderung nicht eingehen, hatte er gedroht, Ralph Börner einzuweihen. Ist das so gewesen?«, fuhr Nick fort.

»Das ist nicht wahr!«, empörte sie sich und sah zu Uwe, als erhoffe sie sich Unterstützung von ihm.

»Bitte, Frau Schulze-Ruthendorf, sagen Sie uns die Wahrheit. War es so, wie der Kollege Scarren gesagt hat? Hat Meeno Lenschmann Sie erpresst?«, insistierte Uwe.

»Eines Tages erhielt ich einen Anruf von ihm. Darin tat er so, als arbeite er an einer Serie über Frauen, die im Hintergrund bekannter Persönlichkeiten agieren. Nach dem Motto: ›Die starken Frauen hinter dem Erfolg‹.« Sie lachte abschätzig. »Natürlich habe ich sofort angebissen. Er war einer der Kritiker in der Branche. Wer möchte nicht auch einmal im Rampenlicht stehen nach der ganzen Schufterei im Verborgenen?«

»Also haben Sie sich mit ihm getroffen?«, folgerte Nick.

»Ja. Zunächst schien er sehr an meiner Arbeit interessiert zu sein, doch als er plötzlich auf meine Vergangenheit zu sprechen kam, war mir schnell klar, worum es ihm wirklich ging. Ich hätte es von Anfang an wissen müssen.« Den letzten Satz sprach sie mehr zu sich selbst, als an die Beamten gerichtet.

»Was hätten Sie wissen müssen?«, hakte Uwe nach.

»Lenschmann hatte seine goldenen Zeiten hinter sich. Die Szene hatte ihn längst vergessen. Niemand wollte etwas mit ihm zu tun haben. Nur ich war so blöd, auf ihn hereinzufallen.« Sie klemmte sich eine lange Haarsträhne hinter das Ohr und fuhr mit der Zunge über ihre Lippen.

»Was haben Sie dann gemacht?«

»Was meinen Sie?« Irritiert sah sie Nick an. Plötzlich veränderten sich ihre Gesichtszüge, als verstünde sie, worauf die Frage abzielte. »Wollen Sie etwa andeuten, ich hätte ihn deshalb umgebracht?«

»Haben Sie? Sie hätten immerhin ein Motiv.«

»Was erlauben Sie sich?«, brauste sie auf. »Das ist vollkommen absurd! Ich habe weder Herrn Lenschmann umgebracht noch habe ich mit Ralphs Verschwinden das Geringste zu tun.«

»Womit wir beim nächsten Thema wären. Nachdem Sie nicht bereit waren, auf Lenschmanns Forderungen einzugehen, ist er zu Ihrem Chef gegangen und hat ihm alles erzählt. Das konnten Sie unmöglich auf sich sitzen lassen und haben dafür gesorgt, dass Ihr Chef verschwindet. Sie haben sich Zutritt zu seinem Zimmer verschafft. Was haben Sie dort gesucht? Ich nehme an, Sie wollten nach Hinweisen suchen, ob Lenschmann seine Drohung wahr gemacht und Börner informiert hat. Richtig?«

Daraufhin funkelte sie Nick wütend an und wollte lautstark protestieren. Nur das Auftauchen einiger Hotelgäste, die am Nachbartisch Platz nahmen, hielt sie davon ab.

»Das sind nichts als böswillige Unterstellungen. Rein gar nichts davon können Sie auch nur ansatzweise beweisen!«, zischte sie aufgebracht.

»Frau Schulze-Ruthendorf, ich nehme Sie fest wegen des dringenden Tatverdachts, Meeno Lenschmann ermordet und Ralph Börner entführt zu haben. Kommen Sie freiwillig mit, oder muss ich Ihnen Handschellen anlegen?«, fragte Uwe und erhob sich.

»Ich komme mit, aber fassen Sie mich nicht an«, erwiderte sie feindselig und hob abwehrend die Hände.

KAPITEL 43

Während ich am Tisch saß und versuchte, mich auf meine Arbeit zu konzentrieren, bastelte Christopher neben mir mit der Knete, die meine Mutter ihm neulich mitgebracht hatte.

»Guck, Mama!« Er hielt mir einen dunkelblauen Klumpen vor die Nase.

»Schön. Was ist das?«

Er besah für einen Moment das Gebilde in seiner Hand und sagte dann aus voller Überzeugung: »Eine Maus!«

»Oh, das ist aber eine sehr große Maus. Wo hat sie denn ihr Schwänzchen?« Ich deutete auf den dickeren Teil der Knetkugel. Christopher überlegte angestrengt. »Eine Maus hat doch einen langen Schwanz. Der fehlt noch.«

Er nickte und machte sich eifrig daran, sein Werk zu vervollständigen. Ich hatte mich gerade wieder meiner Arbeit gewidmet, als die Türklingel ertönte. Die Hunde liefen bellend in die Diele.

»Jill! Komm rein!« Nicks Schwester stand in einem bunt gemusterten Sommerkleid vor unserer Tür. »Schickes Kleid!«

»Danke. Ich hoffe, ich komme nicht ungelegen?«

»Ich versuche vergeblich, mit meiner Arbeit voranzukommen, aber Christopher schafft es immer wieder aufs Neue, mich abzulenken.« Ich lachte.

»Er ist auch zu süß! Toffy!«, rief sie und knuddelte ihren Neffen liebevoll.

»Setz dich! Magst du etwas trinken?«

»Höchstens ein Wasser bei der Wärme. Ich habe uns süße Teilchen mitgebracht.« Sie schwenkte verheißungsvoll eine Papiertüte in die Luft, der Christopher mit großen Augen nachsah.

»Wie geht es Frank?«

»Gut, seine Verletzungen waren nicht schlimm.« Ihr Lächeln wirkte aufgesetzt.

»Hast du mit ihm gesprochen?«, wagte ich nach einer Weile einen Vorstoß. Als Jill schwieg, setzte ich nach. »Du solltest das Thema nicht auf die lange Bank schieben. Rede mit ihm. Das ist für euch beide das Beste.«

»Ich weiß nicht, ob das momentan der geeignete Zeitpunkt ist.«

»Wann wäre denn der geeignete Zeitpunkt deiner Meinung nach?«

Sie zuckte die Schultern und drehte eine kleine Kugel aus knallroter Knete.

»Jill, ich will mich wirklich nicht in eure Beziehung einmischen, aber ich rate dir, warte nicht zu lange. Fahr zu ihm, dann hast du es hinter dir.«

»Warum meldet er sich nicht bei mir?«, gab Jill beinahe trotzig zurück.

»Weil er genauso ein Dickschädel ist wie du!«

Ein zaghaftes Lächeln huschte über ihr Gesicht. »Okay, ich rufe ihn heute Abend an.«

»Ein persönliches Gespräch von Angesicht zu Angesicht halte ich in diesem Fall für angemessener, aber das musst du entscheiden.«

»Wahrscheinlich hast du recht«, lenkte sie ein.

»Jill?«, begann ich, »würde er dir etwas ausmachen, ein bisschen auf Christopher aufzupassen? Ich müsste etwas erledigen.«

»Etwa ein heimliches Date? Wenn Nick das rausbekommt!«, feixte sie.

»Unsinn! Es dauert auch nicht lange. In höchstens einer Stunde bin ich zurück.«

»Klar, kein Problem. Oder ‚Toffy‘?« Sie wuschelte ihm über den Kopf und bestaunte entzückt sein Kunstwerk, das er ihr voller Stolz präsentierte. »Oh, was für ein wundervoller Elefant!«

»Es ist eine Maus«, flüsterte ich ihr mit einem Augenzwinkern zu.

Ich hatte das Ortsschild noch nicht erreicht, als mein Handy klingelte. Ich setzte den Blinker und stoppte den Wagen. Dann sah ich auf das Display. Bei dem Anrufer handelte es sich um Tim Hansen.

»Tim? Was kann ich für dich tun?«

»Kann ich dich sprechen?«, fragte er.

»Das passt gerade nicht so gut, ich bin unterwegs. Können wir ein anderes Mal reden?«

»Es ist wirklich wichtig.« Seine Stimme klang ernst und verzweifelt zugleich.

»In Ordnung. Wo bist du?«

»In Munkmarsch.«

»Hm, das liegt eigentlich nicht auf meinem Weg.« Ich überlegte. »Bist du mit dem Fahrrad unterwegs?« Als er meine Frage bejahte, fuhr ich fort: »Dann lass uns doch auf dem großen Parkplatz am Ortseingang von Keitum treffen. Dort, wo die Kutschen ihre Touren starten. Einverstanden?«

»Okay, ich fahre gleich los.«

Als ich in den Parkplatz einbog, wimmelte es geradezu von Menschen. Zwei Reisebusse waren angekommen. Vermutlich handelte es sich um eine Inseltour, die einen Zwischenstopp einlegte, nahm ich an. Ein Großteil der Insassen strebte dem Toilettenhäuschen entgegen, während der andere Teil sich die Beine vertrat und die Pause nutzte, um Fotos zu machen. Ich parkte mein Auto und kämpfte mich durch die Menschenmenge auf der Suche nach meinem Patenkind. Dann sah ich Tim auf einer Bank sitzen und auf mich warten. Er hob die Hand, stand auf und kam mir entgegen.

»Danke, dass du gekommen bist, Tante Anna.« Er wirkte niedergeschlagen.

»Lass uns ein Stück gehen, und du erzählst mir, was du auf dem Herzen hast«, schlug ich vor.

»Ich habe Mist gebaut.«

»Inwiefern?«, fragte ich nach und hörte ihm anschließend zu.

»Mensch, Tim, was hast du dir bloß dabei gedacht? Du musst mit deinen Eltern sprechen, am besten sofort.«

»Das kann ich nicht! Die werden mir den Kopf abreißen!«, hielt er dagegen, und ich erkannte Furcht in seinen Augen aufflackern.

»Das werden sie ganz sicher nicht tun, aber du musst es ihnen sagen. Daran führt kein Weg vorbei. Begeistert werden sie nicht reagieren, aber das muss ich nicht extra betonen«, versuchte ich, ihm klar zu machen.

»Meinetwegen.«

»Außerdem musst du unbedingt mit Nick sprechen. Soll ich ihm Bescheid geben, dass du kommst?«

Nach anfänglichem Zögern nickte er. Ich holte mein Handy aus der Tasche und wählte Nicks Nummer.

»Er erwartet dich auf dem Revier. Es ist gut, dass du allen Mut zusammengenommen hast. Menschen machen Fehler. Aber der größte Fehler wäre es, ihn nicht wieder gut zu machen.«

»Danke.« Tim drückte mich fest an sich und begab sich anschließend zu seinem Fahrrad. Mit einem Lächeln und einem guten Gefühl sah ich ihm nach, wie er in Richtung Westerland davonradelte.

KAPITEL 44

Während Uwe ein Telefonat nach dem nächsten führte, setzte Nick die Sichtung der Dateien auf Lenschmanns Rechner fort. Ein Dokument fiel ihm dabei besonders ins Auge.

»Ich habe etwas sehr Interessantes gefunden«, teilte er Uwe mit, nachdem dieser aufgelegt hatte.

»Für heute habe ich genug telefoniert, mir glühen schon die Löffel«, verkündete Uwe und rieb sich demonstrativ das rechte Ohr. »Was hast du entdeckt?«

»Erinnerst du dich an die Geschichte mit dem Biohof?«

»Hilf mir mal!«

»Der Hof, über den Lenschmann seinerzeit diesen Artikel verfasst hat. Die Betreiber hatten komplett auf die Produktion und Vermarktung von Bioware umgestellt. Sicher nicht ganz kostengünstig. Gleichzeitig wurde ein Restaurant eröffnet, das vorwiegend selbst produzierte und saisonale Produkte verarbeitet«, begann Nick.

»Und? Das wissen wir doch. Was ist das Besondere daran?«

»Ralph Börner war einer ihrer Abnehmer.«

»Was du nicht sagst! Das ist in der Tat interessant.«

»Das ist längst nicht alles. Als Börner wegen eines Lebensmittelskandals seine Felle davonschwimmen sah, hat er die Schuld allein dem Biohof zugeschoben. Polizei und Ordnungsamt sowie die Presse, Lenschmann voneweg, haben letztendlich dafür gesorgt, dass der Hof seine Biozertifizierung verloren hat. Die Familie stand vor dem finanziellen Ruin, da auch andere Kunden abgesprungen sind.«

»Dieser Börner scheint ein ziemlich unangenehmer Zeitgenosse zu sein«, fand Uwe. »Hat sich die Angelegenheit klären lassen?«

»Das geht aus den Unterlagen nicht hervor, dafür müsste ich weiterreichende Recherchen anstellen. Fest steht, dass der Familienvater versucht hat, sich aus lauter Verzweiflung das Leben zu nehmen.«

»Oha«, erwiderte Uwe.

»Er konnte rechtzeitig reanimiert werden, ist seitdem jedoch schwerstbehindert.«

»Was'n Schiet!«

»Das kann man wohl sagen. Das ist aber nicht alles«, fuhr Nick fort.

»Was denn nun noch?«

»Bei dem Mann handelt es sich um Dietmar Lockstätter, Lukas' Vater.«

»Dem Geiselnehmer aus der Klinik?«

»Exakt. Schwer zu glauben, dass Lukas Lockstätter

gemeinsam mit den Ökoaktivisten auf Sylt aktiv ist, und sich zufällig auch Lenschmann auf der Insel aufhält.«

»Ja und nein. Warum macht er bei dieser Aktivistengruppe mit? Das verstehe ich nicht.«

»Ein Ablenkungsmanöver? Auf diese Weise kam er dicht an Börner und Lenschmann heran«, mutmaßte Nick und trommelte mit den Fingern auf der Tischplatte, wie er es stets tat, wenn er angestrengt nachdachte.

»Lukas Lockstätter kommt nach Sylt, um sich für seinen Vater zu rächen. Somit haben wir einen zweiten Verdächtigen, der für den Mord an Lenschmann infrage kommt. Vielleicht hat er sogar etwas mit dem Verschwinden von Börner zu tun.« Uwe stützte nachdenklich sein Kinn auf der Hand ab.

»Das ist durchaus möglich«, pflichtete Nick ihm bei.

»Ich frage mich, wie Lukas an Lenschmanns Laptop gekommen ist. Wir haben keinerlei Spuren von ihm in dessen Zimmer gefunden«, gab Uwe zu bedenken und kaute derweil grüblerisch auf seiner Unterlippe herum.

»Wir sollten unbedingt die Kollegin Böel über die Zusammenhänge informieren und uns ein weiteres Mal mit Lukas unterhalten«, schlug Nick vor, als es leise an der Tür klopfte.

»Herein!«, rief Uwe, doch nichts geschah. »Kommen Sie rein!«

»Da ist jemand äußerst schüchtern«, bemerkte Nick mit einem Grinsen.

»Oder schwerhörig.«

Uwe hatte die Worte kaum ausgesprochen, als sich die Tür zunächst einen Spalt, dann vollständig öffnete.

»Hi, Tim! Nicht so schüchtern! Anna hat deinen Besuch bereits angekündigt.« Nick winkte den Jungen freundlich näher.

»Moin!«, grüßte er. Seine Unsicherheit war ihm deutlich anzumerken.

»Setz dich!« Uwe bot ihm einen Stuhl an.

»Ich stehe lieber, wenn das in Ordnung ist.«

»Bitte, wie du magst.«

»Ich möchte eine Aussage machen«, fasste er seinen gesamten Mut zusammen.

»Dann schieß mal los, Sportsfreund! Wir sind ganz Ohr«, forderte ihn Uwe mit einem Lachen auf.

»Es geht um Kira. Sie arbeitet bei uns im Hotel«, begann Tim zögerlich zu erzählen, während die beiden Polizeibeamten interessiert zuhörten.

»Mensch, Tim, was hast du dir bloß dabei gedacht?« Uwe versuchte, möglichst diplomatisch zu reagieren, um den Jungen nicht einzuschüchtern.

Tim Hansen ließ schuldbewusst die Schultern hängen.

»Noch mal zum Mitschreiben«, ergriff Nick nunmehr das Wort. »Kira hat dich um den Tresorschlüssel für Lenschmanns Zimmer gebeten und dafür deine Zuneigung ausgenutzt.« Er nickte beschämt. »Hat sie dir gesagt, warum sie den Schlüssel haben wollte? Wonach hat sie gesucht?«

»Sie hat mir erzählt, ihr wäre etwas sehr Wertvolles gestohlen worden«, erklärte Tim.

»Aber worum es sich genau handelt, hat sie nicht näher erläutert«, nahm Uwe an.

»Nein, sie hat nur gesagt, es sei super wichtig.« Der Junge knibbelte nervös an seinen Fingernägeln.

»Weißt du, ob sie gefunden hat, wonach sie gesucht hat?«

»Nein, sie hat mir den Schlüssel zurückgegeben und gesagt, dass ich niemandem davon erzählen darf und es unser Geheimnis bleiben muss.«

»Du magst das Mädchen sehr, habe ich recht?« Nick zeigte sich verständnisvoll.

»Ja. Ich dachte, sie mag mich auch«, bestätigte Tim mit gesenktem Blick.

»Was tut man nicht alles aus Liebe«, sinnierte Uwe vor sich hin.

»Warum hast du uns nicht viel früher davon erzählt? Spätestens, als Lenschmann vergiftet wurde, hättest du hellhörig werden müssen. Bist du nicht auf die Idee gekommen, Kira könnte mit dem Tod des Mannes etwas zu tun haben?«

»Damit hat Kira nichts zu tun!«, wies Tim Nicks Äußerung vehement zurück.

»Woher willst du das wissen? Sie hat dir nicht einmal verraten, wonach sie gesucht hat.«

Tim wirkte verunsichert. »Ich musste versprechen, nichts zu sagen. Aber dann war Kira plötzlich so komisch zu mir.«

»Was meinst du damit?«, hakte Nick nach in der Hoffnung, mehr zu erfahren.

»Wir waren fest verabredet, aber sie ist nicht gekommen. Ich habe lange auf sie gewartet. Auf dem Nachhauseweg habe ich sie zufällig gesehen.«

»Hast du sie gefragt, warum sie nicht gekommen ist?«, erkundigte sich Uwe, doch Tim schüttelte den Kopf.

»Nein. Sie hat mich nicht bemerkt. Ich bin ihr heimlich gefolgt.«

»Wohin ist sie gegangen?« Uwe wurde ungeduldig, wollte den Jungen aber nicht zusätzlich unter Druck setzen.

»In die Nordseeklinik.« Nick und Uwe tauschten daraufhin vielsagende Blicke. »Ich habe in der Nähe des Eingangs auf sie gewartet. Vielleicht gab es einen Notfall, und sie kam deshalb nicht. Aber dann …«

»Bitte sprich weiter, Tim.« Nick ahnte, was als Nächstes kam.

»Sie war nicht allein. Ein älterer Junge war bei ihr. Sie haben sich geküsst.« Tim sah aus dem Fenster, während Tränen seinen Blick verschleierten, die er niederzukämpfen versuchte.

»Kannst du ihn näher beschreiben?«, ließ Uwe nicht locker.

»Er hatte eine Schiene am Bein und trug einen Hoodie. Mehr weiß ich nicht, ich bin schnell abgehauen.«

»Bingo!« Uwe klatschte in die Hände, sodass Tim erschrocken zusammenzuckte. »Jetzt wissen wir, wer das Mädchen ist, dass Lukas zur Flucht verholfen hat. Stellt sich die Frage, wo sie sich momentan aufhält.«

»Ich weiß, wo sie ist.«

Mit dieser Antwort hätten die beiden Polizisten nicht gerechnet und sahen sich dementsprechend erstaunt an.

»Ich habe ihr das Versteck besorgt.«

»Du hast *was*?« Uwe konnte kaum glauben, was er gerade gehört hatte.

Tim nickte und erklärte mit gequälter Miene: »Sie ist in Westerland auf dem Campingplatz. Der Wohnwagen gehört einem Kumpel von mir. Er ist mit seiner Familie verreist, deshalb steht der Wagen momentan leer.« In diesem Moment schien es, als hätte er sich soeben von einer tonnenschweren Last befreit.

»Danke, Tim, es war gut, dass du zu uns gekommen bist. Du hast uns damit sehr geholfen.« Nick klopfte ihm auf die Schulter. »Eine Frage hätte ich allerdings noch.« Der Junge hob den Kopf und sah Nick an. »Warum der plötzliche Sinneswandel? Ich meine, erst hilfst du ihr und anschließend verrätst du ihr Versteck?«

»Mir ist klar geworden, dass sie mich nur benutzt hat. Außerdem hat sie mich belogen, mehrfach.«

»Belogen?«, wiederholte Nick.

»Ja, sie hat gesagt, sie sei beim Zahnarzt gewesen. Als ich gefragt habe, bei wem sie war, hat sie gezögert. Dann habe ich wissen wollen, ob sie bei Doktor Dörpling war, und sie hat ja gesagt.«

»Ich dachte, der praktiziert gar nicht mehr?«, warf Uwe ein und umfasste automatisch seinen Unterkiefer.

»Eben.«

»Bestimmt hast du ein Foto von ihr?«, erkundigte sich Uwe. »Ihr jungen Leute fotografiert doch ständig alles und jeden, um es auf *Facebook* oder *Instantgram* zu posten.«

»*Instagram*«, verbesserte Nick seinen Freund und musste ein Lachen unterdrücken. Tim grinste ebenfalls.

»Ihr wisst schon, was ich meine«, winkte Uwe ab.

»Klar habe ich welche.« Tim zog das Telefon aus der Hosentasche.

»Gut. Kannst du mir ein Bild schicken? Am besten eines, auf dem man ihr Gesicht gut erkennen kann. Dann wissen wir, nach wem wir suchen müssen«, bat Nick.

»Schon erledigt!«

KAPITEL 45

Ich stellte meinen Wagen auf dem Grünstreifen vor dem Haus ab, in dem Hilke mit ihrer Schwester wohnte, und betrat das Grundstück durch die Gartenpforte. Die könnte dringend ein bisschen Öl gebrauchen, schoss es mir durch den Kopf, da sie sich nur schwerfällig und mit lautem Quietschen öffnen ließ. Auf den ersten Blick konnte ich weit und breit keine Menschenseele entdecken. Diverse Kleidungsstücke hingen an einer Wäscheleine, die zwischen einem Baum und einem ehemaligen Schaukelgerüst gespannt war. Neben der Haustür fielen mir zwei Paar Schuhe ins Auge, daher nahm ich an, dass die Bewohner zu Hause waren. Ich betätigte den Klingelknopf und wartete. Als nach dem ersten Klingeln niemand öffnete, versuchte ich es ein weiteres Mal. Als auch dann niemand öffnete, wollte ich den Rückzug antreten, als ich jemanden rufen hörte. Die Stimme kam seitlich vom Haus, und plötzlich stand ich Hilke gegenüber, die mich mit einem freundlichen Gesichtsausdruck begrüßte.

»Hallo, Anna! Willst du zu uns?«, fragte sie neugierig.

»Hallo, Hilke! Ja, ich wollte sehen, wie es dir geht. Neulich war ich schon einmal hier, aber da habe ich nur mit deiner Schwester gesprochen. Ich hatte dir etwas mitgebracht. Hat sie dir die Sachen gegeben?«

»Ja, Blumen und Schokolade. Danke. Ich mag Blumen. Und Schokolade auch. Ich soll nicht zu viel Süßes essen, sagt Inken. Aber das schmeckt immer gut.« Hilke kicherte hinter vorgehaltener Hand.

»Bist du allein?«, erkundigte ich mich und sah mich suchend um.

»Inken muss arbeiten. Ich arbeite auch immer viel. Ich helfe im Garten. Und im Haus«, erklärte sie und nickte heftig.

»Darüber freut sich deine Schwester sicher sehr«, pflichtete ich ihr bei.

»Ich versuche, alles richtig zu machen.« Abermals nickte sie intensiv mit dem Kopf.

»Ach, da habe ich keine Bedenken, dass du etwas falsch machst. Piet hat gesagt, du bist krank?«, wechselte ich das Thema.

Sie winkte lapidar ab. »Nicht mehr schlimm. Nächste Woche gehe ich wieder zur Arbeit. Wir haben Hühner. Hast du auch Hühner?«, fragte sie mich unvermittelt.

»Nein, Hühner haben wir keine, dafür zwei Hunde.«

»Hunde mag ich. Wie heißen die?«

»Sie heißen Pepper und Chili«, erwiderte ich, worauf sie erneut zu lachen begann.

»Das klingt lustig. Wo sind die jetzt?«

»Sie sind zu Hause in Morsum.«

»Ich will auch einen Hund. Aber Inken sagt, ich darf keinen haben.«

»Warum nicht?«

Sie zuckte ratlos die Schultern und zog einen Schmollmund. »Hunde machen Schmutz und kosten Geld. Ich helfe immer viel im Haushalt«, versicherte sie erneut. »Man muss aus allem das Beste machen.«

»Ich weiß. Deine Schwester hat recht, ein Hund bedeutet Arbeit, und Geld kostet er auch. Vielleicht ändert deine Schwester ihre Meinung eines Tages und du bekommst einen Hund«, ermutigte ich sie. Während sie mit hängenden Schultern zu Boden sah, bekam ich Mitleid mit ihr und hätte sie am liebsten in den Arm genommen. Ihr Bestreben, stets alles richtig zu machen, berührte mich auf eine gewisse Weise.

»Willst du die Hühner sehen? Wir haben auch Gemüse im Garten. Komm, ich zeig dir alles!« Sie fasste mich am Arm und zog mich mit sich.

»Ich hoffe, deine Schwester ist mit der kleinen Sightseeingtour einverstanden, die du mit mir unternimmst«, sagte ich mehr zu mir selbst als zu meiner übereifrigen Fremdenführerin. Aus einem unerklärlichen Grund fühlte ich plötzlich ein Unbehagen in mir aufsteigen.

»Inken muss arbeiten.«

»Was arbeitet deine Schwester?«

»Sie macht Wäsche für Hotels. Nachmittags arbeitet sie in einem Restaurant und hilft in der Küche«, beantwortete Hilke meine Frage. »Ich helfe zu Hause auch in der Küche. Kartoffelschälen macht Spaß.«

Gezwungenermaßen folgte ich Hilke und ließ mir von ihr den Garten mit all seinen Schätzen zeigen. Das Grundstück lag weit zurückgesetzt mit freiem Blick auf den Deich. Umgeben von Weiden, auf denen Rinder und Schafe grasten, einem kleinen Wald, sofern man von der Handvoll Bäume und Sträucher überhaupt von einem Wald sprechen konnte, gab es hier nichts weiter. Mit Sicherheit lauerten bereits unzählige Immobilienmakler auf ihre Chance, sich dieses Filetstück unter den Nagel zu reißen und zu einem Höchstpreis zu verkaufen.

»Gefällt's dir?«, fragte Hilke und riss mich aus meinen Gedanken.

»Ja, ihr habt es ausgesprochen schön«, bestätigte ich und erntete ein Strahlen auf ihrem Gesicht. »Die Äpfel schmecken bestimmt lecker.« Ich deutete auf einen alten knorrigen Apfelbaum, dessen Äste sich unter dem Gewicht der Früchte regelrecht bogen. Flechten und Moos hatte sich auf seinem Stamm und den Ästen ausgebreitet.

»Die sind noch nicht reif, sagt Inken. Später kannst du welche haben, wenn du willst«, bot sie mir großzügig an.

»Du kannst auch Eier haben. Willst du? Ich hole welche!« Ohne meine Antwort abzuwarten, rannte sie zum Haus und kam kurze Zeit später mit einem leeren Eierkarton wieder.

»Die Hühner verstecken die Eier manchmal. Aber ich kenne ihre Verstecke.« Wieder kicherte sie.

Ich folgte ihr zu einem Schuppen am Ende des Grundstückes.

»Habt ihr Angst davor, dass die Eier gestohlen werden?«, erkundigte ich mich scherzhaft, als sie den schweren Holzklotz vor der Tür beiseite räumte und anschließend den Riegel wegschob. Auf meine Frage hin wirkte Hilke plötzlich verunsichert und nervös. »Alles in Ordnung mit dir, Hilke? Du musst mir keine Eier holen, das ist okay.«

Sie schüttelte energisch den Kopf. »Du musst warten. Dreh dich um.«

»Meinetwegen.« Ich verstand zugegebenermaßen nicht, was sie damit bezweckte, folgte ihrer Anweisung jedoch.

Ich hörte, wie sich das schwere Holztor öffnete. Mehrere Hühner kamen aufgeschreckt herausgeflattert und schlugen laut gackernd mit den Flügeln.

»Hilke? Kann ich dir behilflich sein?«, rief ich, als ich nach einer Weile nichts von Hilke hörte.

Neugierig spähte ich in das alte Stallgebäude. Ein beißender Geruch nach Ammoniak schlug mir entgegen. Hilke war nirgends zu entdecken. Da die wenigen Fenster mit dunkler Folie abgeklebt waren, drang nur vereinzelt Tageslicht durch undichte Stellen im Dach und Mauerwerk. Plötzlich wurde ich durch ein Geräusch abgelenkt.

»Hilke? Ist alles in Ordnung?«, rief ich und schreckte zurück.

In einer Ecke stand ein altes Bettgestell, auf dem sich etwas bewegte. Vorsichtig ging ich darauf zu. In diesem Moment tauchte Hilke durch einen niedrigen Durchgang im hinteren Teil des Gebäudes auf. Sie sah mich beinahe panisch an, als sie mich erblickte.

»Hilke, was hat das zu bedeuten?«, fragte ich, doch sie starrte mich bloß mit hochrotem Gesicht an.

KAPITEL 46

Während eine Streife auf dem Weg zum Campingplatz in Westerland war, um Kira Drombacher festzunehmen, machten sich Nick und Uwe auf den Weg zum Hotel der Familie Hansen. Dort wollten sie sich im Zimmer der jungen Frau umsehen.

»Wonach sucht ihr?«, fragte Britta, nachdem sie sich von dem ersten Schock erholt hatte.

»Genau kann ich dir das nicht beantworten. Irgendetwas, das auf eine Verbindung zu Lenschmann oder Börner hindeutet«, erklärte Uwe und sah sich in dem geschmackvoll eingerichteten Raum um.

»Wie kommt ihr darauf, dass sie etwas mit den beiden zu tun haben könnte?«, fragte Britta verständnislos.

»Sie ist mit Lukas Lockstätter liiert, der sowohl mit Börner als auch mit Lenschmann eine Rechnung offen hat, und heuert bei euch kurzfristig als Aushilfe an. Ein seltsamer Zufall, oder?«, klärte Uwe sie auf.

»Stimmt, klingt eher nicht nach einer Fügung des Schicksals«, räumte Britta ein.

»Was haben wir denn hier?« Nick stieß einen Pfiff aus und zog eine Plastiktüte unter der Matratze hervor. Er warf einen Blick hinein und schüttete den Inhalt auf dem Bett aus. »Ich gehe jede Wette ein, dass das Lenschmann gehört.«

»Ein Handy, ein Portemonnaie. Gut möglich, da wir weder das eine noch das andere bei seinen Sachen gefunden haben.« Uwe beugte sich neugierig über die Sachen. »Befindet sich noch mehr in der Tüte?«

»Allerdings.« Nick zog eine Rolle Geldscheine hervor, die von einem Gummiband zusammengehalten wurden, und reichte sie dem Kollegen.

Uwe nickte anerkennend und wog das Bündel in seiner Hand. »Ein ordentlicher Batzen Geld. Alles Hunderter. 1.000 Euro sind das bestimmt«, überlegte er.

»Vielleicht ein Vorschuss?«, mutmaßte Nick.

»Worauf?«

»Auf seine Story? Das Portemonnaie gehört eindeutig Lenschmann. Neben seinem Personalausweis befinden sich Führerschein, EC-Karte und andere Karten darin.«

»Bargeld?«

»Fehlanzeige. Bis auf wenige Ein- und Zweicentmünzen nichts.«

»Oh Gott, ich hätte nie gedacht, dass Kira eine Diebin ist. Sie machte von Beginn an einen freundlichen und ehrlichen Eindruck. Wie konnte ich mich bloß derart täuschen.« Kopfschüttelnd stand Britta gegen den Türrahmen gelehnt, während Uwe und Nick das Zimmer der jungen Frau einer genauen Untersuchung unterzogen.

»Mach dir keine Vorwürfe, das konnte niemand ahnen«, versuchte Nick, ihre Selbstzweifel zu zerstreuen, während er sich die Geldbörse näher ansah.

»Mir wird ganz schlecht bei dem Gedanken, dass sie möglicherweise in anderen Zimmern ebenfalls etwas hat mitgehen lassen.« Sie rieb sich die Stirn.

»Danach sieht es nicht aus. Offenbar hat sie es tatsächlich nur auf den Journalisten abgesehen«, betonte Nick.

»Was hat sich Timmy bloß dabei gedacht, ihr den Tresorschlüssel herauszugeben? Er weiß doch, dass man so etwas nicht macht.«

»Er hat sich in das Mädchen verliebt und wollte ihre Zuneigung gewinnen, da wirft man schon mal Prinzipien und gute Erziehung über Bord«, entgegnete Uwe, während er eine Schublade durchsuchte.

»Sprichst du aus Erfahrung?«, feixte Nick.

»Das meinte ich eher allgemein.«

»Kira hat seine Unerfahrenheit und Gutmütigkeit schamlos ausgenutzt. Sie sollte sich was schämen! Und ich habe ihr ebenfalls vertraut«, machte Britta ihrem Unmut Luft, begleitet von Vorwürfen.

»Klar, war das naiv von ihm. Trotzdem denke ich, Tim hat seine Lektion gelernt. Daher solltet ihr nicht allzu hart mit ihm ins Gericht gehen«, erwiderte Nick mit Blick zu Britta. »Um seinen Hausarrest für den Rest der Ferien wird er nicht herumkommen, wie ich Jan kenne«, erklärte sie mit einem Seufzer.

»Ich habe nichts weiter gefunden. Du, Nick?« Uwe tauchte zwischen den weit geöffneten Türen des Kleiderschrankes auf.

»Ich auch nicht«, bestätigte dieser. »Sie scheint es wirklich nur auf Lehmanns Sachen abgesehen zu haben. Wir lassen das Zimmer sicherheitshalber von der Spurensicherung begutachten.«

»Dann fahren wir jetzt zurück ins Büro«, sagte Uwe und verstaute die Fundstücke in einem durchsichtigen Beutel, bevor er sich die dünnen Gummihandschuhe von den Händen streifte.

»Ich glaube, da brummt ein Telefon«, stellte Britta fest.

»Oh, das ist meins.« Umständlich zog Uwe sein Handy aus der Innenseite seiner Weste. »Mist, immer wenn man es eilig hat, klemmt dieser verflixte Reißverschluss.«

Britta und Nick sahen einander belustigt an.

»Das war aber ein äußerst kurzes Gespräch«, bemerkte Britta, als Uwe das Handy zurück in die Innentasche steckte.

»Das war die Kollegin Böel. Lukas Lockstätter befindet sich wieder in der Klinik. Falls wir mit ihm sprechen wollen, finden wir ihn dort.«

»Hauptsache, er nimmt nicht wieder Reißaus«, betonte Nick. »Hat sie gesagt, ob Ann-Kathrin Gempel gefasst wurde?«

»Nein, von ihr fehlt weiterhin jede Spur.«

KAPITEL 47

Ich beugte mich über den Mann und konnte mit Erleichterung feststellen, dass er atmete.

»Wer ist das? Warum ist er hier?«, wandte ich mich an Hilke, während mir 1.000 Fragen gleichzeitig durch den Kopf schwirrten.

»Man darf ein Geheimnis niemals verraten, sonst hat das schlimme Folgen. Lauf weg!« Beinahe hysterisch zerrte sie mich an meiner Hand zum Ausgang.

»Nein! Ich gehe nicht weg, bevor wir diesen Mann nicht befreit haben«, hielt ich dagegen und entzog mich ihrem klammernden Griff. Ich wollte Nick anrufen, als mir einfiel, dass ich das Handy zum Laden im Auto gelassen hatte. Ausgerechnet! Es zu holen, würde zu lange dauern, Inken konnte jeden Moment nach Hause kommen.

»Anna! Du musst weglaufen!«, drängte Hilke mich erneut, den Tränen nahe.

»Hilke, hör mir zu! Du läufst ins Haus und rufst die Polizei. Okay?« Daraufhin schüttelte sie derart heftig den Kopf, dass sich ihr gesamter Oberkörper hin und her bewegte.

Ich packte sie an den Oberarmen und sah ihr direkt in die Augen. »Ganz ruhig, Hilke! Das machen wir anders. Hier ist mein Autoschlüssel. Damit läufst du zu meinem Auto vor eurem Haus und holst mein Telefon. Hast du mich verstanden?« Ihr zaghaftes Nicken deutete ich als Zustimmung. »Gut. Das Handy liegt in der Mittelkonsole zwischen beiden Vordersitzen und ist angeschlossen. Das Kabel ziehst du einfach heraus. Ja? Kriegst du das hin?«

»Das gibt Ärger«, stammelte sie ängstlich.

»Nein, du bekommst keinen Ärger, das verspreche ich dir. Hol jetzt bitte das Handy! Beeil dich!« Ich drückte ihr den Autoschlüssel in die Hand, und sie lief nach kurzem Zögern los. Als sie die Tür erreicht hatte, drehte sie sich noch einmal zu mir um. »Ich sorge dafür, dass du keinen Ärger bekommst. Alles wird gut, Hilke! Jetzt lauf!« Erleichtert sah ich ihr nach, wie sie über die Rasenfläche nach vorne zur Straße lief.

Anschließend widmete ich mich dem Mann, der langsam das Bewusstsein zurückerlangte und die Augen aufschlug.

»Wer sind Sie?«, fragte er mich und wirkte benommen.

»Ich heiße Anna Scarren. Keine Angst, ich hole Sie hier raus. Was machen Sie hier?«

»Soll das ein Witz sein? Wonach sieht es denn aus? Wellnessurlaub im Fünfsternehotel ist es jedenfalls nicht«, versicherte er und richtete sich schwerfällig auf.

Seine Hände und Füße wurden von Kabelbindern zusammengehalten. Eine Handschelle am Rahmen des Bettgestells ließ vermuten, dass sie ebenfalls als Fessel gedient haben musste.

»Das ist mir klar. Warten Sie, ich suche etwas, womit wir die Kabelbinder aufschneiden können.« Ich hatte den Satz gerade beendet, da fiel mir ein, dass sich in meiner Handtasche ein kleines Taschenmesser befinden müsste, ein Werbegeschenk, das ich vor einiger Zeit bekommen hatte. Hektisch fing ich an, den Inhalt meiner Tasche danach zu durchsuchen.

»Da ist es!«, stieß ich erleichtert und hielt es in die Höhe.

»So klapprig wie das aussieht, habe ich meine Zweifel, dass das funktioniert«, entgegnete der Mann mit skeptischem Blick. In diesem Augenblick erkannte ich ihn.

»Ich kenne Sie doch. Sie sind Ralph Börner, der Sternekoch, richtig? Ich war neulich bei Ihrer Veranstaltung in Westerland dabei«, ließ ich ihn wissen. Mittlerweile wurden Teile seines Gesichtes von einem ungepflegtem Dreitagebart überwuchert, und auch sein ehemals korrekt frisiertes Haar wirkte alles andere als ansprechend. Es wirkte stumpf und stand ihm struppig vom Kopf ab.

»Richtig. Ich bedauere zutiefst, dass ich Ihnen gerade kein Autogramm geben kann«, konterte er.

»Dafür ist wohl kaum die richtige Zeit, geschweige denn der Ort. Wir sollten so schnell wie möglich von hier verschwinden«, erwiderte ich und versuchte, mit der Klinge des kleinen Messers die Kabelbinder um Börners Hände zu zerschneiden. Doch so sehr ich mich anstrengte, ich bekam den Kunststoff nicht zerschnitten. »Verdammter Mist!«, fluchte ich, da ich mir zu allem Übel auch noch einen Fingernagel abgebrochen hatte.

»Habe ich gleich gewusst. Wer billig kauft, kauft zweimal«, kommentierte er den misslungenen Versuch.

»Sehr witzig, das hilft uns gerade unheimlich weiter«, gab ich zurück und sah mich nach einem geeigneteren Werkzeug um. Mein Blick fiel auf eine Astschere, die an der Wand über einer mit dickem Staub bedeckten Werkbank hing.

»Damit könnte es gehen«, überlegte ich und nahm sie vom Haken.

»Sind Sie verrückt? Damit schneiden Sie mir am Ende noch die Finger ab!«, protestierte Börner.

»Wenn Sie lieber hierbleiben möchten, kann ich es gerne lassen.«

»Schon gut«, murmelte er und verzog das Gesicht, als ich die Schere ansetzte.

»Na also! Wären Sie mit Handschellen gefesselt, hätten wir weitaus schlechtere Karten gehabt.«

»Damit hätte ich wenigstens Beinfreiheit gehabt.«

»Sie können sich ja bei Ihrer Kidnapperin im Nachhinein noch beschweren«, konterte ich, erhielt jedoch bloß ein missgelauntes Brummern statt einer Antwort.

Während der Sternekoch seine Hände von den Resten der Kabelbinder befreite, rückte ich den Fußfesseln zu Leibe.

»So und jetzt kommen Sie! Wir müssen uns beeilen!«, forderte ich ihn auf und half ihm beim Aufstehen. »Geht es?«

»Jaja! Liegen Sie mal tagelang rum, dann springen Sie auch nicht gleich los wie ein junger Hase«, moserte er und bewegte sich wie eine eingerostete Marionette auf dem staubigen Boden vorwärts.

Mit einem Blick durch die einen Spalt geöffnete Tür versicherte ich mich, dass die Luft rein war. Von Hilke fehlte immer noch jede Spur. Hoffentlich hat sie mein Handy gefunden und kommt damit gleich zurück, war mein dringlichster Gedanke. Dann schlüpfte ich durch die Tür, gefolgt von Börner, der sich nach wie vor eine Spur hölzern bewegte.

»Mein Auto steht vorne an der Straße. Am besten schlagen wir uns seitlich durchs Gebüsch und vermeiden den direkten Weg am Haus vorbei«, schlug ich vor. »Kriegen Sie das hin?«

»Wie Sie meinen, ich habe ohnehin keine Ahnung, wo wir sind«, erwiderte er und kniff die Augen zusammen, da ihn das helle Tageslicht blendete.

Ich hielt nach allen Seiten Ausschau, bevor ich das Kommando gab und losrannte. Auf Hilkes Rückkehr konnten wir nicht länger warten, da ich zudem unsicher war, ob sie mein Handy tatsächlich holen würde oder zu große Angst vor dem Zorn ihrer Schwester hatte. Börner folgte mir mit mäßigem Abstand. Seine Muskeln schienen nach dem langen Liegen erst neue Kraft tanken zu müssen.

»Nun machen Sie schon!«, forderte ich ihn ungeduldig auf. Meine Nerven waren bis zum Äußersten gespannt. Jeden Augenblick konnte Inken Jansen um die Ecke kommen und uns entdecken. Diesen Moment wollte ich mir lieber nicht vorstellen. Sie würde sicherlich nicht untätig zusehen, wie ich ihrer Geisel zur Flucht verhalf. Als Börner mich an der Hecke endlich eingeholt hatte, schnappte er nach Luft, als läge ein Marathon hinter ihm.

»Der Fitteste sind Sie nicht gerade«, ließ ich mich zu einer Bemerkung hinreißen.

»Lassen Sie uns in ein paar Wochen erneut gegeneinander antreten«, erntete ich prompt die Retourkutsche.

»Danke, das erspare ich mir lieber. Wir müssen nur noch durch diese Hecke kommen, dann haben wir es mehr oder weniger geschafft. Dahinter liegen meines Wissens freies Feld und ein Wirtschaftsweg, auf dem immer wieder Radfahrer unterwegs sind.« Ich begann, die dichten Zweige auseinanderzubiegen, um nach einem passenden Durchschlupf zu suchen. Die Hecke bestand aus mehreren unterschiedlichen Gehölzen, die im Laufe der Jahre zu einer dicht verzweigten grünen Wand zusammengewachsen waren.

»Da kommen wir nie durch!«, hörte ich Börner hinter mir maulen.

»Haben Sie vielleicht eine bessere Idee? Nur zu! Ich hätte Sie ebenso gut in dem Schuppen Ihrem Schicksal überlassen können, wenn Ihnen das besser gefallen hätte. Also reißen Sie sich gefälligst zusammen und machen mit.«

»Sie sind aber auch empfindlich!«, brummte er und folgte mir durch das Dickicht.

»Da bin ich ja gerade noch rechtzeitig gekommen«, erklang plötzlich eine Frauenstimme hinter uns. »Umdrehen, aber langsam! Und keine Tricks, sonst schieße ich.«

KAPITEL 48

»Ich bin gespannt, was er uns gleich zu sagen hat.« Uwe ging neben seinem Kollegen Nick auf das Krankenzimmer von Lukas Lockstätter zu. Vor dem Zimmer saß ein Beamter und spielte auf seinem Smartphone herum. Als er die beiden kommen sah, begrüßte er sie mit einem Kopfnicken.

»Moin! Irgendwelche Vorkommnisse?«, erkundigte sich Uwe bei dem Kollegen.

»Nö, niemand hier gewesen«, bestätigte der Uniformierte.

»Gut. Dann wollen wir mal!« Uwe drückte die Klinke herunter und betrat als Erster das Zimmer. »Moin, Herr Lockstätter! Na, Ihr Ausflug war ja nur von kurzer Dauer.«

Der junge Mann kommentierte Uwes Anspielung mit einer gequälten Grimasse.

»Warum haben Sie uns nicht von Anfang an erzählt, warum Sie auf die Insel gekommen sind? Die Sache mit den Protesten war doch bloß ein Vorwand.«

»Wenn Sie alles wissen, warum fragen Sie dann?«, entgegnete Lukas gereizt.

»Wir hätten gerne Ihre Version der Geschichte gehört.« Nick lehnte mit dem Rücken zum Fenster, beide Hände auf der Fensterbank abgestützt.

Der junge Mann vermied jeglichen Blickkontakt mit den Beamten und starrte schweigend auf die Bettdecke. Lediglich das Zucken seiner Kiefermuskeln verriet, dass er mit einer Antwort rang.

»Meinetwegen«, brach er sein Schweigen.

»Na also, geht doch«, bemerkte Uwe zufrieden.

»Börner hat meine Familie auf dem Gewissen.«

»Was genau meinen Sie damit?«

»Das wissen Sie doch längst!«, schleuderte er Uwe mit zornigem Blick entgegen. »Er und seinesgleichen haben dafür gesorgt, dass unser Lebenstraum den Bach runtergegangen ist. Alle haben sich von uns abgewendet. Keiner unserer angeblichen Freunde und Geschäftspartner hat uns geglaubt!« Der angestaute Frust entlud sich mit voller Wucht. »Als mein Vater keinen Ausweg mehr sah, hat er versucht, sich das Leben zu nehmen.«

»Ihr Vater ist seitdem in stationärer Behandlung«, bemerkte Uwe.

Lukas Kopf fuhr herum. »Sprechen Sie es ruhig aus. Er lag lange im Koma und wird für immer schwer behindert sein. Wissen Sie, was das für unsere Familie bedeutet?« Tränen rollten über die Wangen des jungen Mannes. Er presste die Lippen zusammen und wischte sich mit dem Handrücken hastig über die Augen.

»Das tut uns aufrichtig leid, Herr Lockstätter.«

»Quatsch, Sie kennen ihn ja gar nicht.« Lukas atmete tief durch, um sich zu beruhigen.

»Aus Ihrer Sicht liegt die Schuld für den Vorfall einzig und allein bei Ralph Börner. Warum?«, wollte Nick wissen.

»Warum? Fragen Sie das im Ernst?« Lukas sah ihn ungläubig an. »Meine Eltern haben ihr gesamtes Geld in die Umstellung des Betriebs gesteckt, damit wir eine Zukunft haben. Das neu eröffnete Restaurant sollte ich übernehmen, wenn ich meine Ausbildung als Koch abgeschlossen habe. Meine Eltern haben hohe Kredite aufgenommen, auf denen wir nun sitzen. Börner hat alles zunichte gemacht. Er hat minderwertige Lebensmittel unter unserem Namen verkauft, um Profit daraus zu schlagen.«

»Wie war das möglich? Meines Wissens unterliegen Lebensmittel einer sehr strengen Kontrolle. Über den Wareneingang muss exakt Buch geführt werden, was beispielsweise die genaue Herkunft, die Temperatur bei gekühlten Waren und das Ablaufdatum betrifft«, warf Nick ein.

»Natürlich, das Ordnungsamt überprüft das alles in unangemeldeten Kontrollen«, bestätigte Lukas. »Der feine Herr Sternekoch hat die Ware einfach umetikettiert, und wir konnten ihm nichts nachweisen. Er hat behauptet, die Ware in diesem Zustand von uns erhalten zu haben. Und dreimal dürfen Sie raten, wem die Behörden geglaubt haben? Am Ende wurden wir als Betrüger abgestempelt!« Seine Augen versprühten Wut und Hilflosigkeit. »Er hat sogar unsere Biomilch mit konventioneller Milch gestreckt, um Geld zu sparen.« Er gab einen verächtlichen Laut von sich.

»Das ist aufgeflogen«, nahm Uwe an.

»Sicher, was denken Sie denn! Bei Laboruntersuchungen wurden Spuren von Mais nachgewiesen. Kühe von Höfen mit Biostandard bekommen aber nur Gras und Heu gefüttert, Mais ist verboten. Börner wusste natürlich von nichts und hat sich erneut als Opfer hingestellt, der Dreckskerl.«

»Daraufhin haben Sie beschlossen, selbst für Gerechtigkeit zu sorgen, nachdem Sie sich von den Behörden im Stich gelassen gefühlt haben. Sie haben sich erkundigt, wo Börner in nächster Zeit zu finden ist, und haben sich der Gruppe von Aktivisten angeschlossen, die unter anderem den Sternekoch im Visier hatten.« Lukas senkte den Blick und machte keine Anstalten, Einspruch zu erheben. »Um möglichst nah an Börner heranzukommen, haben Sie zusätzlich Ihre Freundin, Kira Drombacher, in das Hotel eingeschleust, in dem Börner abgestiegen ist. War das der Grund?« Uwe wartete auf eine Reaktion, doch der junge Mann schwieg.

»Was ist mit Lenschmann?«, fragte Nick und wechselte die Strategie. »Seine Berichterstattung über das Restaurant Ihrer Familie fiel ebenfalls nicht besonders positiv aus.«

»Ich kenne niemanden mit dem Namen.« Lukas antwortete, sah seinen Gesprächspartner dennoch nicht an.

»Sie kennen ihn vermutlich unter dem Namen Dumpert.« Lukas hüllte sich erneut in Schweigen. »Es gibt Zeugen, die Sie gesehen haben, wie Sie mit Herrn Lenschmann alias Dumpert gestritten haben.«

Dieser Satz zeigte Wirkung, denn Lukas hob den Kopf in Nicks Richtung.

»Worüber haben Sie gestritten? Herr Lockstätter, Sie verbessern Ihre Situation nicht, indem Sie beharrlich die Aussage verweigern«, machte Nick deutlich.

»Der Kollege hat recht. Sie haben sich bereits für den Einbruch mit Vandalismus in das Restaurant neulich nachts strafbar gemacht. Von Körperverletzung und der anschließenden Geiselnahme ganz zu schweigen.« Uwe schenkte ihm einen mahnenden Blick.

»Ich habe den Mann in dem Restaurant nicht niedergeschlagen!«

»Wer war es dann?«

»Keine Ahnung, ich jedenfalls nicht«, betonte er.

»Das werden die Kollegen klären müssen. Wir ermitteln im Fall des verschwundenen Kochs und des toten Journalisten«, konkretisierte Uwe. »Also, warum haben Sie mit Herrn Lenschmann gestritten?«

»Er hat Kira erwischt, wie sie in Börners Zimmer war«, gab Lukas widerwillig zu.

»Wonach hat sie dort gesucht?«, intervenierte Uwe.

»Nach nichts Bestimmtem. Wir wollten schauen, ob wir irgendetwas finden, womit wir ihn drankriegen können«, erklärte Lukas.

»Und dann?«, hakte Nick nach. »Was hat Lenschmann gemacht, als er Ihre Freundin auf frischer Tat ertappt hat?«

»Er hatte irgendwie herausgefunden, dass sie zu mir gehört, und ihr einen Deal vorgeschlagen.«

»Einen Deal?«, wiederholte Uwe neugierig. »Worum ging es dabei?«

»Er hat sie um eine Gefälligkeit gebeten.« Lukas Miene verfinsterte sich wie ein aufziehendes Gewitter. Als er in die fragenden Gesichter der Beamten blickte, polterte er los. »Verdammt, er wollte Sex, dieser Dreckskerl! Sonst hätte er Börner alles gesteckt.«

»Da haben Sie beide beschlossen, ihn unschädlich zu machen, und ihn vergiftet. Für Kira war das ein leichtes

Unterfangen, da sie im Hotel gearbeitet hat. Praktisch«, fasste Uwe zusammen.

»Nein, so war das nicht!«, stritt Lukas vehement ab.

»Wie war es dann? Erklären Sie es uns!«

»Kira hat sich mit ihm getroffen, in einem Restaurant am Strand, und wollte noch mal in Ruhe mit ihm reden. Aber er blieb bei seiner Forderung. Kohle oder ... Na, Sie wissen schon.« Lukas verzog verächtlich das Gesicht. »Ich habe auf sie gewartet und anschließend habe ich mit dem Kerl geredet.«

»In der Folge kam es zum Streit«, kombinierte Uwe.

»Ja, er hat sich über uns lustig gemacht. Ich habe ihm eine reingehauen und bin weg. Mit seinem Tod haben wir aber nichts zu tun! Echt, das müssen Sie mir glauben!«, beteuerte Lukas.

»Das wird sich herausstellen. Nun noch mal zu Börner. Was haben Sie beide mit ihm gemacht?«, beharrte Nick auf der Wahrheit.

»Wie oft soll ich das noch sagen: Ich weiß nicht, wo er ist! Außerdem sage ich ab jetzt nichts mehr ohne einen Anwalt.« Trotzig verschränkte Lukas die Arme vor der Brust.

»Das können Sie dem Weihnachtsmann erzählen«, platzte es aus Uwe heraus, der langsam mit der Geduld am Ende war. »Wenn Sie es uns nicht sagen wollen, erzähle ich Ihnen, was passiert ist. Sie hatten allen Grund, wütend auf Börner zu sein. Deshalb sind Sie ihm an dem Abend nach der Veranstaltung im Hotel *Syltstern* gefolgt, um ihn zur Rede zu stellen. Die Sache ist eskaliert, Sie haben ihn niedergeschlagen und mithilfe Ihrer Freundin verschwinden lassen. Punkt. Vorher haben Sie noch sein Auto mit Farbe beschmiert. Wo haben Sie Ralph Börner versteckt,

Herr Lockstätter? Machen Sie es nicht noch schlimmer, als es ohnehin schon ist.«

Als Lukas nicht reagierte, bedeutete Nick dem Kollegen, die Befragung an dieser Stelle abzubrechen und sich zurückzuziehen.

»Komm, das macht keinen Sinn!«, raunte er ihm zu.

»Ich kriege den noch weichgeklopft«, kündigte Uwe an, als sie das Klinikgelände verließen. »Ich lass mich doch nicht von solch einem Grünschnabel verschaukeln.«

»Hunger?«

»Wie kommst du darauf?«

»Weil du dann immer schlechte Laune bekommst. Ich schlage vor, wir halten gleich beim Bäcker an und besorgen eine Kleinigkeit für dich.«

»Das ist das erste Vernünftige, was ich heute höre.«

»Vielleicht hat Lukas tatsächlich nichts mit den beiden Fällen zu tun«, überlegte Nick, während sie vor der Bäckerei an einem Stehtisch standen und Uwe genussvoll in ein Hefeteilchen biss. »Immerhin hat Frau Schulze-Ruthendorf ein ebenso starkes Motiv, auch wenn du das ungern hörst.«

»Ich tendiere aufgrund der Beweislage trotzdem eher zu dem Jungen als Täter«, widersprach Uwe mit vollem Mund und fegte die heruntergefallenen Krümel mit einem Wisch von der Tischplatte. »Hm, das war lecker! Jetzt geht es mir gleich viel besser.« Er zerknüllte die dünne Papierserviette in der Hand und sah sich nach einem Abfallbehälter um.

Das aufleuchtende Display und Vibrieren von Nicks Handy verkündete einen eingehenden Anruf.

»Hi, Jill?«

»Hey, Nick! Ich wollte mal fragen, wann mich einer von euch ablöst?«, fragte sie, während man im Hintergrund Christopher herumtollen hörte.

»Ich verstehe nicht ganz. Wo ist denn Anna?«

»Sie wollte kurz etwas erledigen und ist noch nicht wieder da«, berichtete Jill.

»Hat sie gesagt, wohin sie wollte?«

»Nein, eben nicht.«

»Hast du sie angerufen?«

»Nick, bitte, ich bin nicht blöd. Klar habe ich versucht, sie anzurufen, aber ihr Telefon ist ausgeschaltet.«

»Ich bin gleich da.« Mit diesen Worten beendete er das Gespräch und trank seinen Kaffee in einem Zug aus.

»Ist etwas passiert?« Uwe sah seinen Freund besorgt an.

»Jill macht sich Sorgen, weil Anna seit einer geraumen Weile weg ist. Sie hat sich nicht gemeldet und geht auch nicht ans Telefon.«

»Bestimmt hat sie sich irgendwo verquatscht. Ich kenne das von Tina. Wenn sie einkaufen geht, kommt sie unter zwei Stunden nicht nach Hause. In der Zeit fahre ich nach Flensburg hin und zurück«, erklärte Uwe mit einem Augenzwinkern. »Mach dir keine Sorgen!«, fügte er hinzu und klopfte seinem Freund aufmunternd auf die Schulter.

Während Nick nach Morsum fuhr, machte sich Uwe auf den Weg zur Dienststelle. Als er den Gang entlang zu seinem Büro ging, waren aus dem Nachbarraum laute Stimmen zu hören. In diesem Zimmer saß die Kollegin Böel. Uwe blieb stehen und wartete einen Moment, bis er entschied hineinzugehen, um nach dem Rechten zu sehen.

»Moin!«, sagte er, doch niemand schien Notiz von ihm zu nehmen.

Klara Böel war damit beschäftigt, einen hochgewachsenen, gut gekleideten Mann zu beruhigen, der wild gestikulierend auf sie einredete. Es war zu befürchten, dass die Situation jeden Augenblick eskalierte.

»Ich will sofort zu meinem Sohn!«, schrie er die Kollegin an.

»Bitte, beruhigen Sie sich, Herr Steinkämper!«

»Sie haben wohl keine Ahnung, mit wem Sie es zu tun haben! Das wird ein Nachspiel für Sie haben! Ich kenne den Polizeipräsidenten persönlich«, brüllte er voller Wut.

»Das trifft sich gut, den kenne ich auch«, bemerkte Uwe, worauf sich der Mann mit irritierter Miene nach ihm umsah und seinen Redeschwall vorübergehend unterbrach.

»Wer sind Sie denn?« Er musterte sein Gegenüber von oben bis unten.

»Wilmsen, Kripo Westerland«, stellte sich Uwe vor. »Und mit wem habe ich das Vergnügen?«

»Mein Name ist Ulf Steinkämper. Sicher ist Ihnen der Name ein Begriff, *Bankhaus Steinkämper und Harberg*«, setzte er sich in Szene und war im Begriff, Uwe mit einer großen Geste die Hand zu reichen. »Ich bin der Vater von Moritz. Er wird von der Polizei zu Unrecht festgehalten. Das wurde aber auch Zeit, dass endlich jemand kommt, der etwas zu sagen hat.«

»Ich fürchte, ich verstehe nicht ganz?« Uwe zog fragend eine Augenbraue hoch.

»Sind Sie nicht der Verantwortliche in dem Fall? Ihrer Kollegin fehlt anscheinend die entsprechende Kompetenz, um Entscheidungen zu treffen.« Er setzte ein abfälliges Lächeln auf.

»Ja, der bin ich nicht. Aber ich kann Sie beruhigen, Frau Böel ist eine äußerst erfahrene Kollegin und verfügt über die entsprechenden Kompetenzen«, betonte Uwe in sachlichem Ton.

»Hören Sie! Ich will auf der Stelle zu meinem Sohn! Moritz wird nichts sagen, bis unser Anwalt eintrifft. Sein Heli müsste in Kürze landen.« Er warf einen Blick auf die luxuriöse Armbanduhr an seinem Handgelenk.

»Herr Steinkämper ...«, begann Klara Böel, die mittlerweile gefasster wirkte.

»Mit Ihnen rede ich nicht«, fiel Steinkämper ihr barsch ins Wort. »Sie stürmen mein Haus und bringen meinen Sohn aus irgendwelchen fadenscheinigen Gründen hierher.«

»Ihr Sohn ist an einer Straftat beteiligt. Er und seine Freunde ...«

»Das sind nicht seine Freunde!«, polterte Moritz Vater abermals los. »Diese Leute haben ihn in irgendetwas hineingezogen und sich in meinem Haus breitgemacht.«

»Herr Steinkämper, ich schlage vor, Sie warten auf Ihren Anwalt, und dann sehen wir weiter.« Uwe geleitete den Mann nach draußen und schloss die Tür hinter ihm.

»Alles in Ordnung? Ziemlich unangenehmer Zeitgenosse«, bemerkte Uwe.

»Das kann man wohl sagen. Seine Familie ist äußerst wohlhabend und einflussreich. Die Steinkämpers haben in diversen Firmen und Institutionen ihre Finger drin.«

»Geld allein macht auch nicht glücklich«, erwiderte Uwe daraufhin.

»Das vielleicht nicht gerade, aber wenn man die richtigen Leute an den richtigen Stellen kennt, macht es das für uns nicht unbedingt leichter.« Sie wirkte, als spreche sie aus Erfahrung. »Danke, Herr Wilmsen. Für einen Moment habe ich wirklich gedacht, der Mann würde mir an die

Gurgel gehen.« Ihre sonst harte Fassade bröckelte leicht, und ein Lächeln flackerte dahinter auf.

»Manche Leute sind unberechenbar, da muss man mit allem rechnen. Sind Sie weitergekommen?«, erkundigte sich Uwe.

»Der verletzte Mitarbeiter ist aus dem Koma erwacht, aber er ist nach wie vor nicht vernehmungsfähig. Nach Meinung der Ärzte können wir frühestens in zwei Tagen mit ihm sprechen. Ob er sich allerdings an Einzelheiten der Nacht erinnern kann, lässt sich zum jetzigen Zeitpunkt nicht sagen. Die Erinnerung kommt meistens bruchstückartig zurück, wenn überhaupt.« Sie seufzte.

»Die Hauptsache ist, er ist über den Berg. Und sonst? Hat einer aus der Truppe ausgesagt?«

Sie schüttelte den Kopf. »Wenig. Moritz Steinkämper ist vollkommen eingeschüchtert und sagt keinen Ton. Von Ann-Kathrin Gempel, dem Kopf der Gruppe, fehlt weiterhin jede Spur. Mittlerweile wissen wir, dass Ann-Kathrin und Moritz in dem großen Baumarkt im Gewerbegebiet von Tinnum Farbe gekauft haben. Wir haben im Haus von Moritz einen Kassenzettel gefunden. Auf den Videoaufnahmen der Überwachungskamera im Kassenbereich sind beide deutlich zu erkennen. Lukas Lockstätter behauptet allerdings nach wie vor, den Mann nicht niedergeschlagen zu haben.«

»Ja, das hat er uns gegenüber auch betont.« Uwe biss sich nachdenklich auf die Unterlippe.

»Glauben Sie, dass er etwas mit dem Verschwinden des Sternekochs zu tun hat?«, fragte Klara Böel und bot Uwe einen Stuhl an, der jedoch dankend ablehnte.

»Danke, ich will gleich weiter. Der Junge hat in meinen Augen ein eindeutiges Motiv, er wollte sich an Börner rächen.«

»Und der tote Journalist? Könnte diesbezüglich eine Verbindung bestehen?«

»Lukas Freundin, Kira Drombacher, wurde von Lenschmann erpresst. Er hat sie dabei erwischt, wie sie Börners Zimmer durchsucht hat.«

»Auf seine Forderung ist sie vermutlich nicht eingegangen?«

»Nein. Einen Tag später hat er sich mit Lukas verabredet, um mit ihm über die Sache mit seinem Vater zu reden. Der Journalist hat offenbar eine höchst brisante Story gewittert«, erwiderte Uwe.

»Die ihn vermutlich das Leben gekostet hat«, führte die Kollegin den Gedanken zu Ende.

»Vermutlich. Gleichzeitig hätte er Börners angeblichen Lebensmittelbetrug an den Pranger gestellt.«

»Damit hätte er gleich zwei Fliegen mit einer Klappe geschlagen«, fasste die Kommissarin zusammen.

»So könnte man das sehen. Wir verfolgen allerdings eine zweite Spur.«

»Im Umfeld der Aktivisten?«, hakte Klara Böel interessiert nach.

»Nein. Ralph Börners Managerin kommt ebenfalls als potenzielle Täterin infrage. Auch sie wurde von Lenschmann erpresst. Diesmal ging es ihm jedoch rein ums Geld. Allerdings reichen die Haftgründe für eine Festnahme bislang nicht aus.« Als Uwe in das fragende Gesicht der Kollegin blickte, fügte er erklärend hinzu: »Bei Kira Drombacher ging es eher um eine körperliche Gefälligkeit, wenn Sie verstehen, was ich meine.«

»Oh, ich verstehe. Womit wurde die Managerin erpresst?«

»Sie soll bei ihrem früheren Arbeitgeber Geld unterschlagen haben. Herr Börner wäre sicherlich nicht erfreut gewesen, davon in der Presse zu erfahren.«

»Ist der Vorwurf bewiesen?« Uwe nickte zustimmend.

»Sehen Sie eine reelle Chance, den Koch lebend zu finden?«

»Schwer zu sagen. Sollte er entführt worden sein, schwindet die Wahrscheinlichkeit, dass er noch am Leben ist, mit jedem Tag.«

»Ich wünsche Ihnen weiterhin viel Erfolg, Kollege Wilmsen!«, sagte sie abschließend.

»Danke, ebenfalls! Ich hoffe, Sie bekommen diese Ann-Kathrin Gempel bald zu fassen.«

»Wir halten die Augen offen.«

KAPITEL 49

»Du hast wirklich keine Idee, wo Anna hingefahren sein könnte?«, fragte Nick seine Schwester mit wachsender Besorgnis.

»Nein. Wann hast du das letzte Mal mit ihr gesprochen?«

»Ich weiß nicht mehr genau, wie spät es war. Sie hatte sich mit Tim Hansen in Keitum getroffen, weil er sie dringend sprechen wollte. Anschließend ist er zu uns auf

Revier gekommen. Von Anna habe ich seitdem nichts mehr gehört.« Er tigerte unruhig im Wohnbereich auf und ab. Pepper lag in seinem Körbchen und beobachtete sein Herrchen aufmerksam, während Chili schlafend auf Jills Füßen lag, als wolle sie verhindern, dass diese sich unbemerkt davonstahl.

»Vielleicht hat sie jemanden getroffen und sich verquatscht«, vermutete Jill.

»Das hat Uwe auch sofort gesagt, aber das glaube ich nicht. Sie hätte dir auf jeden Fall Bescheid gegeben, dass es länger dauert.«

»Oder sie ist bei ihren Eltern. Hast du dort nachgefragt?«

»Bislang nicht. Wenn ich Maria frage, ob Anna bei ihr ist, wittert sie sofort Gefahr. Du kennst sie ja.« Nick stieß lautstark die Luft aus und rieb sich den Nacken wie jedes Mal, wenn er nachdenken musste.

»Dann fällt mir nur noch Britta ein, bei der sie sein könnte«, war Jill mit ihrem Latein am Ende.

»Da waren wir vorhin, da war sie nicht. Ich werde mal bei den Carstensens anrufen«, überlegte er.

»Das ist eine gute Idee. Möglich, dass Ava und Carsten spontan ihre Unterstützung benötigt haben und Anna als rettender Engel zur Stelle war.«

Während Nick telefonierte, beschäftigte sich Jill mit Christopher, der langsam, aber sicher quengelig wurde und immer öfter nach seiner Mutter fragte.

»Und?«, fragte Jill erwartungsvoll, als Nick aufgelegt hatte.

»Fehlanzeige. Sie haben Anna heute weder gesehen noch gesprochen.« Enttäuscht ließ er das Handy in der Hand sinken. »Ich verstehe das nicht.«

»Kannst du nicht ihr Handy orten? Wenn du das nicht kannst, wer dann?«, überlegte Jill.

»Ein Versuch ist es wert. Kannst du dich weiter um Christopher kümmern?«

»Eigentlich habe ich gleich eine Verabredung.« Sie setzte eine entschuldigende Miene auf.

»Okay. Dann erledige ich das erst mal telefonisch. Sonst nehme ich ihn einfach mit.«

»Oder du rufst doch deine Schwiegereltern an?«

Nick sah wenig begeistert aus.

»Sorry, Bruderherz, aber es ist wirklich wichtig.« Sie sah auf die Uhr. »Ich muss mich beeilen, sonst komme ich am Ende zu spät.« Sie stand auf.

»Ich kann dich schlecht festhalten«, gab Nick zurück und schluckte seinen Ärger runter. Er liebte seine Schwester sehr und schätzte ihre ehrliche und offene Art. Manchmal wünschte er sich, sie würde etwas entgegenkommender und weniger egoistisch sein. An ihrem Eigensinn und der Kompromisslosigkeit war in der Vergangenheit manche Beziehung zerbrochen. Vermutlich war dies auch der Grund, warum sie ihm gegenüber mit keiner Silbe ihren jetzigen Freund, Doktor Frank Gustafson, erwähnt hatte. Selbst nach dessen Unfall nicht. Anna hatte neulich gewisse Andeutungen gemacht, erinnerte sich Nick. Nachdem Jill sich verabschiedet hatte, griff er schweren Herzens zum Telefon und rief bei seinen Schwiegereltern an.

»Hallo, Nick! Eben haben wir von dir gesprochen. Zufälle gibt es!«, wurde er sogleich von Maria Bergmann begrüßt.

»Stimmt«, erwiderte er und überlegte, wie er sein Anliegen geschickt formulierte, ohne gleich mit der Tür ins Haus zu fallen.

»Falls du Anna sprechen willst …«, fuhr Maria fort.

»Ja!«, fiel ihr Nick umgehend ins Wort.

»Sie ist nicht hier, wollte ich sagen«, vervollständigte Annas Mutter den Satz. »Alles in Ordnung?«, setzte sie nach, als ahne sie, dass etwas nicht stimmte.

Nick atmete tief aus, bevor er ihre Frage beantwortete. »Sie wollte längst zu Hause sein, daher dachte ich, sie wäre vielleicht bei euch«, versuchte er eine Formulierung zu wählen, die seine Schwiegermutter nicht umgehend in Aufruhr versetzte.

»Mit anderen Worten, sie ist verschwunden, und du weißt nicht, wo sie steckt«, brachte Maria die Sache auf den Punkt.

»Exakt.«

»Hast du es mal bei Britta versucht? Oder bei Ava? Sonst frag doch auch ihren Kollegen, dessen Name mir soeben entfallen ist«, zählte sie die Möglichkeiten auf.

»Du meinst Piet Sanders?«, half Nick ihrem Gedächtnis auf die Sprünge.

»Ja, genau den meine ich.«

»Nein, da habe ich bereits überall nachgefragt. Dort war sie nicht. Außerdem geht sie nicht an ihr Telefon.«

»Warte mal, Nick! Volker sagt gerade etwas. Was meinst du, Volker?« Nick konnte hören, wie Annas Mutter mit ihrem Mann sprach. »Da bin ich wieder. Volker meint, sie könnte mitten in einem Kundentermin sein und deshalb nicht ans Telefon gehen«, teilte Maria ihm mit.

»So lange dauert normalerweise kein Termin.«

»Hm, dann habe ich auch keine Idee mehr, wo sie stecken könnte. Oh Gott, hoffentlich ist ihr nichts zugestoßen!« seufzte sie.

Oder sie hat ihre Nase in Angelegenheiten gesteckt, die

sie nichts angehen, dachte Nick, sprach den Gedanken jedoch nicht laut aus.

»Sollen wir suchen helfen?«, riss Maria ihn aus seinen Gedanken.

»Danke, aber mir wäre sehr geholfen, wenn ihr euch um Christopher kümmern könntet, während ich Anna suche.«

»Natürlich. Am besten kommen wir gleich zu euch. Ich habe gerade einen Kartoffelsalat gemacht, den bringe ich mit. Würstchen in ausreichender Menge hat Volker vom Einkaufen mitgebracht. Ihr habt sicher noch nichts gegessen, oder? Wir machen uns sofort auf den Weg. Also bis gleich!«

Ehe Nick etwas erwidern konnte, hatte Annas Mutter bereits aufgelegt.

»Wo ist Mama?« Christopher stand neben seinem Vater und sah zu ihm auf.

»Deine Mum ist bald wieder da. Jetzt kommen gleich Oma und Opa! Die beiden bringen etwas Leckeres zu essen mit«, erklärte Nick und versuchte, sich seine Anspannung nicht anmerken zu lassen.

KAPITEL 50

»Bitte legen Sie das Gewehr weg und lassen uns vernünftig miteinander reden«, beschwor ich Inken Jansen, die eine Waffe auf uns richtete. Ihrem entschlossenen Gesichtsausdruck nach zu urteilen, würde sie nicht zögern, von der Waffe Gebrauch zu machen. Davon war ich überzeugt. Ein paar Meter hinter ihr stand Hilke und zerrte nervös am Saum ihres T-Shirts genau wie damals, als einer von Piet Sanders Leuten sich über sie beschwert hatte.

»Mach dich nicht unglücklich und leg die Knarre weg, Inken!«, kam mir Börner zur Hilfe.

»Unglücklicher kann ich kaum werden. Was habe ich schon zu verlieren?« Sie setzte das Gewehr an und zielte.

»Bitte! Was immer vorgefallen ist, das lässt sich auch ohne Gewalt regeln!« Meine Kehle schnürte sich enger zusammen, als ich sah, wie sich ihr Finger um den Abzug legte. »Was soll denn aus Hilke werden, wenn Sie ins Gefängnis kommen? Wenn Sie uns jetzt gehen lassen, wirkt sich das positiv auf das Strafmaß aus. Mein Mann ist bei der Polizei, außerdem kenne ich den Staatsanwalt. Ich werde mich für Sie einsetzen«, redete ich auf Inken ein und hoffte inständig, meine Worte würden sie zum Aufgeben bewegen. Meine Rechnung schien ansatzweise aufzugehen, denn sie nahm den Finger vom Abzug und senkte die Waffe ein kleines Stück. »Denken Sie an Ihre Schwester, sie braucht Sie!«

»Im Heim wäre sie dann unter ihresgleichen, nur Bekloppte!«, spottete Börner und untermalte seine Aussage mit einer Grimasse.

Für diese Bemerkung hätte ich ihm den Hals umdrehen können und warf ihm einen wütenden Blick zu, den er mit einem lapidaren Schulterzucken quittierte. »Ist doch so?« Hilke stand nun neben ihrer Schwester. »Inken! Ich will nicht ins Heim! Nein, ich will nicht ins Heim!«, rief sie immer wieder und klammerte sich an den Arm ihrer Schwester wie eine Ertrinkende an einen Rettungsring.

Ungeachtet der Tatsache, dass mir die pure Angst und Verzweiflung, mit der Hilke ihre Schwester anflehte, in der Seele wehtat, war dies der Augenblick, einen neuerlichen Fluchtversuch zu unternehmen. Ich sah zu Börner, und unmittelbar rannten wir, so schnell uns unsere Beine trugen, auf den Holzstapel zu. Wir hatten ihn fast erreicht, als ein Schuss fiel. Intuitiv warf ich mich ins Gras und wagte zunächst nicht, mich zu bewegen. Erst als ich Börner ein Stück hinter mir fluchen hörte, drehte ich mich zu ihm um.

»Spinnst du!«, brüllte er Inken an und besah seinen Oberschenkel, auf dem sich ein dunkelroter Fleck abzeichnete. »Du bist noch bekloppter als deine Schwester!«

Inken Jansen stand – nach wie vor das Gewehr auf ihn gerichtet – wie versteinert vor ihm. Hilke starrte erschrocken auf das blutende Bein. Sie zitterte am ganzen Körper. Ich robbte zu dem Koch und inspizierte die Verletzung.

»Die Wunde blutet stark!«, stellte ich fest.

»Das sehe ich selbst, Sie Klugscheißerin!«, blaffte mich Börner mit schmerzverzerrtem Gesicht an. »Verdammt, tut das weh!«

»Rufen Sie einen Rettungswagen!«, forderte ich Inken auf. Als sie meiner Forderung nicht nachkam, stand ich auf. »Kommen Sie, ich helfe Ihnen«, forderte ich Börner auf.

»Stopp!« Inken Jansen hatte sich offenbar aus ihrer Starre gelöst. »Sie bleiben beide hier«, sagte sie entschieden.

»Aber der Mann braucht einen Arzt, das sehen Sie doch. Wenn wir ihm nicht helfen, verblutet er. Dann kommen Sie nicht nur wegen Freiheitsberaubung ins Gefängnis, sondern auch wegen unterlassener Hilfeleistung oder sogar Mord!«, machte ich ihr deutlich.

»Los, aufstehen!« Sie richtete erneut die Waffe auf Börner.

»Du bist total verrückt!«, brachte er mit zusammengebissenen Zähnen hervor und versuchte, sich mit meiner Hilfe aufzurichten.

»Da rein! Alle beide!«, kommandierte Inken und deutete zu dem Schuppen, aus dem wir gerade erst entkommen waren.

»Aber …«, setzte ich an, doch sie unterbrach mich barsch.

»Klappe und rein da!«

Mit Börner im Schlepptau kämpfte ich mich mit ganzer Kraft dem Schuppen entgegen, wohlwissend, dass Inken nicht lange fackeln würde, einen weiteren Schuss abzugeben. Niemand würde sich Gedanken über die Schüsse machen. Aufgrund der Kaninchenplage auf der Insel würde jeder einen Jäger hinter dem Knallen vermuten. In unserem Gefängnis führte ich Börner zu der Pritsche, wo er sich, vor Schmerzen stöhnend, fallen ließ.

»Herkommen!« Inken winkte mich zu sich. »Hinsetzen, dahin!«, befahl sie, während sie das Gewehr direkt auf mich richtete.

»Jaja, schon gut!« Beschwichtigend hob ich die Hände und folgte ihrer Anweisung.

Dann instruierte sie ihre Schwester, die Kabelbinder zu holen, die auf der Werkbank lagen. Hilke tat, wie ihr geheißen, und reichte Inken wortlos das gewünschte Material.

»Setzen Sie sich. Hände nach hinten. Um den Balken.«
Ich setzte mich auf den Boden und legte meine Hände
um den Stützbalken in der Mitte des Raumes. Ein Huhn
flatterte aufgeschreckt zur Seite, als ich mich ihm näherte.

»Lass uns laufen! Das macht doch alles keinen Sinn!«,
meldete sich Börner von seiner Pritsche aus. Seine Stimme
klang matt.

Inken schenkte ihm keinerlei Beachtung, sondern befahl
ihrer Schwester, meine Hände zu fesseln. »Mach schon!«
Anschließend kontrollierte sie das Ergebnis und zog die
Strippe noch ein wenig enger, was mich schmerzhaft
zusammenzucken ließ. Sie war im Begriff, den Schuppen
zu verlassen, als ich ihr nachrief.

»Sie können uns doch nicht einfach zurücklassen? Der
Mann braucht ärztliche Hilfe, sonst verblutet er!«

Doch Inken Jansen drehte sich nicht einmal um und
begab sich zusammen mit Hilke nach draußen. Die Tür
wurde geschlossen und der Riegel vorgeschoben.

»Wie geht es Ihnen?«, fragte ich und drehte meinen Kopf
in Börners Richtung, soweit es mir möglich war. Trotz
allem konnte ich ihn nicht sehen, da ich mit dem Rücken
zu ihm angebunden war.

»Super! Ich habe mich noch nie so gut gefühlt«, presste
er hervor.

»Ich finde das nicht sonderlich lustig«, entgegnete ich
verärgert.

»Dann fragen Sie nicht so blöd. Was glauben Sie denn,
wie es einem mit einer Kugel im Bein geht«, blaffte er
zurück.

»Blutet die Wunde noch sehr stark?«

»Hält sich in Grenzen.«

»Woher kennen Sie Inken? Was haben Sie ihr angetan,

dass sie einen derartigen Hass auf Sie hat? Und kommen Sie mir nicht damit, Sie hätten keine Ahnung, wovon ich rede. Die Abneigung gegen Sie ist mehr als deutlich. Also?«

»Okay, okay. Ich kenne Inken von früher«, erklärte er nach einigem Zögern. »Wir waren mal ein Paar, aber das ist ewig her.«

»Das ist noch nicht alles, oder? Weiter!«, ließ ich nicht locker, da ich mich zunehmend über seine arrogante Art ärgerte.

»Nichts weiter.«

»Wegen ›nichts weiter‹ hält sie Sie gefangen und schießt auf Sie? Wem wollen Sie das weismachen? Also, was ist passiert? Haben Sie sich im Streit getrennt?«, verlangte ich eine Erklärung. Zusätzlich zur Tatsache, dass ich neugierig war, wollte ich mit der Fragerei verhindern, dass Börner ohnmächtig wurde.

»Nein, wir passten einfach nicht zusammen und haben die Beziehung beendet, das ist alles.«

»Das sieht Inken offensichtlich anders, sonst würden wir uns kaum in ihrer Gewalt befinden. Haben Sie sie betrogen? Geht es ihr um verspätete Rache oder etwas in der Art?« Er antwortete nicht, aber ich konnte ihn schwer atmen hören. »Hallo? Alles okay?«

»Wie man es nimmt!«, kam es zu meiner Erleichterung zurück.

»Sie haben meine Frage nicht beantwortet. Warum hat sie diese Wut auf Sie?«

»Sie können ziemlich hartnäckig sein. Wissen Sie das? Kann sein, dass die Trennung mehr von mir ausging«, räumte er nach einer Weile ein. »Ich bin eben ein Mann der klaren Worte, Gefühlsduselei liegt mir nicht.«

»Ich weiß«, entgegnete ich.

»Woher wollen Sie das wissen? Sie kennen mich gar nicht.« Er wirkte überrascht.

»Im Anschluss an die Kochshow neulich haben Sie sich auf dem Parkplatz mit einem Mann gestritten«, rief ich ihm ins Gedächtnis.

»Ach, das meinen Sie! Die Sache mit Dumpert, diesem Versager«, presste er verächtlich hervor. »Das Einzige, was der kann, ist, in anderer Leute Dreck zu wühlen. Wussten Sie, dass er früher ein ausgezeichneter Restaurantkritiker war? Wer ihn überzeugen konnte, hatte es geschafft. Doch das ist lange vorbei. Heute hält er sich mit müden Geschichten über Wasser. Ein erbärmlicher Verlierer! Wahrscheinlich ist er bloß auf Sylt, um mir einen reinzuwürgen. Er missgönnt mir meinen Erfolg.« Seine Verachtung für den Journalisten hätte nicht deutlicher ausfallen können.

»Er ist tot«, erklärte ich. »Im Übrigen war sein richtiger Name Meeno Lenschmann.«

»Ich weiß, dass er so heißt.«

»Mehr haben Sie dazu nicht zu sagen? Schließlich kannten Sie ihn. Wollen Sie nicht wenigstens wissen, woran er gestorben ist?«

»Das werden Sie mir sicherlich gleich sagen. Drogen? Alkohol? Oder beides? Ist im Grunde egal.«

Seine Kaltschnäuzigkeit machte mich geradezu fassungslos, zeitgleich sanken meine Sympathiewerte für ihn auf den Nullpunkt.

»Er wurde ermordet.«

Plötzlich hörte ich, wie Börner sich auf seiner Pritsche bewegte. Offenbar hatte er sich aufgerichtet. »Er wurde ermordet?« Seine Stimme klang belegt.

»Korrekt. Er wurde vergiftet, und zwar mit Blauem Eisenhut«, bestätigte ich. Trotz der heiklen Lage, in der ich mich befand, verspürte ich eine Art Genugtuung, da sich in seinen Worten Angst widerspiegelte. Vielleicht nahm er ab sofort die ganze Sache nicht mehr auf die leichte Schulter.

»Glauben Sie, Inken hat ihn umgebracht?«, fragte er.

»Hätte Sie einen Grund dazu?«

Er antwortete nicht, sondern schien angestrengt zu überlegen. »Wir müssen schnellstens hier raus!«, sagte er unvermittelt.

»Und wie sollen wir das anstellen? Haben Sie eine Idee?«

»Im Moment nicht. Strengen Sie Ihren Kopf an oder haben Sie den bloß zum Haareschneiden? Ihr letzter Plan war ja nicht gerade von Erfolg gekrönt.«

Ich hätte ihm gerne eine passende Antwort gegeben, aber mit gegenseitigen Anfeindungen kamen wir nicht weiter, sondern verschwendeten wertvolle Zeit und Energie.

»Ich habe vielleicht eine Idee, die funktionieren könnte«, begann ich.

»Die wäre?«

»Dazu brauchen wir Hilke.«

»Hilke? Die ist doch zu nichts zu gebrauchen. Wie sollte ausgerechnet sie uns hier rausholen, ohne dass Inken etwas mitbekommt?«, wollte er wissen.

»Das lassen Sie mal meine Sorge sein.«

KAPITEL 51

»Annas Handy lässt sich nicht orten. Offenbar hat sie es ausgeschaltet, oder der Akku ist leer«, ließ Uwe seinen Freund und Kollegen wissen.

Sie saßen auf der Dienststelle in Westerland und überlegten fieberhaft, wo Anna sich aufhalten könnte. Mittlerweile hatten sie nahezu alle Freunde und Bekannte abtelefoniert, doch niemand hatte Anna in den letzten Stunden gesehen oder gesprochen.

»Ich habe keine Ahnung, wo ich noch suchen soll?« Nick stand die Ratlosigkeit ins Gesicht geschrieben.

»Die Sache ist wirklich seltsam.« Uwe zwirbelte an seinem Bart. »Ich habe im Krankenhaus nachgefragt, aber dort ist sie auch nicht. Einen Unfall hat es ebenfalls nicht gegeben. Dass sie durchgebrannt ist, können wir definitiv ausschließen, das passt nicht zu Anna.«

»Nein, das kann ich mir beim besten Willen nicht vorstellen.« Nick verbarg für einen Moment sein Gesicht in den Händen. Er fühlte sich müde und ausgelaugt. Er hatte Kopfschmerzen und das Gefühl, keinen klaren Gedanken mehr fassen zu können.

»Ich schlage vor, du gehst nach Hause und kümmerst dich um Christopher. Wir suchen weiter nach Anna und melden uns, wenn wir etwas in Erfahrung bringen.«

»Nachdem sie sich mit Tim auf dem Parkplatz in Keitum getroffen hat, verliert sich ihre Spur. Wo ist ihr Wagen geblieben?«, grübelte Nick, als hätten Uwes Worte ihn nicht erreicht.

»Wir können unmöglich jede einzelne Straße abfahren,

das dauert ewig. Die Kollegen halten die Augen auf, mehr können wir augenblicklich nicht tun. Das Auto wurde weder am Bahnhof noch auf einem der Parkplätze an den Häfen entdeckt. Sie kann nicht weit sein.«

Die Tür ging auf, und Kommissarin Klara Böel kam herein. »Oh, ich hatte nicht erwartet, Sie persönlich anzutreffen«, wunderte sie sich. »Ich wollte Ihnen nur das hier auf den Schreibtisch legen.« Sie reichte Uwe einen Aktendeckel.

»Was ist das?«, fragte dieser.

»Das sind die Protokolle zu den Befragungen der Aktivistengruppe. Ich dachte, das könnte interessant für Sie sein.«

»Danke, wir sehen sie uns morgen an.« Uwe legte die Unterlagen auf den Stapel Akten neben sich. »Augenblicklich hat die Suche nach Anna, Nicks Frau, höchste Priorität. Sie wird seit heute Nachmittag vermisst.«

»Das tut mir leid. Wenn ich etwas für Sie tun kann, lassen Sie es mich wissen.« Sie sah Nick mitfühlend an.

»Danke.« Er nickte ihr zu.

»Wo wurde sie zuletzt gesehen?«, fragte die Kollegin.

»In Keitum. Auf dem großen Parkplatz direkt am Ortseingang«, bestätigte Nick.

»War sie mit dem Auto unterwegs?«

»Warum fragen Sie das?«, wollte Uwe wissen.

»Können Sie mir das Kennzeichen des Wagens Ihrer Frau nennen?« Nachdem Nick ihrer Bitte nachgekommen war, zog sie ihr Handy aus der Gesäßtasche ihrer Jeans und wählte eine Nummer. »Einen Augenblick!«, entschuldigte sie sich bei den beiden Kollegen und stellte sich zum Telefonieren vor das Fenster.

Nick und Uwe sahen einander fragend an.

»Ich wollte nur sichergehen«, erklärte sie nach Beendigung des kurzen Telefonates. »Wie es aussieht, haben wir den Wagen ihrer Frau gefunden.«

»Wo?« Nick war von seinem Stuhl aufgesprungen.

»Beim *Puan Klent*.«

»Dem Jugendferienheim?«, vergewisserte sich Uwe.

»Die Heimleitung hat uns informiert, dass der Wagen dort widerrechtlich abgestellt wurde. Als sie die Fahrerin ansprechen wollten, hat einer der Mitarbeiter sie identifiziert und die Polizei alarmiert.«

»Identifiziert?«, fragte Nick mit leichtem Unbehagen in der Magengegend.

»Bei der Fahrerin des Wagens handelte es sich um Ann-Kathrin Gempel«, löste Klara Böel das Rätsel.

»Wollen Sie damit andeuten, die Gempel hat Annas Wagen gestohlen?«

»So ist es, Herr Wilmsen.«

»Wo hat sie den Wagen an sich genommen? Hat sie das gesagt?« Nicks Puls schnellte in die Höhe bei dem Gedanken, Anna mithilfe von Ann-Kathrin zu finden.

»Das fragen Sie sie am besten selbst. Sie sitzt drüben im Vernehmungszimmer.«

Das ließ Nick sich nicht zweimal sagen, sondern stürmte als Erster an den beiden anderen vorbei nach draußen auf den Flur. Uwe hatte Mühe hinterherzukommen.

KAPITEL 52

»Hallo!«, rief ich in die Dunkelheit. »Hilfe! Wir sind eingeschlossen!«

»Hören Sie endlich auf, das hat sowieso keinen Sinn! Da können Sie noch so lange rufen.« Börners Stimme wurde im Verlauf der Zeit immer schwächer.

»Ich kann nicht tatenlos rumsitzen und gar nichts tun. Vielleicht hört uns doch jemand. Ein Spaziergänger oder Jogger«, versuchte ich, mir selbst Mut zuzusprechen.

»Wohl kaum. Was ist denn nun mit Ihrer tollen Idee, von der Sie gesprochen haben?«, erkundigte sich Börner.

»Ich sagte doch, dazu müsste ich Hilke sprechen.«

»Wie sollte uns die dämliche Nuss helfen können?«

»Wie können Sie bloß derart gefühllos sein. Sie sollten Hilke gegenüber ein bisschen respektvoller sein.«

»Respekt.« Er spuckte das Wort aus, als sei es toxisch.

»Mit Ihnen möchte ich nicht näher zu tun haben. Sie sind ein empathieloser, eingebildeter Egoist! Wegen Ihres ungehobelten Benehmens befinden wir uns schließlich in dieser unglücklichen Lage«, erinnerte ich ihn.

»Danke für das Kompliment. Sie können ja gehen, wenn Sie meine Gesellschaft dermaßen stört. Ich werde Sie bestimmt nicht aufhalten.«

»Darüber hinaus besitzen Sie auch noch einen schlechten Humor.«

Ich konnte hören, wie er plötzlich aufstöhnte.

»Wie geht es Ihrem Bein?«

»Fühlt sich nicht besonders angenehm an. Es blutet zwar nicht mehr so stark, aber mir ist plötzlich so kalt«, sagte er einige Sekunden später, wobei er die Worte nahezu flüsterte.

»He, nicht einschlafen! Haben Sie gehört?«, rief ich, erhielt jedoch keine Antwort.

KAPITEL 53

»Frau Gempel, das sind die Kollegen Scarren und Wilmsen. Sie haben einige Fragen an Sie«, erklärte Klara Böel und übergab das Wort an Uwe und Nick.

»Moin, Frau Gempel! Bitte, sagen Sie uns, wie Sie an den Wagen gekommen sind«, begann Uwe.

»Besorgen Sie mir einen Anwalt, vorher sage ich nichts! Ich kenne meine Rechte«, stellte sie mit einem überheblichen Gesichtsausdruck klar.

»Mag sein, aber ich glaube nicht, dass Sie sich augenblicklich in der Position befinden, um Forderungen zu stellen. Woher hatten Sie den Wagen? Falls Sie nicht kooperieren, kriegen wir Sie zusätzlich wegen unterlassener Hilfeleistung dran«, machte Nick ihr unmissverständlich deutlich und stützte sich mit beiden Händen auf der Tischplatte ab.

Ann-Kathrins Blick huschte irritiert zwischen den Beamten hin und her.

»Unterlassene Hilfeleistung? Spinnen Sie jetzt total, oder was?« Als niemand der Polizisten etwas erwiderte, räumte sie ein: »Ich war zu Fuß unterwegs und habe das Auto stehen sehen.«

»Wo?« Nick wartete gespannt auf eine Antwort.

»Auf einem Feldweg oder so was Ähnlichem. Wenn Sie einen Straßennamen wollen, den weiß ich nicht«, gab sie mit einem Schulterzucken zurück.

»Können Sie nicht ein bisschen genauer sein? Ist Ihnen irgendetwas in der Nähe aufgefallen? Ein markanter Punkt vielleicht?«, versuchte Uwe, ihrer Erinnerung auf die Sprünge zu helfen.

»Da waren bloß Schafe auf dem Deich. Aber die gibt es ja hier wie Sand am Meer.« Sie grinste, als hätte sie einen Witz gemacht, dann wurde ihr Gesichtsausdruck nachdenklich. »Das war irgendwie komisch.«

»Was meinen Sie damit?«

»Als ich den Wagen gesehen habe, bin ich erst mal hin, um einen Blick hineinzuwerfen. Aber da war nichts Ungewöhnliches zu sehen. Dann habe ich versucht, ihn zu öffnen. Einfach nur so. Ich habe nicht damit gerechnet, dass er unverschlossen ist. Wer macht denn so was und stellt so ein teures Teil in der Wildnis ab, ohne es abzuschließen?«

»Und dann?«

»Dann habe ich mich umgeschaut, ob jemand in der Nähe ist. Da war keiner.«

»Sind Sie dann losgefahren?«, hakte Nick nach.

»Erst habe ich einen Blick ins Handschuhfach geworfen. Geld war leider nicht drin.« Sie verzog den Mund. »Als ich dann den Schlüssel in der Mittelkonsole entdeckt habe, bin ich einfach losgefahren. Eine bessere Gelegenheit hätte ich nicht bekommen können. Den Rest kennen Sie ja.«

»Können Sie sich wenigstens in etwa an die Strecke erinnern, die Sie gefahren sind?«, gab Nick nicht auf, worauf er von der Befragten ein genervtes Augenrollen erntete.

»Da war ein Hinweisschild zu einer Gärtnerei, glaube ich.«

»Das muss die Gärtnerei *Harms* gewesen sein«, überlegte Uwe laut.

»Erklären Sie mir endlich, warum Sie das alles so brennend interessiert? Ist doch scheißegal, Sie haben mich und fertig.« Sie lehnte sich zurück und schmollte wie ein trotziges Kind.

»Danke für Ihre Mithilfe, Frau Gempel!«, bedankte sich Uwe und gab Nick das Zeichen zum Aufbruch.

»Moment mal! Was wird jetzt aus mir?«, fragte Ann-Kathrin, als die beiden in der offenen Tür standen.

»Ab jetzt werden Sie wieder mit mir Vorlieb nehmen müssen«, teilte die Kommissarin Böel ihr milde lächelnd mit.

»Klasse«, murmelte die junge Frau.

»Ich verstehe nicht, was Anna am Deich gemacht haben soll, zumal sie die Hunde nicht mitgenommen hat?«, suchte Nick nach einer plausiblen Erklärung.

»Das kann ich dir leider auch nicht sagen. Vielleicht wurde sie dorthin bestellt, aber von wem? Und was ist anschließend passiert?« Uwe kam ebenfalls zu keiner Erklärung.

Für den restlichen Weg zurück in ihr Büro sprach keiner von beiden ein Wort. Als sie an ihren Schreibtischen saßen, brach Uwe das nachdenkliche Schweigen.

»Nehmen wir an, Anna wurde der Wagen geklaut. Dann könnte der Dieb eine Spritztour unternommen haben und hat ihn – warum auch immer – dort abgestellt, wo die Gempel ihn gefunden hat.«

»Woher hatte der Dieb den Schlüssel? Anna wird ihn ihm nicht freiwillig ausgehändigt haben«, gab Nick zu bedenken.

»Auch wieder wahr«, räumte Uwe ein.

»Trotzdem ist der Gedanke nicht völlig abwegig.«

»Was meinst du, Nick?«

»Jemand könnte das Auto absichtlich irgendwo abgestellt haben, um Annas Spur zu verwischen.«

»Das würde heißen, entweder hat jemand Anna den Schlüssel abgenommen, oder sie hat ihn verloren?«, kombinierte Uwe mit einem Stirnrunzeln.

»Dann hätte sie sich gemeldet«, widersprach Nick.

»Stimmt. Dann besteht die Möglichkeit, dass sie festgehalten wird. Aber weshalb sollte jemand das tun?«

Nick rieb sich über die Augen. »Ich weiß es nicht. Vielleicht war sie einfach zur falschen Zeit am falschen Ort. Ein unglücklicher Zufall.«

»Entschuldige, dass ich das sage, aber Anna und Zufall passen nicht wirklich zusammen. Ich nehme eher an, sie hat ihre Nase zu tief in Dinge gesteckt, die sie nichts angehen, und steckt jetzt in der Klemme«, befürchtete Uwe.

»Bitte nicht«, seufzte Nick und sah auf die Uhr.

»Geh nach Hause, Nick! Es ist schon spät. Ich melde mich, wenn ich etwas höre.«

»Ich kann nicht nach Hause gehen und so tun, als sei alles in Ordnung.«

»Wenn du hier sitzt und dir das Hirn zermarterst, ist auch niemandem geholfen. Christopher braucht dich.

Außerdem kann es sein, dass Anna plötzlich nach Hause kommt. Ich schicke Oliver und Ansgar zu der Stelle, an der ihr Auto gestanden hat. Sie sollen sich dort nach Spuren umsehen. Vielleicht finden sie einen entscheidenden Hinweis.«

»Okay, aber halte mich auf dem Laufenden.«

»Versprochen«, erwiderte Uwe und nickte seinem Freund aufmunternd zu.

KAPITEL 54

Die Nacht hatte sich über die Insel gelegt. Ich hatte vergeblich versucht, mich von meinen Fesseln zu befreien. Bis auf die Tatsache, dass ich mir wunde Handgelenke zugezogen hatte, war dies ein Kampf gegen Windmühlen gewesen. Börner hatte kurzzeitig das Bewusstsein wiedererlangt, war jedoch anschließend schnell erneut eingeschlafen. In den letzten Stunden waren weder Inken noch Hilke erschienen, und die Befürchtung lag nahe, dass sie sich aus dem Staub gemacht hatten. Damit wäre unser Schicksal besiegelt gewesen. Getrieben von diesem Gedanken hatte ich nichts unversucht gelassen, diesem Gefängnis zu entkommen, allerdings ergebnislos. Die Hühner saßen schlafend auf ihren Stangen im kleinen Anbau. Hier draußen, fernab des Trubels im westlichen Teil der Insel, war es ruhig. Das einzige Geräusch stammte von einer Eule, die in die Nacht rief. Plötzlich hörte ich draußen ein Knacken, gefolgt von einem Rascheln. Ich lauschte angespannt in die Stille. Da war es wieder. Es klang, als mache sich jemand an einem Strauch zu schaffen. Dann kehrte die Ruhe zurück. Vermutlich war es bloß ein Reh, das auf der Suche nach Nahrung durch die nächtlichen Gärten streifte. Mittlerweile hatten die Tiere ihre Scheu soweit verloren, dass sie selbst am helllichten Tag in den Gärten umherwanderten. Während ich auf dem Boden saß und mit meinem Schicksal haderte, schweiften meine Gedanken in regelmäßigen Abständen zu meiner Familie. Sie machte sich gewiss große Sorgen und suchten überall nach mir. Mein Gedankenkarussell wurde jäh unterbrochen, als ich einen Lichtstrahl wahrnam, der unregelmäßig durch die Ritzen in der Holztür blitzte. Sofort schoss das Adrenalin durch meinen Körper. Ich überlegte gerade, ob ich laut um Hilfe rufen sollte, als sich jemand an dem Riegel zu schaffen machte, mit dem die beiden Türflügel verschlossen wurden. Dem Umriss der Person nach zu urteilen, handelte es sich um eine Frau.

»Hallo! Wir sind hier!«, sagte ich, während zeitgleich mein Herz aufgeregt zu schlagen begann.

Die Frau lehnte die Tür hinter sich an und kam näher. Bereits beim Näherkommen erkannte ich sie. Es war Hilke.

»Hilke!«, flüsterte ich.

Sie stand vor mir und sah mich unsicher an.

»Weiß deine Schwester, dass du hier bist?«, wollte ich wissen.

»Nein.« Sie schüttelte heftig den Kopf.

»Bitte, mach mich los! Ich werde Inken nicht verraten, dass du mir geholfen hast«, versuchte ich, sie zu überzeugen.

Hilke schien mit sich zu ringen, doch sie machte keine Anstalten, meinen Wunsch zu erfüllen. Sie bewegte sich keinen Zentimeter von der Stelle.

»Bitte!«, flehte ich und überlegte fieberhaft, womit ich sie dazu bringen könnte, mir zu helfen. Um Börner würde ich mich anschließend kümmern.

»Inken sagt, jeder muss für seine Taten büßen«, erklärte Hilke.

»Aber ich habe nichts getan, wofür ich büßen müsste. Warum sagt Inken das?«

»Du nicht. Aber der!« Sie deutete mit dem Zeigefinger zu Börner.

»Warum? Hat Inken das gesagt?«

Abermals schüttelte Hilke heftig mit dem Kopf. »Inken kann sehr böse werden.«

»Ich verspreche dir, dass sie dir nichts tun wird, wenn du mich losmachst.«

Sie schien erneut abzuwägen, was sie tun soll. »Das geht nicht«, entschied sie.

»Warum bist du hier? Es ist doch mitten in der Nacht.«

»Du bist ein guter Mensch. Du bist immer nett zu mir. Ich mag dich.«

»Danke. Ich mag dich auch, Hilke.«

»Ich muss wieder ins Haus. Inken darf nicht wissen, dass ich bei dir bin.«

»Warte, Hilke!« Plötzlich kam mir eine Idee. »Kannst du mir einen Gefallen tun? Mein Hund Pepper ist sehr krank und braucht dringend Medikamente. Ich kann sie ihm nicht geben, weil ich hier eingesperrt bin.« Ich wartete gespannt auf ihre Reaktion.

»Muss er sterben?«, fragte sie in ihrer kindlichen Art.

»Ja, er braucht die Tabletten regelmäßig, sonst lebt er nicht mehr lange.« Ich erschrak über mich selbst, wie ich imstande war, Hilke eine derartige Lüge aufzutischen. Gleichzeitig war das momentan meine einzige Chance, diesem Gefängnis zu entkommen.

Hilkes gesamter Körper geriet plötzlich in Aufruhr und begann nervös zu zucken. Sie stand unter Stress. Ihr war deutlich anzusehen, wie sie mit einer Antwort kämpfte. Immer wieder nahm sie Anlauf, öffnete den Mund, brachte jedoch keine Silbe über die Lippen.

»Du kannst mir helfen, ihn zu retten!«, beschwor ich sie. »In meiner Hosentasche habe ich immer ein paar Tabletten bei mir. Bitte, hol sie raus.«

Hilke kniete sich neben mich und zog einige kleine dunkle Kugeln hervor.

»Die stinken!«, stellte sie fest und rümpfte die Nase.

»Medizin soll nicht schmecken, sie soll helfen!« Ich rang mir ein Lächeln ab.

»Ich mag Hustensaft.« Sie lachte. »Mag Pepper seine Tabletten?«

»Ja. Er weiß, dass sie ihm helfen.«

»Er ist schlau.«

»Das stimmt. Die Tabletten gibst du gleich morgen früh Piet Sanders.«

»Der ist auch nett zu mir«, bemerkte Hilke prompt.

»Ja, er ist wirklich ein netter Kerl«, bestätigte ich und musste insgeheim schmunzeln. »Hast du verstanden, was ich gesagt habe, Hilke?«

Sie nickte. »Ich soll die Tabletten Piet geben.«

»Genau. Er soll sie zu Pepper bringen. Kannst du dir das merken?«

Ein erneutes Kopfnicken folgte.

»Okay, Pepper wird dir sehr dankbar sein. Aber Hilke«, gab ich mich geheimnisvoll, »das muss unser Geheimnis bleiben. Kein Wort zu Inken.« Ich flüsterte bewusst, um die Bedeutung meiner Aussage zu verstärken.

»Pepper darf nicht sterben!« Abrupt sprang sie auf und stürmte zur Tür.

Erschöpft sank ich zusammen und lehnte mich fest gegen den Stützbalken. Ich versuchte, meine Finger zu bewegen, damit meine Hände nicht abstarben. Hoffentlich ging mein Plan auf. Wenn ich Glück hatte, würde Piet sofort Nick informieren, und man würde uns befreien. Ich wünschte mir nichts sehnlicher, als meine Liebsten in die Arme schließen zu können.

KAPITEL 55

Nick saß am Frühstückstisch über einer Tasse Kaffee und in sein Smartphone vertieft, als seine Schwiegermutter, die die Nacht im Gästezimmer verbracht hatte, die Küche betrat.

»Guten Morgen! Du bist früh dran«, bemerkte sie und holte sich eine Tasse aus dem Schrank über der Spüle. »Gibt es Neuigkeiten von Anna?«

»Leider nicht. Lediglich ihr Wagen wurde gestern gefunden.«

»Wo?«

»Ursprünglich im Osten der Insel in Deichnähe. Dann wurde der Wagen gestohlen und in Rantum entdeckt«, erklärte Nick.

»Das verstehe ich nicht. Wie hängt das mit Annas Verschwinden zusammen?« Sie setzte sich ihrem Schwiegersohn gegenüber an den Küchentisch und hielt die Kaffeetasse mit beiden Händen umklammert.

»Wir können uns auf all das auch keinen Reim machen.«

»Mein armes Kind! Hoffentlich geht es ihr gut. Ich habe keine Ahnung, wie Anna es schafft, sich ständig in Gefahr zu bringen«, lamentierte sie mit leidvoller Miene.

Das Klingeln an der Tür rettete Nick vor einer weiterführenden Diskussion mit seiner Schwiegermutter.

»Piet?« Nick war überrascht, plötzlich dem Geschäftsfreund seiner Frau gegenüberzustehen.

»Moin. Ist Anna wieder da?«, fragte Piet Sanders als Erstes. Als Nick verneinte, fuhr er fort: »Ich weiß nicht, wie ich anfangen soll. Das war ein bisschen seltsam vorhin.«

»Komm gerne rein. Ich sitze gerade mit meiner Schwiegermutter in der Küche.« Nick führte den Besucher in die Küche.

»Oh, guten Morgen! Mit Besuch so früh am Morgen habe ich nicht gerechnet«, begrüßte Maria Bergmann den Überraschungsgast, zog ihren Morgenmantel enger zusammen und überprüfte automatisch den Sitz ihrer Frisur.

»Ich möchte auch nicht lange stören«, entschuldigte sich Piet Sanders und blieb unschlüssig im Türrahmen stehen.

»Setz dich! Kaffee?«, fragte Nick und bot ihm einen Stuhl an.

»Nein, danke. Vorhin kam meine Mitarbeiterin Hilke Jansen zu mir und hat mir das gegeben.«

»Hundeleckerlis?«, stellte Nick fest, während Pepper und Chili sich bereits hechelnd und voller Erwartung vor Piet in Position gebracht hatten.

»Sieht danach aus. Angeblich hat Anna ihr sie gegeben. Das sollen Tabletten für Pepper sein, wenn ich das richtig verstanden habe.«

»Das sind ganz gewöhnliche Leckerlis.«

»Hilke hat steif und fest behauptet, Pepper müsse sterben, wenn er sie nicht bekommt. Sie hat mich geradezu angefleht, sie ihm zu bringen«, gab Piet wahrheitsgemäß wieder. »Ich muss dazu sagen, dass Hilke geistig zurückgeblieben ist. Trotzdem glaube ich nicht, dass sie sich das bloß ausgedacht hat.«

»Dahinter versteckt sich ganz klar eine Botschaft!«, meldete sich Maria Bergmann aufgeregt zu Wort. »Wahrscheinlich weiß dieses Mädchen, wo Anna zu finden ist.«

»Gut möglich«, überlegte Nick. »Wo ist sie jetzt?«

»Sie arbeitet mit meinen Leuten in einem Garten in Keitum.«

»Und wo wohnt sie? Hast du ihre Adresse?«

»Klar. Sie wohnt zusammen mit ihrer Schwester in Archsum«, gab Piet zurück.

»Ich fahre gleich hin. Vorher rufe ich Uwe an. Maria?

Kannst du dich bitte um Christopher kümmern und ihn in den Kindergarten bringen?«

»Natürlich!«

Nick zögerte nicht lange und machte sich auf den Weg.

KAPITEL 56

»Es geht doch nichts über einen Spaziergang am frühen Morgen in der Natur«, philosophierte Matthias Achter-mann. »Wundervoll! Da ist man gleich bestens gerüstet für den Tag.« Er breitete seine Arme weit aus und atmete mehrmals tief ein und aus.

»Ja, da gebe ich dir recht. Manchmal vermisse ich Sylt sehr, wenn ich unterwegs bin und Stress und Hektik mein Leben bestimmen«, pflichtete Tabea Thomsen ihm bei und warf ein Stöckchen, dem ihr Terrier Feldmann freudig hin-terherhechtete.

»Schade, dass ich das nicht jeden Morgen genießen kann«, bedauerte der Staatsanwalt und spürte einen Anflug von Wehmut, als die ersten Sonnenstrahlen des Tages die Gegend in ein weiches, orangefarbenes Licht tauchten. Ein Vogel-schwarm vollzog am Himmel kunstvolle Formationen.

»Meinetwegen kannst du bleiben, solang du magst. Ich würde mich freuen und Feldmann auch«, bot sie an und hakte sich bei ihm ein.

Er tätschelte ihre Hand. »Das geht nicht, das weißt du doch.«

»Ist es wegen deiner Frau?«

»Nicht nur. Ich habe auf dem Festland einen Job zu erledigen. Ich verspreche dir aber, dass ich, so oft es geht, einen Abstecher nach Sylt machen werden«, sicherte er ihr zu.

»Wie laufen die Ermittlungen überhaupt?«, erkundigte sie sich.

»Der Mordfall ist so gut wie aufgeklärt. Es kommen zwei Täter infrage, es ist nur eine Frage der Zeit, bis einer der beiden ein vollumfängliches Geständnis ablegt. Ich habe vollstes Vertrauen in die Arbeit der Polizei«, betonte er.

»Dieser Sternekoch wurde bislang nicht gefunden, oder? Ich habe davon in der Zeitung gelesen.«

»Leider nicht. Das ist eine verzwickte Sache. Die Öffentlichkeit übt gehörigen Druck auf uns aus, aber wir können nun mal nicht zaubern.«

»Wollen wir zurück zum Auto und anschließend irgendwo schön frühstücken gehen?«, schlug sie vor.

»Eine hervorragende Idee, meine Liebe!«, willigte er sofort ein.

»Prima. Dann lass uns dort weitergehen, an den Häusern vorbei und zurück zum Wagen.« Sie verließen den Feldweg und bogen in eine befestigte Straße ein.

»Prächtige Häuser stehen hier, scheinen aber teilweise unbewohnt zu sein«, mutmaßte Achtermann und spähte durch eine Hecke, hinter der ein typisches Friesenhaus stand.

»Wie überall auf der Insel gibt es auch im östlichen Teil zunehmend Ferienhäuser und -wohnungen. Der Trend ist ungebrochen, sehr zum Leidwesen der Einheimischen.«

Plötzlich rannte ein Kaninchen über die Straße. Feldmann, der ohne Leine lief, sprintete sofort hinterher.

»Feldmann! Hier!«, rief Tabea Thomsen ihm nach, aber die Aufmerksamkeit des Hundes war einzig auf das Kaninchen gerichtet. »Verdammt! Ich hätte ihn anleinen sollen.«

»Was machen wir jetzt?«, fragte Achtermann.

»Wir müssen ihn suchen.« Tabea Thomsen marschierte entschieden los und rief immer wieder den Namen ihres vierbeinigen Begleiters. Doch von dem Tier war weit und breit nichts zu sehen.

»Wo kann er bloß stecken?« Achtermann sah sich suchend um. »Macht er das öfter und haut einfach ab?«

»Glücklicherweise eher selten. Sobald er ein Kaninchen sieht, vergisst er aber alles andere um sich herum. Die Feuerwehr musste einmal sogar anrücken, um ihn aus einem Kaninchenbau zu befreien, in dem er stecken geblieben war. Ich hatte schreckliche Angst, er würde da nicht lebendig rauskommen«, berichtete Tabea Thomsen. »Seitdem passe ich eigentlich besonders gut auf.« Sie wirkte zerknirscht.

»Hörst du das?« Achtermann war stehen geblieben und lauschte.

»Nein. Was meinst du?«

»Warte! Da! Da war es wieder. Klingt wie ein Winseln.«
In diesem Augenblick hörte sie es auch.

»Das ist Feldmann! Das kommt von dort hinten!« Sie deutete zu einem versteckt gelegenen Grundstück.

»Wir können nicht einfach in den Garten gehen. Lass uns vorher klingeln«, schlug Matthias Achtermann vor, als sie das Grundstück erreicht hatten, von dem die Geräusche kamen. »Niemand zu Hause«, stellte er nach mehrmaligem Klingeln fest.

»Ich will ja nicht einbrechen, sondern bloß nach Feldmann sehen«, ignorierte Tabea den mahnenden Blick ihres Begleiters, als sie um das Haus herumging. Achtermann folgte ihr mit ungutem Gefühl und sah sich mehrfach um.

»Da ist er ja!«, rief Tabea Thomsen hoch erfreut, als sie ihren Hund erblickte, der aufgeregt vor einem Schuppen hin und her lief.

»Was hat er denn? Das Kaninchen dürfte längst über alle Berge sein«, nahm der Staatsanwalt an.

»Keine Ahnung, irgendetwas in dem Schuppen scheint ihn zu interessieren. Feldmann, mein kleiner Ausreißer, da bist du ja!« Tabea Thomsen bückte sich, um die Leine am Halsband zu befestigen, als sie innehielt. »In dem Schuppen ist jemand.«

Achtermann zögerte nicht lange, entfernte den Riegel und öffnete die Tür.

»Puh, welch ein Gestank!« Er hielt sich schützend die Hand vor die Nase.

»Siehst du wen?«, erkundigte sich seine Begleiterin.

»Oh mein Gott!«

KAPITEL 57

Uwe hatte sich im Anschluss an Nicks Anruf sofort auf den Weg nach Archsum gemacht.

»Glaubst du, Anna ist tatsächlich bei dieser Hilke und ihrer Schwester?«, wollte Uwe wissen, als er Nick bei sich zu Hause abholte. Pepper hatten sie mitgenommen.

»Woher sonst sollte Hilke die Hundeleckerlis haben?«

»Sie könnte sie beispielsweise gekauft und sich die Geschichte ausgedacht haben«, erwiderte Uwe pragmatisch.

»Nein, das passt nicht zu ihr. Piet Sanders sagt, sie ist auf dem geistigen Stand eines kleinen Kindes. Warum sollte sie sich solch eine Geschichte ausdenken?«

»Gerade deshalb?«

»Komm, lass uns nicht spekulieren, sondern zu der Adresse fahren. Dann sehen wir weiter. Gib der alten Scherbe mal die Sporen!«

»Vorsicht, mein Lieber, auf mein Auto lasse ich nichts kommen!« Uwe grinste schief und trat auf das Gaspedal.

»Da vorne muss es sein.« Nick spähte aus dem Fenster.

»Ganz schön zugewachsen und einsam, wenn du mich fragst.«

»Hilke wohnt hier mit ihrer Schwester Inken zusammen.«

»Ich weiß, Inken Jansen. Ihre Eltern sind vor zwei Jahren gestorben. Erst der Vater, dann die Mutter. Sie hat sich um beide bis zuletzt gekümmert. Dazu noch die behinderte Schwester. Die hat es echt nicht leicht.«

»Halt am besten gleich da drüben auf dem Grasstreifen«, schlug Nick vor und stieg aus, kaum, dass der Wagen endgültig zum Stehen gekommen war. Er ging zum Heck des Wagens und öffnete die Kofferraumklappe des Kombis. Pepper sprang heraus. Nick leinte ihn an und hielt ihm anschließend ein Halstuch von Anna unter die Nase.

»Hier, Pepper! Und jetzt such!«, gab er dem Hund den Befehl.

Pepper lief schnurstracks auf das Grundstück der Familie Jansen zu. Uwe und Nick passierten die Gartenpforte und folgten dem Hund den schmalen Weg zum Haus.

»Hier könnte einiges gemacht werden«, bemerkte Uwe mit prüfendem Blick und strich mit dem Finger über die poröse Wandfarbe.

»Das wird nicht billig werden. Hm, macht niemand auf.«

Pepper wedelte aufgeregt mit dem Schwanz und zog nach rechts.

»Anna muss in der Nähe sein. Ich gehe durch den Garten.«

»Das ist Hausfriedensbruch, aber was soll's«, mahnte Uwe und folgte dem Kollegen notgedrungen.

KAPITEL 58

»Herr Achtermann, Frau Thomsen!«, brachte ich beim Anblick der beiden erleichtert hervor.

»Frau Scarren? Was hat das alles zu bedeuten?« Der Staatsanwalt war mit wenigen Schritten bei mir.

»Ich werde gefangen gehalten, aber ich bin nicht allein. Gleich dahinten liegt Ralph Börner, er ist schwer verletzt. Ich fürchte, er ist bewusstlos, da er nicht reagiert, wenn ich ihn anspreche.«

»Tabea! Siehst du ihn dir bitte an!«, bat Achtermann seine Begleiterin, die seiner Bitte umgehend entsprach.

»Die Frau, die uns gefangen hält, heißt Inken Jansen. Sie ist mit einem Gewehr bewaffnet und hat auf Börner geschossen. Bitte, helfen Sie uns! Wir müssen uns beeilen, bevor sie zurückkommt«, sprudelten die Worte förmlich aus mir heraus.

»Beruhigen Sie sich, alles wird gut. Gleich sind Sie frei. Wie geht es dem Mann?«, erkundigte sich Achtermann, an Tabea Thomsen gewandt.

»Er ist bewusstlos, aber er lebt«, bestätigte sie. »Die Wunde sieht allerdings nicht gut aus. Er benötigt dringend ärztliche Hilfe.«

»Was tun Sie da?«, ertönte eine Stimme. Inken Jansen kam mit energischen Schritten und dem Gewehr im Anschlag über die Wiese.

»Wer sind Sie?«, fragte Achtermann überflüssigerweise.

»Rein da!«, befahl Inken und zog die Tür ein Stück hinter sich zu.

»Hören Sie, ich weiß zwar nicht, was das alles soll, aber

ich ...«, echauffierte sich Achtermann, doch Inken schnitt ihm das Wort ab.

»Halten Sie den Mund! Hinsetzen!«

»Was haben Sie vor?«, wisperte Tabea Thomsen. Feldmann fletschte kläffend die Zähne und wollte sich auf Inken stürzen, doch sein Frauchen hielt ihn zurück.

»Wenn das Vieh nicht augenblicklich still ist, werde ich dafür sorgen, dass er nie wieder einen Laut von sich gibt.«

Erschrocken nahm Tabea ihren Schützling auf den Arm und hielt ihm die Hand über die Schnauze.

»Inken, machen Sie es nicht noch schlimmer als ohnehin schon«, versuchte ich, sie zum Aufgeben zu bewegen. »Das ist Staatsanwalt Achtermann, von dem ich Ihnen erzählt habe. Er wird sich für Sie einsetzen, wenn Sie aufgeben. Oder?« Ich blickte zu Achtermann, der irritiert wirkte.

»Was? Doch, doch. Zunächst nehmen Sie dieses Gewehr weg, das macht mich ganz nervös.« Dann fiel sein Blick auf zwei Kaninchen, die neben ihm tot von der Decke baumelten. »Herrje! Wo kommen die denn her?« Er verzog angeekelt das Gesicht.

»Wenn Sie nicht das machen, was ich sage, sind Sie der Nächste, der da baumelt«, erwiderte Inken, ohne eine Miene zu verziehen. »Schluss jetzt mit dem Gequatsche. Sie da«, sie deutete mit dem Gewehrlauf auf Tabea, »nehmen Sie das Seil dort und fesseln Sie den Mann.«

Tabea Thomsen setzte den Hund auf den Boden und griff zögerlich nach dem Stück Tau. »Ich weiß nicht wie«, entgegnete sie.

»Stellen Sie sich nicht blöder, als Sie sind!«, fauchte Inken wütend und zielte auf Feldmann, der sich dicht an mich presste.

Plötzlich nahm ich durch den Spalt der angelehnten Tür eine Bewegung wahr. Gleich darauf wurde die Tür aufgerissen, und laute Stimmen ertönten. Inken fuhr überrascht herum und lag Sekunden später auf dem Bauch, die Hände auf dem Rücken auf der Wiese. Handschellen klackten um ihre Handgelenke.

»Nick!« Freudentränen liefen über mein Gesicht, als er meine Fesseln durchschnitt und mich fest in die Arme schloss.

»Herr Achtermann! Was machen Sie hier?«, hörte ich Uwe sagen.

»Herr Wilmsen, ich kann Ihnen gar nicht sagen, wie sehr ich mich freue, Sie zu sehen.« Dann gaben seine Beine nach. Nur Uwes schneller Reaktion und der Hilfe zweier Streifenbeamten war es zu verdanken, dass der Staatsanwalt nicht zu Boden ging.

»Ist alles okay mit dir?« Nick unterzog mich einem prüfenden Blick.

»Im Großen und Ganzen schon«, erklärte ich. »Wie geht es Börner? Wird er es schaffen?« Mein Blick wanderte zu den Rettungskräften, die sich um den verletzten Koch kümmerten.

»Er kommt wieder auf die Beine, sagt der Notarzt. Sie nehmen ihn mit in die Klinik. Viel wichtiger ist, dass du unversehrt bist. Ich hatte solche Angst um dich!«

Ich spürte Nicks warme Haut an meiner Wange, als er mich fest an sich drückte.

KAPITEL 59

»Die hat es uns wahrlich nicht leicht gemacht«, stöhnte Uwe, während er in Begleitung von Nick und Staatsanwalt Achtermann das Vernehmungszimmer verließ und den Flur entlang ging.

»Eine verletzte Seele ist zu allem imstande«, bemerkte Nick.

»Wer weiß, wie die Sache ausgegangen wäre, wenn ich nicht eingegriffen hätte«, vermeldete Achtermann, worauf Nick und Uwe verstohlene Blicke tauschten.

»Ja, Herr Achtermann, das war wirklich Rettung in letzter Sekunde«, erwiderte Uwe mit erzwungener Ernsthaftigkeit.

Klara Böel kam ihnen entgegen. »Hallo! Ich habe eben erfahren, was passiert ist. Wie geht es Ihrer Frau?«

»Danke, es geht ihr so weit gut«, erklärte Nick.

»Und dem Sternekoch?«

»Die Rettung kam buchstäblich in letzter Minute. Ein Glück, dass ich zufällig gerade in der Nähe war. Nicht auszudenken, was alles noch hätte passieren können«, untermauerte der Staatsanwalt seine Aussage mit einer gehörigen Portion Dramatik.

»Herrn Börner geht es den Umständen entsprechend gut. Wir konnten ihn bislang nicht befragen. Frau Jansen hatte ihn wiederholt mit *Tavor* ruhiggestellt, einem beruhigenden und angstlösenden Mittel. Damit wollte sie vermutlich verhindern, dass er durch seine Rufe entdeckt wurde oder sich befreien konnte. Das Medikament stammt aus Restbeständen aus der Zeit, als sie sich um ihre pflegebedürftigen Eltern gekümmert hat, wenn ich das richtig verstanden habe.«

»Es gehört zur Gruppe der Benzodiazepine. Von ihm geht ein nicht zu unterschätzendes Suchtpotenzial aus, wenn man nicht höllisch aufpasst«, glänzte Achtermann mit seinem Fachwissen. Als ihn die anerkennenden Blicke trafen, fügte er schnell hinzu: »Das weiß ich von Doktor Luhrmaier. Wir unterhielten uns kürzlich über einen Fall in einem Seniorenheim, in dem dieses Medikament eine wichtige Rolle spielte. Aber das nur am Rande. Bitte, Herr Wilmsen, ich wollte Sie nicht unterbrechen.«

»Also. Die Kugel aus seinem Bein wurde entfernt. Das Schlimmste hat er überstanden, nun muss er sich erholen. Er wird in der *Nordseeklinik* behandelt, dort ist er in den allerbesten Händen. In den nächsten Tagen werden wir mit ihm sprechen können«, beendete Uwe seine Ausführungen.

»Das freut mich zu hören«, gab Klara Böel zurück. »Hat die Täterin gestanden?«

»Ja, sie hat zugegeben, Ralph Börner entführt und den Journalisten vergiftet zu haben. Hinter alldem verbirgt sich eine tragische Geschichte wie so oft«, bestätigte Nick, der sich über die Tatsache nicht richtig zu freuen schien.

»Ich verstehe nach wie vor nicht, weshalb sie Herrn Lenschmann vergiftet hat«, bat sie um Aufklärung.

»Lenschmann hat gesehen, wie der Sternekoch in ihren Wagen gestiegen ist. Er war also ein Zeuge, den sie fürchten musste. Zudem hat er in Börners Zimmer einen Brief gefunden, den Inken Jansen geschrieben hat. In diesem Brief fordert sie Börner auf, ihr ihren Anteil zu geben, um den er sie in all den Jahren betrogen haben soll und der ihr in ihren Augen zusteht«, zog Uwe ein Resümee.

»Schließlich hat er mit ihren Ideen den großen Durchbruch erlangt.«

»Tragisch, dennoch gratuliere ich Ihnen zu dem Ermittlungserfolg. Und Ihnen, Herr Achtermann, gebührt mein allergrößter Respekt für Ihr beherztes Eingreifen. Nun muss ich leider weiter. Sie entschuldigen mich?«, sagte sie und verabschiedete sich mit einem Kopfnicken.

»Äußerst sympathische Frau«, bemerkte Achtermann und schien um einige Zentimeter zu wachsen.

»Nachdem Inken Jansen den Mord an Lenschmann gestanden hat, ist Frau Schulze-Ruthendorf also unschuldig«, stellte Nick fest, als sie wenig später allein in ihrem Büro saßen und den Fall Revue passieren ließen.

»Habe ich doch gleich gewusst!« Uwe genoss seinen Triumph in vollen Zügen.

»Trotz allem hatte sie ebenso ein Motiv wie Lukas Lockstätter«, hielt Nick dagegen.

»Dem hätte ich einen Mord eher zugetraut.«

»Er wird sich für Einbruch, Sachbeschädigung und manches mehr verantworten müssen. Ich finde, das ist genug. Die Kollegin Böel hat gute Arbeit geleistet«, ließ Nick nicht unerwähnt.

»Ja, sie macht einen kompetenten Eindruck. Bestimmt steht sie nach ihrer Bemerkung bei Achtermann hoch im Kurs. Der edle Ritter Achtermann, Retter in der Not! Das war ganz nach seinem Geschmack.« Uwe grinste schief. »Sag mal, wer ist eigentlich diese Frau an Achtermanns Seite gewesen? Das wollte ich dich die ganze Zeit fragen.«

»Das kann ich dir leider nicht sagen. Anna und ich haben sie neulich zusammen im Restaurant gesehen. Tabea Thomsen ist eine Kundin von Anna. Ich glaube, sie wohnt in Munkmarsch. Dort ist Anna auch Achtermann begegnet, aber mehr weiß ich nicht.«

»Was du nicht sagst! Unser stets so überaus korrekter Staatsanwalt hat eine Geliebte. Wer hätte das gedacht. Na, seine Frau wird nicht begeistert sein, wenn sie es erfährt. Ich möchte besser nicht in seiner Haut stecken.«

»Ob sie seine Geliebte ist, wissen wir nicht. Daher sollten wir uns lieber heraushalten und keine Gerüchte verbreiten.«

»Ich bitte dich! Wer sollte sie sonst sein?«

Nick zuckte die Achseln. »Eine Bekannte, Kollegin … was weiß ich?«

»Sicher. Dann bin ich der Weihnachtsmann. Also wirklich, Nick.«

»Wenn ich ehrlich bin, ist es mir ohnehin egal, was er macht. Ich würde gern Feierabend machen und mich um Anna kümmern, wenn du nichts dagegen hast. Der Papierkram läuft uns nicht weg.« Er deutete auf den Schreibtisch.

»Worauf wartest du? Ab nach Hause! Und bestelle Anna schöne Grüße!«

KAPITEL 60

»Happy Birthday to You!«, sang ich und platzierte eine kleine Torte mit Kerzen vor Nick auf den Tisch.

»Daddy, du musst pusten!«, forderte Christopher ihn auf und krabbelte auf seinen Schoß.

»Nur, wenn du mir hilfst. Eins, zwei, drei …«
Nachdem meine beiden Männer die Kerzen ausgeblasen hatten und ich das Ereignis fotografisch festgehalten hatte, klingelte es an der Tür.

»Können wir nicht mal am Geburtstag ein bisschen Ruhe haben?«, wollte Nick wissen.

»Dann am allerwenigsten! Ich gehe schon!« Mit diesen Worten machte ich mich auf den Weg zur Haustür.

»Anna, mein Kind! Wie geht es dir? Du siehst heute schon wesentlich besser aus«, befand meine Mutter und schob sich, bepackt mit Tüten und Taschen, an mir vorbei in die Diele. »Wo ist denn das Geburtstagskind?«

»Auf der Terrasse. Geht ruhig durch nach draußen!«, forderte ich meine Eltern auf, nachdem ich auch meinen Vater begrüßt hatte.

»Glaubst du, er ahnt etwas?«, flüsterte meine Mutter und vergewisserte sich, dass uns niemand hören konnte.

»Nein, ich denke nicht. Ihr seid die Ersten«, erwiderte ich ebenso geheimnisvoll.

Kaum waren meine Eltern im Garten, klingelte es erneut. Die Hunde spitzten neugierig die Ohren und ließen die Tür nicht aus den Augen. Britta und Jan lachten mir fröhlich entgegen, als ich öffnete.

»Oh, meine Liebe, ich bin so froh, dass dir nichts passiert ist!« Britta drückte mich derart heftig an sich, dass ich nur mehr mit Mühe Luft bekam.

»Unkraut vergeht nicht, weißt du doch«, erwiderte ich mit einem Augenzwinkern.

»Im Nachhinein hat man leicht lachen.« Jan begrüßte mich ebenfalls überaus herzlich.

»Du musst mir unbedingt alles genau erzählen«, bat Britta, während wir nach draußen gingen.

»Nachher. Heute ist Nick die Hauptperson. Ich hoffe, er nimmt es mir nicht übel, dass ich eine Party für ihn organisiert habe. Du weißt ja, er steht nicht gern im Mittelpunkt.«

»Mach dir keine Gedanken, Anna. Im Nachhinein wird er dir sogar dankbar sein.«

Während ich in der Küche stand und die Antipasti auf eine Platte legte, klingelte es abermals.

»Das ist schön, dass Sie es einrichten konnten!«, begrüßte ich die nächsten Gäste.

»Danke für die Einladung«, sagte Tabea Thomsen und überreichte mir einen üppigen Blumenstrauß. »Der ist für Sie! Den haben Sie mehr als verdient nach dem Schreck.«

»Gott sei Dank ist es vorbei«, erwiderte ich.

»Auch von mir ein herzliches Dankeschön für die Einladung. Wo ist denn das Geburtstagskind?« Staatsanwalt Achtermann hielt ein kleines Päckchen mit einer Schleife in der Hand.

»Mein Mann und die übrigen Gäste sind im Garten. Ich bringe Sie zu ihm.« Ich ging durch den Wohnbereich voran nach draußen. »Nick! Kommst du bitte?«

»Frau Thomsen, Herr Achtermann, das ist aber eine Überraschung!« Nick schenkte mir einen unmissverständlichen Seitenblick, worauf ich amüsiert mit den Schultern zuckte.

»Ihre Frau hat darauf bestanden, dass wir kommen. Dagegen waren wir machtlos.« Achtermann räusperte sich verlegen. »Bei der Gelegenheit würde ich Ihnen gerne Tabea offiziell vorstellen. Sie ist meine Tochter.«

Für einen Moment sahen wir die beiden sprachlos an. Selbst Uwe, der sich mit seiner Frau Tina zu uns gesellt hatte, fehlten die Worte.

»Tochter?«, wiederholte er ungläubig.

»So ist es. Ich habe erst kürzlich erfahren, dass ich solch eine wunderbare Tochter habe.« Wie zur Verdeutlichung seiner Worte legte Achtermann ihr den Arm um die Schulter und gab ihr einen Kuss auf die Wange.

»Meine Mutter hat mir lange verschwiegen, wer mein biologischer Vater ist. Matthias war ihre Jugendliebe«, lüftete Tabea das Geheimnis und setzte den Spekulationen endgültig ein Ende.

»Tabeas Mutter und ich …«, begann der Staatsanwalt peinlich berührt, »also … wie soll ich sagen.«

»Hauptsache ist doch, Sie haben sich endlich kennengelernt«, erlöste Tina ihn.

Britta war mir in die Küche gefolgt, wo ich Nachschub für unsere Gäste holen wollte.

»Kann ich dir helfen?«

»Du könntest die Platten auffüllen«, erwiderte ich und schloss die Kühlschranktür.

»Das hätte ich nie für möglich gehalten, dass Inken zu solch einer Tat fähig ist«, erklärte sie und wirkte ernsthaft erschüttert.

»Wenn man über Jahre zusehen muss, was andere erreichen können, während man selbst keinen Schritt vorankommt, kann man schon mal die Nerven verlieren. Nicht, dass ich ihr Verhalten gutheiße, verstehe mich bitte nicht falsch.«

»Nein, nein. Ich verstehe dich. Ich frage mich bloß, wie ich mich derart in ihr täuschen konnte. Sie kümmert sich seit Jahren um die Wäsche bei uns und war stets zuverlässig und hilfsbereit. Und dann bringt sie einen Menschen um und fast zwei weitere. Warum?«

»Sie war lange mit Börner liiert und wollte mit ihm zusammen ein Restaurant eröffnen. Sie war der kreative Kopf und er zuständig für das Geschäftliche. Dann ist ihr Vater gestorben, und sie musste sich um die kränkliche Mutter und um ihre geistig behinderte Schwester kümmern.«

»Damit war der Traum geplatzt.«

»Richtig. Börner hat sie nicht nur im Stich gelassen, er hat die Sache allein durchgezogen, und zwar mit all ihren Rezepten und Ideen.«

»Während er immer erfolgreicher und bekannter wurde, musste sie kämpfen, um über die Runden zu kommen«, fasste Britta zusammen. »Sie hat als Küchenhilfe in einem Restaurant gearbeitet. Stell dir vor, wie ungeheuer frustrierend das sein muss, wenn man sein Talent nicht ausleben kann. Kein Wunder, dass sie solch einen Hass für Börner empfindet. Ihr ganzes Leben war zerstört.«

»Sie hat mehrmals den Versuch unternommen, mit Börner zu reden, aber er hat getan, als hätte er keine Ahnung, wovon sie spricht.«

»Ganz schön miese Nummer, wenn du mich fragst.«

»Ich durfte zwangsläufig ein bisschen Zeit mit ihm verbringen und muss sagen, er ist sehr oberflächlich und einfach ein Mistkerl. Das kann ich mir lebhaft vorstellen, wie er Inken abgewiesen hat, als sie mit ihm reden wollte.« Ich erinnerte mich an unser Wortgefecht und seine herablassende Art Hilke gegenüber.

»Was wird aus Hilke?«, überlegte Britta. »Muss sie weg von Sylt? Das würde sie sicher nicht verstehen. Es wird ohnehin schwierig für sie, wenn Inken ins Gefängnis muss.«

»Ich denke, man wird alles daransetzen, dass sie auf der Insel bleiben kann. Inken war nicht immer nett zu ihr.«

»Wundert mich nicht. Eine Frage beschäftigt mich noch: Weshalb hat Inken diesen Journalisten umgebracht? Schließlich hat er ihr nichts getan.«

»Soweit ich Nick verstanden habe, hat Meeno Lenschmann sie dabei beobachtet, wie sie Börner verschleppt hat. Damit wollte er sie offenbar erpressen. Sie hat Angst bekommen und ihn vergiftet.«

»Das war nicht besonders schwierig, da sie im Hotel ein und aus gehen konnte, ohne dass jemand jemals Verdacht schöpfte. Daher war es ein Leichtes für sie, ihm das Gift unter das Essen zu mischen. Ich kann das noch immer nicht fassen, als wäre die Sache mit Kira nicht schlimm genug.« Sie seufzte und platzierte etwas Petersilie zwischen das Fingerfood.

»Damit bestätigt sich wieder einmal, dass man in die Menschen nicht hineinsehen kann.«

»Weise Worte, Anna! Apropos, hast du Piet Sanders eigentlich zusagt?«, fiel ihr ein und ihre Augen funkelten neugierig.

»Ich werde es ihm nachher sagen. Ja, ich werde auf sein Angebot eingehen.«

»Toll! Das ist mit Sicherheit die richtige Entscheidung.« Britta nahm mich in die Arme.

Zurück auf der Terrasse stellte ich zufrieden fest, dass mittlerweile beinahe alle Gäste eingetroffen waren, die ich eingeladen hatte. Neben Piet Sanders und seiner Lebensgefährtin war auch Jill erschienen.

»Hallo, Jill! Bist du allein gekommen?«, fragte ich vorsichtig.

»Frank kommt nach, er hat noch in der Klinik zu tun. Wir haben miteinander gesprochen und beschlossen, uns eine Auszeit zu nehmen«, erklärte sie und trank schnell einen Schluck aus ihrem Sektglas.

»Hm, schade. Vielleicht ist das auch eine Chance für einen Neuanfang.«

»Frank würde gern heiraten, aber ich bin noch nicht soweit.«

»Das ist in der Tat eine Überraschung. Dann ist es ihm wirklich ernst. Ich hatte immer angenommen, dass sich die Begriffe *Frank* und *Hochzeit* gegenseitig ausschließen«, wunderte ich mich.

Plötzlich klopfte jemand an sein Glas und bat um Aufmerksamkeit.

»Liebe Gäste!« Uwe räusperte sich und ergriff das Wort. »Die letzten Tage haben deutlich gemacht, wie wichtig es ist, jemanden an seiner Seite zu haben, dem man vertrauen kann, was immer kommen mag. Wie kostbar Werte wie Freundschaft, Zusammenhalt und Ehrlichkeit sind.«

»Wie er redet, hätte er auch Pastor werden können«, raunte ich Nick zu.

»Lieber Nick, ich kenne dich seit vielen Jahren und schätze eben diese Eigenschaften an dir. Du bist nicht nur ein ausgezeichneter Polizist, sondern auch ein wahrer Freund. Ich denke, mit dieser Ansicht stehe ich nicht allein. Daher erhebt eure Gläser! Für das neue Lebensjahr wünschen wir dir alles Gute! Bleib, wie du bist! Ein Hoch auf Nick!« Uwe hielt sein Glas in die Luft und begann voller Inbrunst, ein Geburtstagsständchen zu schmettern, in das die übrigen Anwesenden begeistert einstimmten.

»Ich hoffe, du nimmst mir die kleine Überraschung nicht übel. Ich weiß, dass du deinen Geburtstag eigentlich nicht gerne feierst«, bemerkte ich kleinlaut, als Nick und ich einen Moment ungestört waren.

Er lachte. »Natürlich nicht! Uwe könnte ein paar Gesangsstunden gebrauchen, aber sonst ist es okay.« Er grinste. »Ich bin zutiefst beeindruckt, wie du das alles hinter meinem Rücken organisiert hast, ohne dass ich etwas bemerkt habe. Ich habe wirklich nicht damit gerechnet. Danke für alles, Sweety!« Er küsste mich zärtlich.

»Das habe ich sehr gern getan. Meinst du, Jill und Frank finden irgendwann wieder zueinander?«, fragte ich.

»Das wird die Zeit zeigen.«

»Was wird aus Ralph Börner? Sicherlich werden seine Betrügereien nach dem Vorfall an die Öffentlichkeit kommen. Wird er als Sternekoch weitermachen können?«

»Auch das steht in den Sternen«, erwiderte Nick, legte seinen Arm um mich und führte mich zurück zu unseren Freunden.

DANKSAGUNG

An dieser Stelle möchte ich mich bei all meinen Lesern bedanken, die die Geschichten rund um Anna Bergmann verfolgen und begleiten. Wie bei jeder Entstehung eines Buches gibt es Personen, bei denen ich mich besonders bedanken möchte.

Mein spezieller Dank geht an

meinen Mann Stefan für seine unendliche Geduld mit mir, wenn es einmal nicht so rund lief, sowie seine konstruktive Kritik,

meine Mutter Gisela für das unermüdliche Korrekturlesen – manchmal in rekordverdächtiger Geschwindigkeit,

Daniele Arena, der mir als Restaurantinhaber und Koch all meine Fragen rund um das Thema Gastronomie bereitwillig und ausführlich beantwortet hat,

Florian Arend, der mir hinsichtlich der Polizeiarbeit auch dieses Mal mit seinem Fachwissen und der Erfahrung beratend zur Seite stand,

Elke Angerhausen, die mich in medizinischen Fragen unterstützt hat,

das fantastische Team des Gmeiner-Verlages, allen voran meine Lektorin Claudia Senghaas.

Sibylle Narberhaus

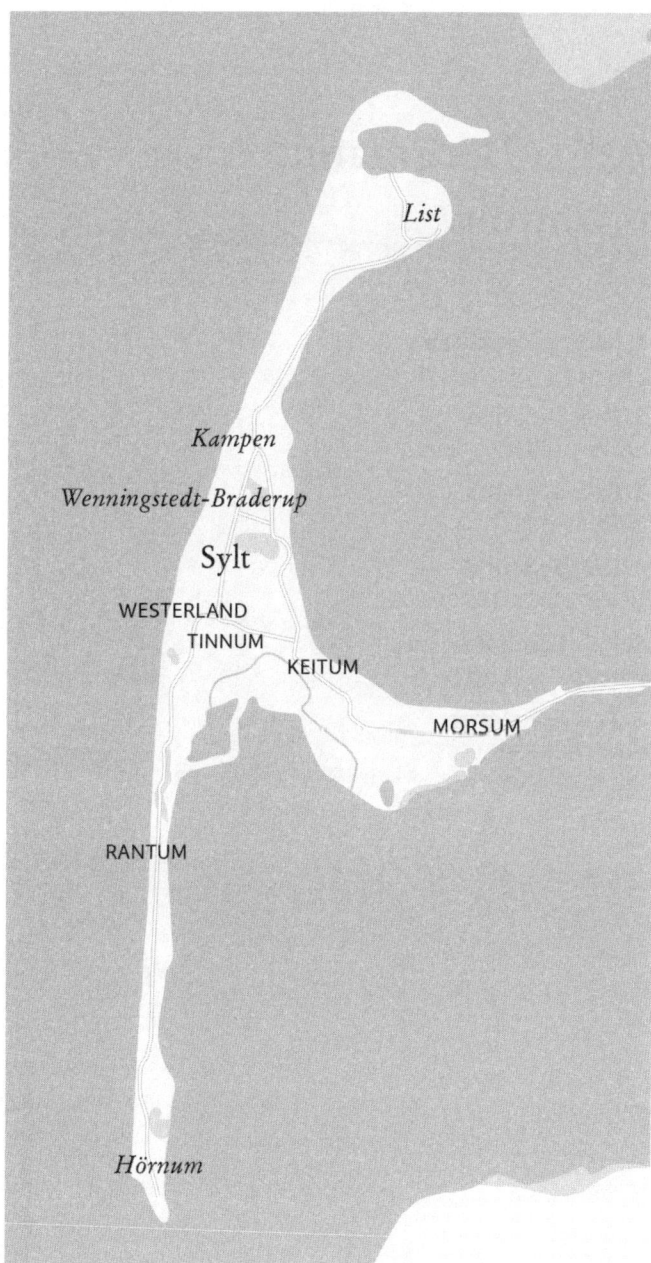

List

Kampen

Wenningstedt-Braderup

Sylt

WESTERLAND

TINNUM

KEITUM

MORSUM

RANTUM

Hörnum

Anna Bergmann
ermittelt:

GMEINER SPANNUNG

WWW.GMEINER-VERLAG.DE
Wir machen's spannend